〔美〕马克·舒尔茨/著
Mark Schultz
with David Thomas
〔美〕大卫·托马斯/合撰
刘静/译

狐狸猎手

FOXCATCHER

“约翰·杜邦杀人案”与一个美国梦的幻灭

The True Story of My Brother's Murder, John du Pont's Madness, and the Quest for Olympic Gold

北京大学出版社
PEKING UNIVERSITY PRESS

为我的孩子而写

并谨以此书献给我的哥哥大卫

目录 | Contents

第 2 部　摧毁一个冠军

序　言

1996 年 1 月 26 日

“嗨，教练！”

一辆银色林肯房车在车道上停了下来，大卫微笑着朝坐在驾驶座上的约翰·杜邦挥了挥手，右手掌上“接孩子”几个字隐约可见。今天轮到我哥哥去学校接两个孩子回家，他刚刚把汽车音响修好，离出发还有几分钟的时间。

杜邦摇下窗玻璃，并没有理睬大卫的问候。

“你对我很不满，是吗？”杜邦问道。

他根本就没有给大卫回答的机会。

杜邦那把点 44 口径马格南左轮手枪射出的第一发空尖弹打中了大卫的肘部——也许他是想抬起胳膊保护自己——然后穿透心脏，进入肺部。

大卫发出痛苦的惨叫声，身体猛地向前倾，显然是想夺过那把枪。

杜邦仍然用右手举着枪，并且又一次扣动了扳机。第二颗子弹射入大卫的腹部，穿透身体，从后背冲出，穿过大卫的后车窗，把前挡风玻璃击得粉碎。

大卫一头栽进了覆盖着白雪的车道。他的妻子听见第一声枪响之后就从前门跑了出来。

“约翰,住手!”南希喊道。

杜邦从车里出来,把枪口对准了南希,她慌忙逃回了屋里。于是杜邦又把枪对准了大卫。此时大卫正朝自己汽车的方向艰难地爬去,鲜血染红了周围苍白的积雪。那个混蛋从背后再次对着奄奄一息的大卫开了一枪。

那天下午,正值摔跤赛季,我跟往常一样待在办公室里收发邮件,接听电话。我们的摔跤队很快就要开始训练了。突然,办公室电话铃声响起。

电话那头传来父亲的声音。

“杜邦开枪打死了大卫。”

我直接把手里的电话扔了出去,开始痛苦地叫喊,然后抓起面前的一沓文件,朝墙上摔去。接着是笔记本、文具以及我手边的所有东西,包括桌旁文件柜上面的一座钟和摆放的奖杯。我大声地咒骂,想让上天听见我的诅咒。

最终,我一个人蜷缩在角落里,哭了整整一个小时。我的助理随后开门进来,得知这个噩耗之后,他也哭了起来。

与此同时,约翰·杜邦——杜邦家族的继承人以及公认的美国业余摔跤手们最大的支持者——已经逃进了他的豪宅里。大批警察已部署在“狐狸猎手”庄园周围。警察对这里早就非常熟悉了,他们有些人曾经在杜邦对警方开放的射击场上接受过训练,有些人眼下正穿着杜邦为其购置的防弹衣,用着杜邦为他们买来的对讲机。

杜邦一直被认为是个慷慨解囊的大慈善家,但是我比任何人都更了解他。我知道,他这不过是“欲将取之,必先与之”。约翰·杜邦为我提供了摔跤的财力支持,却夺走了我的摔跤事业。如今,他又夺走了我的哥哥。

最终,杜邦与警方整整对峙了48小时。在一开始做好对峙的准备之后,警察就联系到远在两千多英里之外的我,警告我不要靠近庄园。

警察此举是对的。因为如果不让我死心,而是觉得有机会接近杜邦的话,我肯定会赶回庄园,亲手杀了他。

第1部
塑造一个冠军

第1章

一个斗士的机会

在我的生命当中，哥哥一直陪伴在我左右，直到杜邦杀害了他。

大卫保护着我，是我生活中的榜样，与我同甘共苦。尽管他比我大17个月，但我们俩几乎就像一对双胞胎。

媒体喜欢比对我们之间的不同之处。我们俩的外形看起来不一样。大卫成年后一直蓄着浓密的黑胡子，而我总是把胡子剃得很干净，使脸颊和下巴的轮廓更加突出。我的黑色头发浓密而卷曲，但大卫一直把头发剪得很短。后来，随着年龄的增长，大卫的头发就更短了。我的体型更加魁梧健硕，而大卫显得更斯文一些。

据媒体分析，我们在摔跤方面也不一样。大卫在摔跤场上注重运用技巧，也许他是有史以来摔跤场上最聪明的技术家。而我更多地依赖强力，有时甚至是蛮力。

《体育画报》曾经称大卫为"摔跤场上的犹达大师"，擅于智胜对手。而我是"长柄大锤"，一个"壮硕的攻击者"，靠着强力扭打取得胜利。

读者喜欢读对比我们俩不同之处的文章。因此我们在接受采访的时候，为了达到效果，也很配合地凸显我们俩的不同之处。但实际上，尽管外型上差异明显，我们俩还是非常相像。也许读者们更加感兴趣的是，这种相像是后天培养起来的，因为我一直都努力在各方面效仿哥哥。

我们俩的经历算得上是“白手起家”的故事了。一开始非常潦倒，后来一路与生活抗争，在摔跤场上打拼，最终赢得了四次全美大学体育协会冠军、两枚奥运会金牌，以及三次世界锦标赛冠军。然而，财富却从来没有降临到我们身上。我们的确赚了一些钱，但是不足以让我们在比赛中摆脱对约翰·杜邦这种人的依赖。如果美国摔跤协会能为本国优秀的摔跤手们提供更大的经济支持，那我就永远都不会与约翰·杜邦这样贪慕虚荣、控制欲强、心态扭曲的百万富翁交好了。

事实上，我和大卫从小家庭条件就不太好。

在我三岁的时候，父母离婚了。我们的父亲是一个专业的喜剧演员，他和母亲和平分手，因此我们没有经历那种父母离婚时闹得不可开交的厄运。而且我们和外祖父母关系非常好，对于离婚家庭的孩子来说，我们的童年并没有受到太大的影响。

不到五岁的时候，我就在加州帕洛阿尔托入学了。我是在十月份出生的，所以成了班里年龄最小的学生。大卫比我高一个年级，但跟我不同，他是他们班里年龄最大的孩子之一。不过，从不挑食的大卫长得胖乎乎的，动作也不灵活。由于这种体格，他后来被同学们称为"矮胖子"。

大卫之所以行动不灵活，主要是因为他患有难语症。一般人都是靠大脑一侧发号施令，以控制思维和动作，但是，患有难语症的人，大脑控制区是混杂的，从而对大脑的组织命令造成不利影响。

因此，大卫在阅读方面遭遇到很大的困难。每次读书的时候，他都会把字母 B、D、P 和 Q 颠来倒去，分不清楚。大卫的老师们都认为大卫是个智障，就把他转入了补习班。大卫讨厌这种课程，因为跟很多难语症患者一样，他实际上非常聪明。

大卫上三年级的时候，有一天，一个跟他同级的孩子取笑他去上阅读补习班的事情。大卫被惹怒了，一把抓起这个孩子，把他带到操场上，将他的脑袋撞向水泥墙。那个孩子当场昏了过去，随后就被救护车送去了医院。大卫撞裂了那个孩子的头骨。

在那之后，大卫成了学校里最厉害的学生，自然也就不会再因为去上阅读补习班而遭到耻笑了。不过我们还是经常被欺负，直到今天我依然不知道这是为什么。我记得有一次，一群女孩儿一直说我"自以为是"。一个小时之内，好像这样说了我好几十次。

我并不认为自己"自以为是"。我是个很棒的运动员，不擅言谈，但是却没有"自以为是"。不过我是班里最小的学生，这样就很容易被欺负。

有一个小霸王尤其喜欢欺负我，这时，我的保护者就出现了。大卫把这个小霸王一把推倒，痛打一顿，直到他哭喊着爬起来跑回家。

大卫与学校里一个名叫约翰的孩子也结了仇。我记不得他们是因何而结怨，但我认为是约翰对大卫出言不逊。他们说好放学之后在操场上解决问题。约翰和大卫要决斗的消息很快就传开了，大家都对结果拭目以待，因为大卫是学校里的硬汉，约翰则是最好的运动员之一，身手非常敏捷。

放学之后，大卫和约翰在一众孩子的围观之下展开了激战。很快大家就看出，约翰并不是大卫的对手。他们俩在地上扭打起来，大卫把约翰压倒在身下，一顿暴打。大卫不停地挥舞拳头，约翰则试图用胳膊保护自己的脑袋，两个人都在不停地叫喊——约翰在下面喊，因为他正在被别人痛打；而大卫在上面喊，我猜是因为孩子打架的时候，肾上腺素激增，根本就不考虑后果。一个老师听到骚动之后赶来把他们俩给分开了。

我不知道大卫是如何在短短的时间内就把一个像约翰这样身手敏捷的运动员给制服了，不过他一定是发现了约翰的薄弱之处，然后就立刻发动攻击。在进入摔跤这一行之前，他就已经是个非常厉害的策略家了。

由于我个头很小，一般都是围观别人打架，而不是跑去跟别人打架。然而尽管如此,打架还是成为我和大卫自卫的方式。我们没有太大优势,但我们总是死扛到底,绝不屈服。

在我四岁的时候,父母就跟我说我已经有六块腹肌和强壮的肌肉了。但我第一次真正意识到自己有运动天赋,是在二年级的时候。那天,一个同学在我们经过一片空地的时候,吹嘘说他能比我先跑到另一头,而且还没等我开始跑就已经窜了出去。尽管如此,我还是追上了他,率先到达了终点。

这次赛跑让我信心大增,因为尽管我是班里年龄最小的学生,我发现自己可以在运动方面胜过其他人。当时自己还太小,不懂后来大学所学到的快缩肌纤维原理。但我发现自己比班里的其他人速度都快,知道自己在爆发力上有优势。信心大增之后,我就经常在课间去参加足球比赛,当守门员。由于经常要扑倒救球,我也就常常是满身泥土地跑回去上课。这是我人生当中第一次体会到自己在运动方面出类拔萃所带来的愉悦。

母亲后来再婚了,而且到斯坦福去攻读研究生。在我读四年级之前,她接受了俄勒冈州莎士比亚艺术节的工作邀请,去阿什兰市担任戏剧服装设计师。于是,我们搬去了这个沿着5号州际公路穿过加利福尼亚边界后到达的第一个城市。此地离帕洛阿尔托有六个多小时的车程,远离了父亲和祖父母。

我们和父亲的关系很好。在我出生的时候，他和母亲决定把他的中间名——菲利普——给我。我的名字取自一个名为马克·伯恩斯坦的叔叔。小时候我不喜欢自己的名字，因为"马克"听起来就像是一只嘴巴被勒住的狗在吠叫。之后，我得知这个名字起源于罗马战神玛斯，这才觉得自己能拥有一个战士的名字是一件很酷的事情。

父亲毕业于斯坦福大学，是个专业的喜剧演员及戏剧教授。只要跟他在一起，我们就会乐不可支。小时候住在帕洛阿尔托的那段时间，我爱上了喜剧，能够背出史蒂夫·马丁的整张搞笑专辑《疯狂的家伙》。祖父母威利斯·里奇和多萝西·里奇都是睿智而有成就的人。祖父是斯坦福大学的教授，祖母是一名医生。母亲夏天外出工作的时候，我们就到离得不远的门洛帕克跟祖父母一起生活。每次住过去的时候，祖父母都对我们关怀备至。我跟祖母的关系尤其亲近。但后来我们就搬家了。

我讨厌俄勒冈州，并不是因为这个地方本身，而是因为搬家使我离开了父亲和祖父母，剥夺了他们本可以给我造成的积极影响。不久前我还对母亲珍妮·圣·杰曼说，我至今仍然不喜欢俄勒冈州，真希望我们当初没有搬到这里来，因为就是从那时候起，我的生活变得越来越坎坷。

母亲和继父生养了两个孩子，然后两人又离婚了。外祖父母相继去世，母亲唯一的哥哥也在千里之外，没办法帮到她(或者我们)。她在莎士比亚戏剧节上得到的那份工作是全国最棒的剧院工作之一,但也让她很忙,没有多少时间陪我们。

我们在阿什兰市的房子非常小,可能只有大约1 200平方英尺。其中我妈妈自己有一个卧室,弟弟妹妹共用一个卧室,我和大卫本来也可以共用一个房间的,但是那个房间是玻璃墙——类似于那种日光室——由于根本就不保暖,所以这个房间里大多数时间都很冷。我们俩只能挤在房屋后面的另一个小屋里,我们称之为"简陋屋"。

住在"简陋屋"里又冷又不舒服,里面没有床,我们只能用睡袋把自己包裹起来,睡在临时搭起来的小床上。墙壁虽然保暖,但是门把手坏掉了,一阵阵冷风不停地从门缝里钻进来。"简陋屋"里有一个很小的电暖气,早上起来穿衣服去上学之前,我们就把睡袋裹在背上,抱着这个电暖气先暖和一会儿。

小屋里的环境也很脏乱。房子周边的道路尘土飞扬,而且坑坑洼洼的。周围有些邻居是牧羊人。我们没有太多的换洗衣服,仅有的几件衣服也不经常洗,看起来特别脏。上六年级的时候,我有一双袜子连续穿了好长时间,结果袜子底部变得又黑又硬。

"真恶心,舒尔茨。"一个老师看到我的袜子之后如是说道。

那真的是一段痛苦而难堪的记忆,是我们生命中不堪回首的时光。但是这样的经历让我和大卫更加坚强，更加独立。我们比身边的孩子都成长得更快。

从帕洛阿尔托搬去阿什兰市对我们来说是非常痛苦的。我讨厌阿什兰市的小学，而且这里离我父亲和祖父母有将近400英里的距离，冬天那个简陋屋里又特别冷。我天天盼着天气赶快转暖，然后光着脚把脚底板磨得厚实一点儿，这样就能光脚去爬利西亚公园后面的阿什兰山了。

我一直觉得学校生活特别无聊，所以就发挥父亲遗传给我的喜剧天赋来找些乐子。我先是在家反复听比尔·考斯比的黑胶唱片，记住里面的段子，然后到学校去讲给同学们听，逗大家开心。在这期间，一位老师给我留下了深刻的印象，那就是五年级的米勒老师。她想方设法让我们努力学习，在她的帮助下，那一年我尝到了努力学习带来的甜头。

我和大卫都是很棒的运动员，但是我们俩的肩膀都不太灵活，不能像其他男孩那样把球扔出去老远。我们俩也都不擅长跑。

六年级那一年是我在运动场上的“丰收年”，因为我打破了学校六年级25项运动记录中的20项。同学们把我评为“最有可能获得奥运会跳远冠军的人”。要是真能赢得跳远奥运冠军，那的确是很棒的一件事情。我还记得和大卫一起观看1968年墨西哥城奥运会跳远比赛的直播，美国选手鲍勃·比蒙以21.75英寸的巨大优势打破了世界纪录,取得了当年奥运会上各个项目的最好成绩之一。

当年看比赛的时候,我并没有想到自己以后会参加奥运会。那时候我还在寻找最适合自己的运动项目。我所擅长的运动项目很多,所以在考虑确定一个运动专业的时候,我觉得应该选一个能赚大钱的运动项目,因为我们实在是太穷了。

上六年级的时候,我读了一本书《美国1英里赛跑:坎宁安的生平与所处时代》,书中记叙了20世纪30年代在1英里赛跑方面最优秀的运动员之一。坎宁安参加了两届奥运会,最终在1936年柏林奥运会上获得了1500米银牌。

在一次校舍大火中,坎宁安的腿严重受伤,医生得出的结论是,他再也不能走路了。这本书记录了坎宁安是如何重新开始学习走路,而且还发明了一种独特的跑步方式,跑步过程中每一步都踮起脚尖,将一只脚放在另一只脚的正前方,就好像两脚都沿着一条直线在跑。我模仿他的这种跑步方式,逐渐形成了自己独特的走路方式。1988年,我有幸见到了坎宁安本人,跟他讲述了他对我走路及跑步方式的影响。就在我们见面一周之后,坎宁安去世了。

大卫在七年级的时候选择了摔跤,然后在高中进入了校队,第一个赛季就拿到了33胜1负的好成绩。大卫从一开始就爱上了摔跤这项运动。那个时候,跟他同一个年级的男孩子个头也长得跟他差不多了,所以大卫利用摔跤来维持他在学校里的“霸主”地位。我很乐意大卫成为学校的“霸主”，尤其因为我是本年级年龄最小、个头最小的学生。每当我被欺负的时候，大卫都会过来保护我。

我认为，选择摔跤这项运动为大卫打开了一片新的天地。在摔跤运动当中，他的阅读障碍已经变得无关紧要，重要的是要残酷无情，而大卫在这一点上做得很好。而且，大卫很聪明，经常模仿别人的动作，然后在此基础上改进，创造自己的绝招。刚开始学习摔跤的时候，大卫就能在赛场上蒙骗对手，让他们自以为处于很有利的位置，等他们很快回过神来发现落入大卫圈套时，一切已经太晚了。

那时候大卫唯一想做的就是成为一个更好的摔跤手。他总是随身带着摔跤鞋，衣服里面穿一件汗衫，以防遇见一个想跟他摔跤的人。

大卫开始学习摔跤之后，我们发现，虽然由于大脑并不只受某一侧控制而造成他患有难语症，但这同时也给了他两手通用的优势。平常他用左手写字、投掷，用右脚踢球，用右眼瞄准射击。由于他左右通用，所以两边的肢体都可以灵活运用。对手很难弄清楚大卫的风格，容易受到攻击，因为大卫能够攻击对手薄弱的一边——不管是左边还是右边——力度同样凶狠。

大卫几乎每天都在摔跤，所以提高得很快。八年级的时候，他代表高中学校参加比赛，在全州拿到了第四名。

九年级(高中从第十年级开始)的时候,他参加了在秘鲁利马举行的世界男子学生摔跤锦标赛,最终不敌一名英国选手,位列第二。

大卫在这项高难度的运动项目上取得如此快的进步,让我瞠目结舌,但是他却并没有因为自己所取得的成绩而欣喜若狂。他身上有一种镇定的气质,让人永远都猜不透他到底是个强劲的对手还是个不堪一击的小人物。

大卫的难语症似乎还有另一个好处,那就是他已经习惯于为了赶上自己的同学而付出加倍的努力。当他已经与同龄人处于同一水平的时候,他也不会就此停住,还是会像以前一样继续努力。这一点在摔跤场上表现得最明显。他逐渐赶上并超越了同龄对手,甚至是年长的对手,从而创造了美国高中生摔跤运动史上的最好成绩。

与大卫不同,我一开始接触到摔跤运动这个项目的时候,并没有对其产生很大的热情。

摔跤是七年级体育课上的必修项目。我们先是集中一段时间练习各种不同的动作,紧接着第二天就进行比赛,所有七年级的男生都必须参加。

由于只有在上体育课的时候才进行比赛,所以整个过程的时间跨度很大,非常漫长。我的第一场比赛被安排在了第一轮的后半部分,我很不喜欢这种安排。等待的时间越长,我就忧虑越多,不断猜想万一输了将会对我最优秀全能运动员的地位产生怎样的冲击。这并不是我第一次在赛前感到紧张,但那是最严重的一次。在我的摔跤运动生涯中,每次比赛之前都会感到紧张,我一直没能消灭这种紧张感,但是我已学会如何控制它,甚至是利用这种紧张感来激发我在赛前肾上腺素的提升。输了的话的确会很丢人,每天当我看着其他同学摔跤的时候,我都会想到失败的后果。

终于,我的第一场比赛开始了。我成功地夹住对手的头部,死死地将其压住。但是我并没有因为这次胜利而开心,因为我马上就感觉到了第二轮比赛的压力,如果我输了会有什么样的后果?

不难想象,七年级并没有很厉害的对手,因为我们都不是有经验的摔跤手。我们都经过了很长时间的训练。尽管摔跤并不是一种靠天赋取胜的本能性运动,我还是凭借我的运动能力赢得了四轮比赛,每一次都是夹住对手的头部然后将其拿下。

在整个比赛过程中,我每赢一次,都更害怕下一场比赛。当我最终赢了决赛的时候,才彻底如释重负。

那年下半学期,我决定申请加入七年级摔跤队。几天之后,我和大卫就搬回帕洛阿尔托去和父亲一起生活。我爱我的母亲,但是却感觉帕洛阿尔托才是我的家乡。而且父亲的房子条件更好,我不用再待在那个冰冷的简陋屋里了。同时,父亲的工作性质使他有时间回家处理洗衣服这种生活小事。这听起来没什么大不了，但是有干净的换洗衣服会让我在训练的时候更加努力，通常身上的衣服每天都要被汗水浸湿好几次。当然，搬回帕洛阿尔托意味着我没有机会在七年级的时候摔跤了。

回到帕洛阿尔托之后，我在八年级的时候加入了校队。我们的教练就是我们的游泳教练，他的主攻方向还是游泳。摔跤训练没有什么组织性，我们也没学到什么技巧。整个赛季仅仅持续六个周，包括三组比赛：地区锦标赛、北部郡县锦标赛，以及郡县锦标赛。每组比赛的每个体重级别都有四名选手参加。三组比赛当中，我都输给了同一个人，位列第二，拿到了三胜三负的成绩。这个赛季并不是很重要，而且我也并不认为这一年是我“开始摔跤运动的那一年”。

整个赛季结束之后，我并没有感觉自己学到了很多关于摔跤的知识。我不喜欢这个运动项目，因为实在是太累人了。

与我哥哥的经历相比，摔跤一开始对我来说根本就没有那么大的吸引力。

在我读九年级的时候，有一天，我去帕洛阿尔托中学观看大卫所在的高中摔跤队训练，在那儿见到了大卫的教练埃德·哈特。哈特也是学校体操队的教练，他教会我怎么做后空翻。我当时的想法就是，身边的同学都不会做后空翻，我要是学会了那就太酷了，可以让我信心大增，而且这种体操动作可以提高我身体的灵活性、平衡感，增强肌肉的力量，从而促进我运动能力的全面提升。

那时候，体操于我，就跟摔跤对大卫来说一样重要。我梦想着成为一名体操运动员，并且一辈子都从事体操运动，我认为这样才是一个人发展兴趣的最好方式。于是我开始每天训练两个时段，后来遇到了斯坦福大学体操队教练萨道·哈玛达，他是世界上最资深的体操教练之一，我开始在他的教导下训练。很快，我就学会了很多新的体操动作，而且明显感觉到了练体操带给我的好处。在摔跤运动中，做完一系列动作之后，摔跤手很可能会感到头晕。但体操运动员是不会感到头晕的，因为他们有“动觉身体意识”，实际上也就是说，在运动的过程中一直保持清醒的空间意识。体操练习使我的身体特别灵活，可以做出劈叉这样的动作。我也变得非常强壮，甚至可以一口气儿做55个引体向上。体操同时还帮助我面对恐惧、战胜恐惧。优秀的体操运动员都是无畏无惧的，我能克服的恐惧越大，我的自信心就越强。

为了帮助我战胜恐惧，我决定在一个地势危险的地方练习前滚翻。地点就选在帕洛阿尔托的一座老桥上，要跨过圣弗朗西斯托河流，火车就要从这条老桥上开过。桥面离河面大概有50英尺的距离。我先是小心翼翼地爬上桥顶部的钢梁，等待火车经过。然后我就在位于火车上空两英尺宽的横梁上做前滚翻的动作，证明自己可以克服恐惧。

我九年级大部分的课后时间都是跟哈特教练一起度过的。他也很喜欢教我，还让我跟高中队比拼。在哈特教练的帮助下，我赢得了南半岛体育联赛体操项目的全能冠军，所获总分居于所有比赛项目之首。但由于我还差一年才能进入高中阶段，所以联赛裁判团决定不能给我颁发奖牌。为了表示对我的支持，帕洛阿尔托的队友们都拒绝接受他们所获得的任何奖牌。

哈玛达教练在两个地方带领我训练。一个是离我家很近的体育馆；另一个是在斯坦福大学的恩西纳体育馆，斯坦福大学的体操队和摔跤队也是在这里训练。在恩西纳体育馆，通常是我在训练场的一端练体操，大卫在另一端练摔跤。训练结束之后，体操运动员喜欢各自回家，但摔跤手则喜欢大家一起玩儿。每次体操训练之后，我都会待在体育馆里，与一些摔跤手一起在蹦床上玩游戏或者比赛。

那年后半年，我取得了北加州 15 至 16 岁体操全能冠军。这一次，我拿到了奖牌。

对我来说，哈玛达教练既是一个优秀的教练，又是我的朋友。他教我如何锻炼出最强的运动技能。通过体操练习，我提高了自身的平衡感、灵活性与力量。我认为，体操为我之后从事任何运动奠定了最好的基础。

体操在心理上给我带来的好处也是至关重要的。心理关乎一切。我们都活在自己的意念当中,所以无论我们心理状态如何,对于我们自身来说,那都是现实。但是,身体和心理是分不开的。我们每个人都是一个完整的有机体,自信必须基于事实之上。我会做一些其他摔跤手们做不出来的动作,这一点给了我很大的帮助。

我将自己后来在摔跤运动上取得的成功主要归结于以下两点:体操练习奠定的基础,与大卫之间的竞争以及我们彼此的兄弟之情。我们都知道,不管发生什么事情,我们俩一直都是亲兄弟,这样我们在练习的时候就会对对方极其残暴无情。

体操练习与大卫的存在帮我在身体上和心理上都做好了充足的准备,来迎接赛场上可能出现的任何挑战。

第 2 章

从门外汉到摔跤冠军

然而,体操无法为我弥补的一个缺憾就是:缺乏自信。

随着大卫摔跤事业的发展,他的自信也在不断地提高,但是我却在走下坡路。生活中的我并不开心,赢回的那些体操奖牌似乎都是空洞而没有意义的。我对未来感到迷惘,对自身感到困惑,不知道将来该何去何从,因此不停地和父亲发生口角,并且最终放弃了体操运动。

其实,内心深处,我知道自己的问题在哪儿:我的虚荣心。虽然我在体操运动上取得了一些成绩,但是大卫在摔跤方面表现得更为优秀。而且他受到的关注更多,各所大学招生人员都竞相要录取大卫。有一次我因此对父亲大发牢骚,父亲狠狠地斥责了我。

父亲本以为,在我获得北加州体操锦标赛冠军之后,我就能顺利进入大学。我也是这么想的。结果我却半路放弃了体操运动,一下子不知道接下来该何去何从。

15 岁那一年,我开始吸食大麻,父亲发现之后,就开始对我的各种社交活动百般限制。我感觉自己完全失去自

由了。因此,我决定搬回阿什兰去跟母亲一起生活,

回去跟母亲一起住,就意味着还要跟她的男朋友以及我同母异父的弟弟妹妹生活在同一屋檐下。家里当时特别穷,天冷的时候,我甚至得跑到学校的失物招领处去冒领一件夹克来御寒。我开始跟一些问题青年来往,尤其是邻居家的一个孩子,我们俩经常一起吸食大麻。不幸的是,他后来因为吸毒过量而死。

还有一个我来往过的问题青年被警察逮捕了。他从别人汽车里偷出支票本,模仿车主的笔迹写了一张支票,然后要拿去兑现。他去兑现的时候,我也在旁边。他并没有分钱给我,我也没有做违法的事情,但我还是被作为共犯给逮捕了。后来警方允许我保释出狱,并警告我不能再惹麻烦。我也尝到了交友不慎的后果。我其实应该劝他不要去兑现那张支票,尽管我知道他根本就不会听我的。不管我在不在旁边,他都会去兑现的。

被捕之后,我做了深刻的自我反省,意识到两件事情。第一,我不喜欢这样的自己。第二,能让我感到开心的唯一方式,就是打败世界上其他所有人。这第二点并不仅仅是一个 15 岁孩子不成熟的想法。在我整个职业生涯中,这种渴望一直驱使着我前进,直到我 1996 年的最后一场比赛。

反省之后,我就更加坚定了要放弃体操的决定。的确,我很擅长体操,但是回想起大卫在操场上用拳头保护

我们俩的场景，我意识到自己应该用另外一种方式来让别人看到我的强悍。

当时，李小龙非常有名，看到他在《精武门》中一个人把20个人打得落花流水的场面，我坚信练武术就是让自己强悍起来的不二法门。但是阿什兰周边并没有李小龙训练馆，于是我就去了查克·诺理斯位于德福德的唐手道训练馆。之前的体操训练给了我很大的帮助，我几乎可以前踢抱腿直立。

我们在一个类似舞蹈工作室的武馆训练，那里的地板是木质的，墙上都是大面的镜子。进入唐手道训练馆的头四个月里，我练得非常卖力，也渐渐远离了之前的那些狐朋狗友。我感觉自己变得更有原则了。我本以为自己终于找到了人生的方向，然而，那年秋天我过生日的时候大卫来看我，一切又都被否定了。每次我和大卫待在一起，他都会说些让我很恼火的话，最后常常是两人扭打起来。我不太记得那一次是为了什么，我们俩又打了起来。

我以为在唐手道训练馆努力练习了四个月之后，我可以好好教训一下大卫，给他点儿颜色看看。

我们俩来到母亲房屋的前院，我立马摆开阵势，对大卫发起攻击。我朝他狠狠挥出一拳，但大卫蹲下身体，躲了过去，接着他朝我冲了过来，迅速把我摔倒，将我死死地压在身下，然后就像之前我看着他狂揍别人那样开始猛击我的头部和脸部。（说实话，这次从他身下的位置往上看，场景更加可怕。)就在大卫挥拳如雨教训我的时候,我意识到,大多数格斗中,双方最后都会在地上扭打,这样的话,懂得摔跤的技巧就非常占优势。

我想要成为一个凶猛的斗士,因为我缺乏自信,常常被人欺负和戏弄。我也不善于跟女孩子搭讪。唯一的解决办法就是成为这个世界上最强悍的人。

我离开了唐手道训练馆,两周后,加入了阿什兰高中摔跤队。

训练的第一天,我哼着自编的可笑小曲走进了阿什兰体育馆,歌词儿只有一句“摔跤就要成为摔跤手”。我反复不停地哼唱着这句话,也许是用这种方式对我自己说:“我一定要成为一名摔跤手,至死方休。”

每天我都强迫自己去突破身体上的极限。我讨厌跑步,但我还是会调节一下,然后跑到想吐为止。我认真学习每个招式的动作要领和技巧,每天用来训练的时间比所有队友都更长。

我发现摔跤运动其实并不复杂,想要练好虽然不容易,但是动作并不复杂。而且,身体虚弱或精神软弱的人是绝对练不好的。

摔跤的规则非常简单:压制住对手,你就能取胜。“压制”也叫做“击倒”,就是把对手打倒,将其翻转,使其双肩着地。在自由式摔跤和古典式摔跤当中,“压制”也被称为

“触碰式击倒”,因为摔跤手要做的就是使其对手双肩着地,这样就算赢。而在学院式摔跤中,必须双肩着地至少一秒钟才算被“压制”住。

如果比赛过程中双方都没能压制住对方,那么整场比赛当中得分最高的摔跤手即为胜出一方。不同风格的动作得分不同。但是通常来说,能够得分的情况有:将对手击倒在地(称为“摔倒”);从对手的控制中逃脱(摆脱成功);被对手压在身下之后扭转局势并将其压在身下(反控制);差一点压制住对手(接近击倒);对手因犯规而被扣分,犯规行为包括不符合体育道德的言行、违规动作、拖延时间,等等。

当然,这只是一般性的规定。在自由式摔跤比赛当中,摆脱就不得分。而且在我的职业生涯当中,自由式摔跤比赛中取消了因拖延时间而扣分的规则。即使在此项规则被取消之前,自由式摔跤与学院式摔跤也有不同的执行方式。判断选手是不是在拖延时间完全靠裁判的主观判断,这就给予裁判很大的权力,有时候甚至过大了。

另一个可以反映出各式摔跤规则不统一的动作就是“接近击倒”。在学院式摔跤当中,当摔跤手从背后擒住对手,使其双肩与擂台成45°角并至少保持2秒钟,就可以算作“接近击倒”得分。如果摔跤手使对手保持该姿势2秒钟,则获得“接近击倒”2分;如果摔跤手使对手保持该姿势5秒钟,则获得3分。在自由式摔跤中,我们称之为“翻转”。将对手双肩扭转到与地面呈 90°以上角的位置,就可以得到2 分。也可以把对手整个翻转过来,使其俯卧在地,如果双肩满足了 90°角的规定,就可以因该翻转动作得到2 分。

在各式摔跤中,不同的得分动作所获得的分数不同,但基本上都是 1 到 3 分。

每场比赛按局来划分。在 1982 年之前的学院式摔跤比赛当中,第一局比赛时长 2 分钟,第二局和第三局比赛时长分别为 3 分钟。后来时间又改成了 3-2-2 的模式。1981 年之前,自由式摔跤比赛每次有三局,每局比赛时长均为 3 分钟。1981 年之后则缩短为两局比赛,每局时长各为 3 分钟。

摔跤手按体重分属不同的重量级别,参加比赛的选手,其体重不可以超出自己所属的重量级。在我的比赛生涯当中,自由式和古典式摔跤的奥运会比赛都分为 10 个重量级别。如今都已经减少为 7 级。学院式摔跤比赛中仍然划分为 10 个重量级。

有一种比赛形式叫做两队对抗赛,每队在每个重量级别各派出一名选手。每场比赛的获胜选手,根据胜出的动作类型为本队赢得相应的分数,最高不超过 6 分。最后总分最高的队伍获胜。

另一种比赛模式是多支队伍参加比赛,例如全国大学生摔跤锦标赛、高中生摔跤联赛或州级冠军赛。联赛采用双淘汰制,参赛选手有可能第一场比赛就败下阵来,但最后仍然能拿到第三名的好成绩。

自由式摔跤联赛采用循环赛制。在包括奥运会在内的国际比赛当中,选手们都被分成两组,分别进行小组赛。每组积分最多的选手(根据不同的获胜形式)进入到最终的冠军争夺赛。

在我决定转而练习摔跤的那一刻,我就准备全力以赴了。我全身心地投入到训练当中,就算豁出性命也不怕。这绝对不是在夸张。我对过去吸食大麻、迷失自我、成天跟那些连我自己都看不起的问题青年混在一起的经历感到懊恼不已。为了在某个领域获得成功,我们必须尊重这个领域的成功人士,否则你就是想成为那种连你自己都不尊重的人。我当时已经跌落到生活的谷底,生与死对我来说已经无关紧要,我真的不在乎了。我想要跟我尊重的人交往。幸运的是,摔跤为我提供了这一切。

我们的教练名叫蒂姆·布朗,一位重量级摔跤手和橄榄球教练。他是个优秀的教练,也是个好人。但是阿什兰的摔跤队规模太小了,只有十个选手参加了选拔赛。布朗教练深知耐力在摔跤场上的重要性,因此对我们展开魔鬼式的训练,以使我们保持最佳状态。

我记得,当时我们高中摔跤队有12个重量级别。如果有哪个重量级别选手人数不够,教练在必要的情况下会为摔跤手选择重量级别。因为在对抗赛中,放弃某个重量级别的比赛,就会拱手让对方摔跤队自动加上6分。比赛时,每个重量级别的较量只能有一名来自参赛队的选手,因此教练必须想办法安排多名选手参加各个重量级别的比赛。

我开始参加130磅重量级比赛。直到这个时候我才体会到摔跤运动中最痛苦的部分之一:减重。

减重就是减轻身体重量的过程,通常是要在短时期迅速地降到某个重量级别的最大体重标准。减重需要通过高强度的训练来尽可能地排汗,减少食量,甚至是绝食。有时候,有的摔跤手实在是没有办法,就把手指伸进嗓子里来催吐,以此来减重。这样极端的错误减重方式其实是很危险的。但从我接触这项运动开始,减重就是其中不可避免的一个环节。

当年在我参加摔跤比赛的时候,大多数人都认同的一个说法就是,有效减重的摔跤手会比没有减到同等重量的对手更强壮,因此在赛场上更有优势。减重的摔跤手基本上会靠降低身体脂肪含量来减轻重量,因此就会比其他摔跤手拥有更多的肌肉。

我认为这种说法根本就毫无道理可言,尤其是对那种瘦型身材的摔跤手而言。由于之前练体操,我就是这种瘦型身材。我体重136磅。6磅也许听起来没有什么大不了的,但是由于我比较瘦,减掉体内水分的重量之后,我的身体开始消耗肌肉。当无法从外界摄入能量的时候,身体就必须要动用储备的能量。碳水化合物通过有氧运动来消耗,而蛋白质通过无氧运动来消耗。由于我体内并没有太多的脂肪,那么减重的唯一方法就是消耗肌肉蛋白质分解产生的能量,以及通过排汗来减掉水的重量。结果,这严重影响了我在赛场上的发挥。

威德·耶茨是我非常要好的一个朋友,他在上个赛季中获得了我这个重量级别的阿什兰地区亚军。布朗教练曾经定下一个规矩,如果两个摔跤手是同一个重量级别的,那就要每周进行一次挑战赛,来竞争代表学校参加比赛的资格。我和威德在10周的时间里进行了11场比赛,其中我赢了10场。然而,之前每周跟威德的比赛让我高度紧张,结果就在接下来的比赛中遭遇了滑铁卢。

我记得在前四场比赛中我就被压制住了,而且根本就不知道自己为什么被打败了。

大卫之所以备受瞩目,在于他的厉害之处就是掌握了很多的技巧。而我刚开始练习摔跤,根本就不知道任何技巧。于是我就开始疯狂地学习技巧。我和大卫有一个朋友,名叫吉姆·葛恩,是阿什兰南俄勒冈学院(如今的南俄勒冈学院州立大学)摔跤队的摔跤手。

我去大学找他的时候,吉姆就教我如何在对手占据上风的时候从下方通过手部力量获得控制权。这一招我称作"手控摆脱"。

具体过程是这样的:你被摔倒在赛场上,对手用手臂压制住你。你抓住他的手指，这样他就不能把你死死扣住，也不能抓住你的手臂，实施所谓的“手臂控制”。然后把脚放到身体前方，拱起后背，这样就能使你的髋部远离对手的髋部，然后迅速转身，脱离对手的控制，这是摆脱对手的一种非常有效的方式。

要想成功做到“手控摆脱”，就要具备一个必要的前提：你的后脑勺要比对手的面部更坚硬。如果对手的脸正好位于你的脑后，你就要用头去撞击对手的脸部。没有哪个摔跤手愿意一直被攻击脸部。

自从吉姆教会了我这一招儿之后，几乎没有人能把我压制住。从高中到大学再到全国性或国际性的比赛上，我都一直在使用这一招儿。

在大学阶段的比赛当中，选手可以凭借有效压制而得到 1 分。有效压制是指摔跤手将对手压制在地，被控制住的一方无法摆脱或反击。在比赛结束时，如果一个选手的有效压制时间比对手的多出 1 分钟或更久，则可获得 1 分。在我进入大学二年级之后，就没有对手能够从我身上得到有效压制分了。

“手控摆脱”这一招自上而下地运用同样有效。如果能控制住对手的手臂，我就能很容易地把他制服。而让我百思不得其解的是，虽然这一招如此简单，但是那么多摔跤手，不，应该是所有的摔跤手都不曾使用。我从来没有把这个绝招告诉任何人。

由于吉姆的这个绝招，我摆脱对手压制的能力越来越强。我也训练得很努力。然而，胜利却并没有如期而至。我天真地以为，如果我像大卫一样多学些技巧，我就能像他一样百战百胜。结果并没有如我预想的那样。直到后来我才意识到，我要利用自己强大的爆发力来实施这些技巧。

赛季一开始，我就连输 4 场比赛。接着到赛季过半的时候，我的个人成绩记录已经是 4 胜 6 负了。于是布朗教练决定用威德把我替换掉，以提高整个摔跤队的成绩，尽管在每周的对抗赛中，我还是能赢威德。

让我感到不满的是，教练自己定下通过对抗赛选拔选手的规则，结果他却没有遵守这个规则。我们都按照他定下的规则来比赛，但他无视该规则，让威德代替我参加联赛。

最重要的是，由于我们队缺乏高重量级摔跤手，所以放弃了较高级别的比赛。我们队的成绩本来就很差劲，教练给出的“提高整个摔跤队成绩”的理由根本就说不通。何况我也根本就不关心我们队的成绩如何。的确，联赛最后要看每支队伍的总计分数，但在我看来，摔跤属于一种单项体育项目，就是我对抗对手而已，我只关心这些。

我没有去找布朗教练，而是径直去找校长。校长命令教练允许我继续代表学校参加比赛。在这一点上，我也有错。我其实应该先跟布朗教练谈一谈，也许就把这个问题解决了,因为他的确是个好教练。他只不过做出了一个我不认同的决定,仅此而已。

至少表面上看是这样的。

但是如今回想起来,我觉得自己当初之所以直接去找校长,可能是因为我在心理上其实已经离开了阿什兰。我在俄勒冈一直都过得不开心,很想离开那里。所以我只是想通过激化矛盾来促成这个结果而已。

于是,我开始逃课,而且还在体育课上打架,用拳头打另一个孩子的后脑勺,把自己的手都打伤了。我从这件事中得到的唯一一个教训就是,打架永远都不要打对方的后脑勺,那个部位实在是太坚硬了。手上打了石膏之后,我自然逃了打字课。不久我把石膏拆掉了,因为裹着一层石膏实在太麻烦,结果我的手就这样留下了后遗症。

我想赶快逃离俄勒冈,但又不想在我保释观察期结束之前回到帕洛阿尔托。盼望着保释观察期赶紧结束的心情反而使日子变得更加漫长。我感觉自己糊里糊涂地被捕,然后就进入了保释观察期。除此之外,我在摔跤队里也遇到了摩擦,手也受伤了,而且还特别想摆脱跟母亲的男朋友住在同一个屋檐下的生活。

摔跤赛季之后,大卫又来看了我一次。这次我们谈话的主要内容都跟大学录取有关。似乎每一所设有摔跤队的大学都想要录取大卫,这让我特别羡慕。一直以来,我的运动天赋都比大卫要好,而且我还获得了加州体操锦标赛冠军。我有时会看着大卫,心里琢磨,他以前肢体动作那么不协调,是如何在这么短的时间内变成如此优秀的摔跤手?大卫的成功让我感到困惑,但同时也让我看到了自己作为一个摔跤手所具有的潜力。如果我全身心地投入到摔跤当中,我也能成为大卫的一个强劲对手。

就在大卫来看我的那一周,俄勒冈大学教练罗恩·芬利和南俄勒冈州立大学教练鲍比·瑞恩来跟大卫约谈录取的事宜。大卫就当着这两位教练的面,说我是个“烟鬼”。

在帕洛阿尔托高中就读的最后一年里,大卫拿下该赛季全美高中生有史以来的最好成绩。

那年11月,他放弃了高中队的几场比赛,而是前去内布拉斯加州林肯市参加了著名的大平原自由式摔跤联赛。大卫虽然只是个高中生,但他最终进入了决赛,与恰克·雅格拉对决。而雅格拉一年之前刚刚结束在爱荷华大学的摔跤训练。雅格拉曾赢得1975年和1976年全美大学体育协会锦标赛冠军,并在大四那年获得“最佳摔跤手”称号。

比赛进入最后阶段,大卫仅落后雅格拉几分。这时两人扭缠在一起,大卫一个转身将这位两届锦标赛冠军控制住,然后伸出左腿一大步绕过恰克的右腿,将其直接绊倒,用左腿死死扣住恰克的右腿,最终压制对手获胜。

在大平原自由式摔跤联赛获得冠军之后,大卫就有资格参加一年一度在苏联格鲁吉亚举办的第比利斯摔跤,该比赛被认为是国际摔跤运动最高规格的比赛,因为所有的苏联摔跤手都会参加,他们是世界上以及奥运会上最优秀的队伍。大卫在比赛中获得了第二名,是成绩最好的美国选手。

高中二年级和高中三年级,大卫都获得了全州高中摔跤比赛的第四名,但是这一年由于参加了第比利斯摔跤赛,他没能参加高中联赛,因此也就没有资格参加州冠军赛。哈特教练向州教练联盟提出申请,请求他们破例允许大卫参加,不过重量级别上调一级,达到170磅。教练联盟通过了该申请,也知道大卫肯定会赢。大卫的确很轻松就获得了冠军,决赛中以12比1的成绩战胜了对手。

州比赛结束之后,大卫参加了全国古典式摔跤冠军公开赛。在古典式摔跤当中,摔跤手不准使用双腿去攻击对手,也不能攻击对手的腿部。大卫获得了该比赛的冠军,并且由于在最短的时间内击倒对手次数最多而获得了戈里亚兰奖杯。

大学招生人员排着队上门,想尽力争取大卫去他们学校就读。

大卫对摔跤技巧的重视为这项运动带来了变革。在此之前,大部分的教练都单纯强调力量训练。当时,自由式摔跤比赛时长为九分钟,学院式摔跤比赛时长为八分钟。在九分钟的比赛中,力量往往是最重要的因素,因为掌握很多技巧但力量不足的摔跤手根本敌不过力量超强的对手。

大卫改变了这一切,因为他不仅有力量,而且掌握了很多技巧。这就是为什么尽管他只是个高中生,看起来像个文质彬彬的"化学教授"(我们的一个朋友经常这样调侃他),大卫还是战胜了世界上一些最优秀的摔跤手。大卫的体型虽然不强悍,但他内在的力量是极其强大的。

随着高中一年级上半学年的结束,我的保释观察期也结束了,于是我就搬回了帕洛阿尔托,不过当时想要报名参加那里的摔跤队已经来不及了。于是我结识了大卫的一个摔跤手朋友克里斯·霍培尔,当时他刚刚获得全美殊荣,并从斯坦福大学毕业。克里斯比我大七岁,一开始我们就像兄弟一样亲近。为了获得他对我的好感,我就模仿史蒂夫·马丁来逗他开心。很快,他也能生动地模仿史蒂夫·马丁了。史蒂夫·马丁确实是个很棒的演员,我和克里斯都非常喜欢看他的喜剧。

我高中一年级的下半年以及整个暑假,克里斯都在指导我摔跤,并作为对手陪我练习。他还为我创造机会,跟着斯坦福大学其他的几个摔跤手训练,这样就让我在同龄的竞争对手中占有极大的优势。虽然不能参加学校的比赛,但是我几乎每个周末都去参加业余自由式摔跤比赛。

大多数时候，我都是在前两局就被淘汰了。不过，那段时期我的能力在迅速地提高。暑假快结束的时候，我作为145磅重量级选手参加了在西谷学院举行的一次大型比赛，最终取得了冠军。这次胜利让我特别开心，但是，此时我练习摔跤的唯一动力仍然是要成为世界上最强大的斗士。

大卫在帕洛阿尔托高中的教练哈特知道我在接下来的那个学年会进入他的摔跤队，因此就密切关注我的进步。他还和我一起切磋，我曾经打败了他十次。

大卫有一个摔跤笔记本，上面非常认真地记录了他的所见所感。高中二年级的时候，我抄录了这个笔记本的内容，因为我认为——现在也是这样想的——要在某个领域出人头地，就得找到已经在这个领域成功的人，然后模仿他的做法。于是，我决定像大卫一样，将摔跤运动当成一种学术去研究。

我按照缠斗动作或者进攻前后自己所处的位置来对笔记的内容进行分类标记。比如说，抓住了对方的手腕就是一种缠斗动作。不过抓住对手的手腕，顺势实施托臂摔以及单腿抱摔，就是单腿缠斗。我注意到，大多数的摔跤手都将攻击过程分为三步：准备、实施、完成。

准备阶段就是利用手臂力量，抓住对手，使其失去平衡，然后创造机会进行攻击。

实施阶段也被称为“进攻”，也就是实施进攻的过程。

完成阶段就是一套动作的结束,旨在得分,或者是能直接将对手制服,那样自然更好。

比如,在托臂摔这个基本的动作当中,我的准备阶段就是要让对手用左手抓住我的右手腕。然后我就会放低我手腕的位置,使对手的手臂顺势向下移动,到达我想要的位置。接着,我就会用左手抓住其三头肌的背部,直接将其手臂猛力甩出,从而摆脱他的控制。同时对手被甩出的手臂几乎能与地面平行,从而带动其上半身向外扭动。

实施攻击的过程并不复杂。在对手的手臂与水平面平行之后,我就蹲下来展开攻击。这便是攻击的过程。完成阶段,在对手手臂保持水平的瞬间,我会张开双臂,像一张网一样去抓住任何我可以抓住的部位(通常是两只腿,有时候也只是一只腿)。在实施进攻的过程当中,我会用一只腿绕到对手的左腿(或左脚)之后,困住他,并将其绊倒,同时用我的左肩膀去攻击他的腹部(或腹股沟)。绊住对手腿部的结果是要么我将他扭倒在地,要么迫使他后仰倒在地上。

我在笔记中将“实施阶段”给删除了,因为那是自然发生的一个过程,因此将三个步骤简化为两个步骤。

如果哪个招式没有名称,我就会给它起个名字。

笔记本里每一页都记录一个缠斗动作。例如,单腿抱摔、双腿抱摔、胯部抱摔、高低位、双上闩、双下闩、前夹头,还有一个名字非常滑稽的动作——离心扣。我在笔记本里每页纸的最上方写下缠斗动作的名字，接着罗列出所有完成这个动作的不同方法。上半身的招式包括投技、踢拳以及撕扯。我发现腿部招式基本上可以分为七类：提举、绊倒、旋转至对手后方、转换动作、摔坐在地、单腿抱摔、背着地跌倒。在这页纸的背面，我列出对每种局部控制的破解招数。然后我在笔记本的别处记下逆转的招式、压制组合招式、摆脱招式。笔记本的封面内侧，有我写下的解压箴言：专心致志，脚踏实地。当时，在16岁的我看来，这些都能帮助我迅速地提升自身能力。

我对这本摔跤笔记本的学习比对任何一本教科书都更认真，每一页我都认真研读，直到记下每一页笔记为止。笔记本的每一页都像照片一样印在了我的脑子里，每当我与对手缠斗的时候，特定的某一页笔记就会闪现出来，我可以看到一系列可供我选择的招式。我先选中准备使用的招式，然后毫不犹豫地出手。

在我进入高中最后一年之前的那个暑假，我参加了乔·西伊在贝克斯菲尔德举办的夏令营，当时，我的摔跤笔记已经记了厚厚一大本。我跟杰夫·纽曼同住一个屋，他也在帕洛阿尔托高中读书，并且跟我同一个年级。当杰夫看见我记笔记的时候，我就跟他解释了这样做的原因。结果我们就这种做法是否有效而展开了一场非常有趣的争论。杰夫是个非常优秀的摔跤手，后来我们成为一起参加训练的好朋友。不过，我知道记笔记对我哥哥的帮助很大,光是冲这一点,我就相信这种做法是有用的。

参加夏令营的时候,我发明了一种“连环摔跤”的理念,也就是不断地变换招式。我在笔记本里写下很多连环招式,最后发现这根本是写不尽的,这才作罢。从那时开始,我就专注于寻找那些最有效的动作和连环招式,最终开发了很多独家的绝招。实际上,我最有效的进攻招式极其隐蔽,连我自己都没有意识到这一点,直到后来观看比赛录像,才发现自己频繁地使用这个绝招。

还有几本关于摔跤运动的传统书籍对我产生了极大的影响。其中有一本书专门研究擒摔,作者是鲍比 · 道格拉斯,这位非裔美国人打破了摔跤运动中的种族障碍,在运动生涯中创下了 303 胜 17 负的成绩纪录,而且被列入了国家摔跤名人堂。

另一本是印度老师克里希那穆提的《你即全世界》。我之前也读过很多关于禅学大师们鼓舞人心的故事,他们可以在身体上或精神上达到令人难以置信的状态。比如,有一位禅学大师一整天都在冥想,偶尔饮茶放松身心,冥想结束后,他站起来拿起弓箭,冲着黑暗的走廊射出一箭,结果正中靶心。在我第一次浏览《你即全世界》这本书的时候,感觉里面讲到了禅学。于是我就翻到了关于克服恐惧的那一章,开始读了起来。我被这一章节深深地吸引了,不禁读完了整本书,又接着读了很多克里希那穆提的其他作品。

一开始,克里希那穆提的文字有些难以理解。他并不是在书中简单地告诉你克服恐惧需要哪几个步骤,而是会向读者提问,却又没有给出答案。他的书并没有告诉我应该或者不应该思考什么。相反,读着他的文字,感觉就像是他在旁边跟我一起前行,同时教我如何慢慢摆脱他,独立前行。

读过克里希那穆提的书,我第一次知道了“过去随时消亡”以及“完全活在当下”的说法,也第一次明白了“要关注事物的本来面貌,而不是理应如何,不带任何评判色彩地去探究自己的内心,静观其变”。

从克里希那穆提的书中,我学会了不带评判色彩地去体会自己的内心,观察眼前的世界。我学会了专注地去审查自己的内心,静观其变。我意识到,自己内心在“如何”和“理应如何”之间的冲突和挣扎正是这个世界上冲突与挣扎的根源。我明白了对自己唯一重要的东西就是当下所发生的一切。我学会了完全活在当下,与过去彻底了断。

我明白了爱是不分观察者和被观察者的,因此我试着去爱身边的一切事物,包括我的对手。我不再心存怨恨,因而也就抛开了之前阻碍我成功的精神负担。过去的痛苦不再阻碍我眼下的生活,我重新获得了前行的力量,并且在各个方面都不断提高。

完全地活在当下,彻底地抛弃过去,学会这一点对我的摔跤训练很有帮助。当我感觉自己的身体再也承受不了更大的疼痛时,我就会告诉自己,眼下所体会到的疼痛已经成为过去了,而我的过去已经一去不复返。

生活每分每秒都在重新出发,这种哲学思维与摔跤运动一起带我走出了人生的低谷,让我再次快乐起来。

开学之前,我需要添置一些运动装备,于是就请求父亲给我买一件运动衫。巧合的是,父亲给我买了一件绿色的运动衫。我们学校摔跤队的代表色正好是绿色和白色。我每天都穿着这件运动衫,穿上它的那一刻就像是打开了一个开关,立刻把我变成那个我一直想成为的人:自信且从容地面对自己。

训练过程中,我一直在挑战自己的极限,比任何一个人都更努力,体型也比其他人训练得更好。我每天训练两次,有时候甚至是三次或四次。每一天我都能感觉到自己的进步,知道自己离一直想成为的那种斗士又近了一步。

一年里,我体重增加了 30 磅,开学时,我的体重达到 157 磅,身体非常结实。在加利福尼亚州,赛季里的每个月都增重 1 磅,直到最后的州冠军赛。我所在的重量级别为 154 磅到 159 磅。我打算先努力训练,然后再将体重减到 154 磅,这就是最理想的状态了。通常我只要减去 1 磅到 2 磅,体重就能到达 154 磅了。

有一段时期,斯坦福大学摔跤俱乐部队员在甘恩高中集训。甘恩高中一向被视为帕洛阿尔托高中的对手。经克里斯·霍培尔的介绍,我得以在帕洛阿尔托的训练结束之后跑去跟斯坦福大学摔跤俱乐部的队员们一起切磋。鲍比·麦克尼尔是斯坦福的一个摔跤手,他很擅长侧滚摔,我从他那里学来的这招后来成了我的必杀技。

我每天都和杰夫·纽曼一起训练。他比我高一个重量级别,属于165磅重量级。他打赢了所有的联赛,从来没有输过,他的手下败将中就包括乔·盖尔利,跟我一个重量级别的中部海岸冠军赛卫冕冠军。

与此同时,在三次常规赛季联赛中,我一次也没有赢过。第一次联赛,我在第一场比赛中就输给了后来那次联赛的冠军选手。第二次联赛,我在比赛过程中弄伤了脚趾,结果被哈特教练扶下了场。第三次联赛,我仅获得第三名。

平时训练的时候,我并不比杰夫差,因此我知道自己是可以打败乔·盖尔利以及其他败给杰夫的选手。只是我的心理压力太大。竞争的压力让我有些喘不过气来。身为大卫·舒尔茨的弟弟以及前一年在130磅重量级比赛中取得四胜六负的成绩,并没有让我感到很轻松。

后来,我不知道到底发生了什么变化,事情出现了逆转,巨大的逆转。我参加了九支代表队参赛的南部半岛运动联盟比赛,在决赛中制服对手,获得了冠军,同时得到了参加地区赛的资格。来自大约20所学校的摔跤手参加了地区赛,我再一次取得了冠军,并晋级中部海岸冠军赛,跟来自大约90所学校的选手角逐。在本次比赛中，我打败了之前在常规赛季比赛中曾经赢过我的对手，进入决赛，与乔·盖尔利争夺冠军。

决赛的整个上半场，盖尔利都把我压在身下。下半场，我使出鲍比·麦克尼尔的侧滚摔，将其推倒在地，逆袭成功，得到了5分。最终我以1分的优势获得了冠军，以及“最优秀摔跤手”荣誉称号，晋级在圣迭戈州立大学举行的州冠军赛。

大部分的州联赛都根据本州参赛学校的规模而划分为不同的等级，因此每个重量级比赛都会产生多个州冠军。但是，尽管加利福尼亚州有800多所学校参赛，却并不采用上述做法。学校不论规模大小，一律共同竞争，最后每个重量级比赛只产生1名州冠军。一个在加利福尼亚州获得冠军的摔跤手，才是真正意义上的摔跤手。

乔·盖尔利在第1回合就败下阵来。当时是我读高中的最后一年，也很有可能是我最后一次参加赛季联赛。我准备着迎接我第一次州联赛的第一场比赛。跟我之前交过手的一名优秀的摔跤手一上场就被打败了。

开玩笑吧！我心里想道，这些人太厉害了，我一定会输得落花流水。

我牢记克里希那穆提在书中写下的箴言，不断告诉自己要完全活在当下。我把所有的注意力都放在第一场比赛上，甚至根本就不去看赛程安排表。在整个联赛晋级的过程中，我每次都只关注马上要面对的对手。在我整个运动生涯当中，我一直都用这一招来帮助自己关注当前的比赛。

第一场比赛中，我的对手是在南部地区比赛中获得第五名的选手。整场比赛当中我都明显占据上风，最后放弃了将对手摔倒的机会，以 1 分的优势赢得了比赛。

我的第二个对手是来自瓦列罗霍根高中的蒂姆·约翰逊。约翰逊是一位“常胜将军”，被认为是最有可能夺冠的选手。离比赛还有 10 秒钟的时候，他仍然以 3:2 领先于我。这时我一个摆脱动作成功得分，追平了比分。两人进入了加时赛。加时赛开始之前我们有 1 分钟的休息时间。为了追平比分，我已经筋疲力尽。一回到休息区，我就瘫倒在地。我实在是太累了，差一点吐了出来。

休息时间过去大约 45 秒钟的时候，哈特教练看了看我，又看了看约翰逊。约翰逊单腿跪坐着跟他的教练商讨战术。他看起来一点儿都不累，而我却在大口地喘气。哈特教练突然狠狠地抽了我一巴掌，拉我站了起来。我从来没见过教练这么凶。他这一巴掌把我惊呆了。我感觉浑身一个激灵，肾上腺素激增。教练的这一招竟然管用了！

加时赛包括三个时段，每个时段 1 分钟。第一时段我们两个人都没有得分，但是接下来的两个时段里，我各获得了 3 分，最后以 6:0 的成绩赢得了加时赛。约翰逊接下来参加了安慰赛，最终获得了第三名。

半决赛中，我的对手是来自波威高中的克里·希亚特。希亚特也是一个“常胜将军”，而且波威高中曾经四次捧回了州联赛冠军队的奖杯。由于波威中学离圣迭戈州立大学很近，所以比赛现场有很多他们的粉丝。希亚特在第一个时段就把我摔倒在地，而且整个第一回合都是他占上风。在第二回合中，我决定从他的下身部位攻击，于是使出了那个赛季中我每次关键比赛都会使用的杀手锏——侧滚摔。我把他摔倒了，得到 5 分，并且整个第三时段都压制住了他，最后以 5: 2 的成绩战胜了他。

当裁判举起我的手宣布我胜出的那一刻，我看了看哈特教练，向他竖起了大拇指。他明白我想做什么。有过体操功底的我此刻特别想在场上做后空翻来庆祝胜利。对我来说，半决赛获胜是一次很了不起的胜利。但是哈特教练挥手示意我下来。当我走到他跟前的时候，他对我说：“等一等，现在还不是庆祝的时候。”

决赛中与我对决的是另一个强劲的摔跤手，来自普莱森特希尔高中的克里斯·博丁。博丁当时正在读高二，但是我们俩都是 17 岁。

第三时段比赛开始的时候，我们俩的比分是 4:4 平。第三时段，他选择下身攻击。基本上他只要能摆脱成功就能赢得州冠军了。我把他压在身下大约 1 分钟的时候，他挣脱了我的控制，爬了起来，面对着我。就在他差一点摆脱成功时，我放开了他的身体，抓住了他的左腿，使出浑身解数紧紧抱住。我不知道接下来该怎么办，但是我知道，只要一松手，他就赢了。当时我们俩都已经筋疲力尽，我甚至觉得这就是我这辈子最后一次摔跤了。

就在我用双臂紧紧抱住博丁左腿的时候，我想到了“彻底告别过去”。你还没有死呢，我这样告诉自己，然后最后一次爆发全身力量，做出了一个我从来没有做过的举动：我后背拱起，抱着博丁的一条腿，使出浑身力气将其举了起来。接着我们俩都倒了下来，就在博丁刚刚着地的时候，我扑了过去，将他压在身下。他面朝上摔倒在地，我一只手单臂扼颈，另一手抓住他的腿，从其背后实施摇篮式压制，得到 3 分。在离比赛结束还有几秒钟的时候，他挣扎着坐起来，但是我迅速将其压制住，最终以 7:4 的成绩赢得了州冠军。如之前打算的那样，我在场上做了一个后空翻来庆祝自己的胜利。

1978 年加利福尼亚州摔跤冠军赛，是我迄今为止，甚至是以后所有的国内国际比赛中最棒的一次比赛。这次比赛的夺冠让我开始相信，也许上帝真的存在。

在这次比赛的两年之前，我还是个体操运动员，而不是摔跤手。仅仅在 16 个月的时间里，我就从四胜六负的糟糕成绩以及频频失去比赛资格的窘境走出来，登上了加利福尼亚州冠军赛的冠军领奖台。这一路上，我一直都穿着父亲给我买的那件绿色运动衫，那件我洒下无数汗水的绿色运动衫。

颁奖仪式过后，我走进洗手间，对着镜子，盯着自己的眼睛，足足看了五分钟。我在想，自己为何能够战胜整个州的摔跤手，成为冠军？

为什么是我？

我之前所犯下的所有错误一定都得到了上天的宽恕，所以才能赐予我如此大的荣耀。对此，我内心无比感恩，发誓以后一定要努力来保有这份荣耀，并在此基础上去争取更大的荣耀。

我又问了自己一遍，为什么是我？

其他的摔跤手懂得不比我少，也跟我一样努力训练，跟我一样渴望胜利。然而，我还是有某种他们所不具备的东西。

我不知道到底是什么东西。不过，当我继续看着镜子的时候，我看到了一个得到恩赐、收获无限荣耀的人。更重要的是，我看到了一个优秀的自己。对于这样的一个自己，我感到很满意。

回到帕洛阿尔托高中之后，父亲为我举办了一个庆功会。聚会上有蛋糕、气球，还有一个大横幅，上面写着“祝贺你！”这是我人生中第一次感觉自己取得了让父亲刮目相看的成就。作为一名喜剧演员，父亲在我长大的过程中为我带来了无数欢笑。而在这一天，我为他带去了欢笑！

决赛中最后那个绝地致胜的攻击，以及随后它为我带来的无限荣耀，是我这辈子最幸运的一件事情。如果当时这个动作没有奏效，我可能就与冠军无缘，之后也可能就放弃摔跤，跑去参军了。

第3章

约翰·杜邦

多年以前,在美国东部沿海,约翰·埃留特雷·杜邦享受着一个跟我们完全不一样的童年。在宾夕法尼亚州费城西部的纽顿广场上,有一座占地800英亩,内部有40多个房间的豪宅。约翰·杜邦就是在这座豪宅里长大的。杜邦家族的一个建筑师朋友托马斯·杰弗逊曾为前总统詹姆斯·麦迪逊及其夫人在弗吉尼亚州的蒙彼利埃设计建造了一座住宅,而杜邦家族这座豪宅就是仿照前总统的住宅而建造的。

杜邦家族敏锐的商业嗅觉——主要是在化工行业与炸药行业,以及后来控股通用汽车集团——使这个来自法国的移民家族迅速进入美国上层社会,与亚士多家族、范德比尔家族、洛克菲勒家族等美国名门望族平起平坐。

作为杜邦家族产业上百名继承人之一,约翰从小就是含着金汤匙出生的。然而,他一直苦苦追寻却未能实现的一个梦想,就是获得奥运会金牌。即使最后他痛苦地意识到,凭他自己的能力和天赋根本不可能拿到金牌时,他还是不肯放弃这个梦想。

约翰·杜邦生来就是个富翁。他的曾祖父埃留特雷·伊雷内·杜邦是个法国人,1802年在特拉华州威明顿建立了一座火药厂,后来发展成为埃留特雷·伊雷内·杜邦公司,简称杜邦公司。

杜邦公司专业化的火药制造使其成为美国军队主要的火药供应商。公司后来还生产无烟火药和炸药。

1902年是杜邦公司成立一百周年。就在这一年,杜邦公司的总裁尤金·杜邦去世,内部权力的交接开启了杜邦公司历史上的新篇章,为公司接下来的迅速发展奠定了基础。

杜邦家族的堂兄弟科尔曼、皮埃尔和艾尔弗雷德买下了公司股份,将其转变为一个以科研为内驱力的化工企业。皮埃尔之前就是通用汽车的股东之一,杜邦公司为他带来的利润,使他后来在通用汽车陷入困境的时候注入资金,成为通用集团的绝对控股人。这样,杜邦公司就开始涉足汽车制造业,而且很可能就是杜邦公司挽救了奄奄一息的通用集团。皮埃尔后来成为通用集团的总裁,并将通用集团打造成世界上最大的汽车制造商,他个人以及杜邦集团之前的投资也因此得到了丰厚的回报。

杜邦公司重视科技研发,合成纺织纤维的制造为其带来了更大的利润,公司地位进一步提升。20世纪30年代,杜邦公司将女袜引进市场,再次引领了风潮。第二次世界大战期间,杜邦公司成为降落伞以及B-29轰炸机轮胎制造材料的主要供应商。杜邦公司在制造了第一颗原子弹的曼哈顿计划中也发挥了重要的作用。

杜邦家族的商业才智使其成为美国最富有、最有影响力的家族之一。

从埃留特雷·伊雷内·杜邦到约翰·埃留特雷·杜邦,中间经过了埃留特雷的儿子亨利、孙子威廉以及重孙小威廉这三代人。

1938年,约翰在费城出生,他的父亲小威廉与同样来自大家族的简·李斯特·奥斯汀共育有四个孩子,约翰是最小的一个。

简的父亲当初将纽顿广场600多英亩的李斯特大厅送给女儿作嫁妆,之后,小威廉的父亲又给这对新婚夫妇修建了一座豪宅,约翰就是在这座豪宅里长大的。

20世纪80年代,杜邦家族因为蒙彼利埃房地产而惹上了官司,约翰也牵涉其中。杜邦家族花了上百万美元的律师费,才把这件事情解决。

杜邦家族花钱雇律师来解决他们的问题,而我和大卫都是用拳头来平息纠纷。

约翰的父亲是特拉华州信托有限公司总裁,他喜欢赛马,自己养了一群纯种马,马匹参加比赛的时候都戴着与“狐狸猎手”庄园马厩同色的佩饰。他还设计并建造了二十多个赛马场和越野障碍赛马场地,并因此在国际上声名大振。不仅如此,他还热衷于猎狐,并因此修建了著名的

“狐狸猎手”猎犬场。约翰的母亲喜欢养威尔士矮种马和冠军小猎犬，而且经常参加马术比赛。在马术圈里，她因为自己那些“李斯特威尔士矮种马”而备受瞩目。70多年来，她参加了各种马术比赛，获得了32 000多个奖项。

约翰有两个姐姐和一个哥哥，其中年龄最小的一个也比约翰要大11岁。约翰两岁的时候，他父母就离婚了，她的母亲在财产分割中得到了李斯特大厅。约翰的两个姐姐和哥哥去读了寄宿学校，之后就各自组建了自己的家庭。但是约翰念了当地的一座私立学校，一直跟母亲生活在一起。

离婚六年之后，约翰的父亲再婚，娶了网球明星玛格丽特·奥斯本。他们育有一子，名叫威廉，在儿子二十多岁的时候，两人又离婚了。

在约翰成长的过程中，他的父亲很少陪伴其左右。约翰曾经在采访中说“自己这一辈子都渴望父亲的关爱”。约翰的母亲是个非常刚毅的女子，她没有再嫁，一直住在大宅子里，管理庄园的经营，直到去世，享年91岁。没有父亲在身边，兄弟姐妹又相隔千里，约翰基本上就是在母亲一个人的陪伴下长大的。也许这就导致了——或者说在一定程度上导致——他之后一直都无法与别人进行正常的交往。

约翰性格腼腆内向，而且还有些口吃，因此在著名的哈弗福德男校就读期间，他常常被同学取笑。奇怪的是，同学们一致推选他为“最懒惰的学生”和“最有可能成大器的学生”。约翰参加了哈弗福德男校的游泳队和摔跤队。他曾经非常自豪地给我展示自己入学第一年在摔跤队拍的照片。照片中,他身穿哈弗福德队服,站在最前排的最后一个。这是我见过的唯一一张他读书时身穿摔跤队服的照片。

约翰一直想在学校里交到几个要好的朋友,于是他只顾在自家豪宅里大搞聚会,根本就不关心自己的学业,结果成绩落后,无法按时毕业。约翰规定,参加聚会的男孩子一律不许带女伴。聚会上,有几个男孩子甚至想把车开进游泳池里。

约翰后来又组织了几次这种疯狂的聚会,但目的就不再是这么单纯了。

1957 年,约翰高中毕业,进入宾夕法尼亚大学,但是大一还没读完,他就辍学了。后来,约翰又进入迈阿密大学,获得了海洋生物学学士学位,而且在大学里还参加了游泳队。

约翰一直梦想着能参加奥运会游泳比赛。凭着雄厚的财力,他进入加利福尼亚州最好的游泳俱乐部圣克拉拉游泳俱乐部进行训练。

约翰在加利福尼亚州的阿瑟顿买了一栋房子,以便他训练期间居住。这栋房子离我和大卫不到五英里远,然而直到20年之后,我才第一次听说约翰·杜邦这个人。

很多奥运会游泳冠军都曾在圣克拉拉游泳俱乐部训练。当时在那儿训练的奥运冠军包括(当然不仅限于这些人)马克·施皮茨、林恩·伯克、迪薇罗娜、克里斯·冯萨尔察、史蒂夫·克拉克。

约翰充其量也只能算是个不错的游泳选手,但显然不具备参加奥运会的能力。

1963年,约翰决定开始练习现代五项全能,这五项包括:越野跑、击剑、自由式游泳、射击、马术场地障碍赛。

关于约翰为何会做出这样一个决定,我听到了两种故事版本。

一种说法是,圣克拉拉游泳俱乐部的教练说服约翰,他并不适合参加奥运会游泳项目,建议他如果真想参加奥运会,现代五项全能可能是最适合他的项目。

但是据约翰自己说,他之所以会做出这个决定,是因为他去到1960年奥运会仰泳冠军林恩·伯克的家中,她的父亲告诉他,既然他已经学会了游泳、射击和骑马,他就应该尝试一下现代五项全能,并且为他介绍了一个击剑教练。

这两种说法都有可信之处。

五项全能有可能帮助约翰实现他的奥运冠军梦,因为在当时这并不是一个竞争激烈的比赛项目。一个运动员要有足够的财力才能请得起五个不同项目的教练,这也就限制了很多有能力的人。约翰不仅请得起教练，而且还有钱在她母亲的庄园上修建训练场地。

约翰修建了一个射击场、一个越野比赛场，还在室内修建了一个奥运会规模的游泳池。在游泳池周边的墙上，约翰花钱请人用马赛克镶嵌出自己正在练习每个项目的画面，所有的马赛克都是从意大利佛罗伦萨跨海运过来的。

约翰也有钱去世界各国参加比赛。1965 年，国内有报道称他获得了澳大利亚国家锦标赛冠军，但是当时澳大利亚国内对这项运动并没有多大热情。

然而在美国，就跟他从事游泳运动一样，约翰并不具备参加奥运会的能力。1967 年，他在自己的场地上承办了国家锦标赛，尽管他对自己的场地很熟悉，却仅仅排名居中。接着 1968 年，在墨西哥奥运会美国代表队选拔赛中，约翰名列倒数第二。

约翰花钱请来了全美最好的教练，在自己家里大修训练场地，但是他的能力有限，无法进入国家队。

1976 年奥运会的时候，为了奖励他对现代五项全能运动提供的经济支持，美国国家队请他担任美国队的经理，允许他身穿代表队的保暖外套，与全队一起照相。

除了花钱让自己能够以非竞赛选手的身份参加奥运会之外，约翰并不具备奥运会选手的实力。他的决心很坚定，也有足够的财力支持，但他就是能力不足。

约翰寻求奥运会现代五项全能比赛资格未果的时候，已经快30岁了。下一届奥运会要再等上四年才能举行，约翰面临一个非常尴尬的境地：在这个年龄，他已经过了在自己最擅长的运动项目上达到巅峰状态的时期，同时，他也找不到其他能让他花重金以图参加奥运会的比赛项目了。

约翰一辈子都无法参加奥运会比赛。因此他只能去召集那些有能力参加奥运会比赛的运动员。

约翰效仿他父亲当年修建纯种赛马马舍而声名大噪的做法，花大力气为他的"狐狸猎手"运动队寻找最优秀的运动员，招募并鼓励游泳健将、铁人三项运动员和五项全能运动员到这个"庄园"上来训练。

约翰尝到了给行政部门捐钱并建立联系的甜头。在加利福尼亚州训练的时候，他给阿瑟顿警察活动联盟捐钱。回到纽顿广场，他又给那里的警察局捐钱，还到处显摆因此而获得的一枚徽章。

1970年初，约翰与纽顿广场警方之间的联系进一步加深了。他允许警察在自己的室内射击场和室外射击场进行训练。（他将自己的室内射击场以联邦调查局局长J. 埃德加·胡佛的名字命名。）作为五项全能中的神枪手，约翰主动花时间对纽顿广场警局官员们进行射击培训。他为警局买来防弹背心和对讲机，允许警察使用他的直升机。

这种联系也给约翰带来很多好处。首先,不管是在法律上还是在人身安全方面,他都在一定程度上得到了更大的保护,这样一旦自己惹上法律纠纷,他就有更大的主动权。其次,更加直接的好处就是他能够穿着警服,自愿承担一些日常的警务。不论是在外表上还是在谈吐上,他都很像一个警察。他佩戴的徽章以及与警察局的紧密联系也使他能够买到高火力枪械。

约翰喜欢手里握着强大武器的那种感觉。据说 20 世纪 70 年代后期发生了这样一件事:庄园池塘里的鱼就是不上钩,约翰变得极其暴怒,掏出一把枪朝水上的鹅射去,差一点打中一个游泳教练的儿子。

在约翰开枪打死大卫之前,他与枪支早就是一个非常危险的组合了。

第 4 章

加州大学洛杉矶分校走一遭

在我获得州冠军之前,我本打算高中毕业了就去参军。各个大学的教练并没有像争取大卫那样来说服我去加入他们的摔跤队。而且如果没有奖学金的话,我也不想去上大学。我都已经跟一个美国海军陆战队的征兵人员见过面了,因为我真的不知道除了这条路,我高中毕业之后还能去干什么。

但是获得了州冠军之后,我就有了另外的选择。虽然并不一定会有大学教练主动来找我,但是由于加州的高中摔跤手一直都非常优秀,因此获得了州冠军也就意味着我有机会进入大学摔跤队。然而问题在于,我获奖的时机有些不太好。之前我并不在各个大学的考虑范围之内,而且我获得冠军的那个时候正好是大学招生的时候,大部分的摔跤手奖学金名额都已经被分配出去了。

后来有两所大学为我提供了奖学金:俄克拉荷马州立大学和加州大学洛杉矶分校。

一直以来,俄克拉荷马州立大学摔跤队都是全国实力最强的,相比之下,加州大学洛杉矶分校的摔跤队就逊色多了。当时,俄克拉荷马州立大学摔跤队已经获得了27次国家锦标赛团体冠军,在我高中最后一年的时候,又获得了亚军。他们的摔跤手都非常厉害(现在依然如此,如今已经获得34次团体锦标赛冠军了),经过这么多年,直到如今,没有其他任何一个大学摔跤队获冠军次数超过当年的俄克拉荷马州立大学摔跤队。

大卫就是俄克拉荷马州立大学摔跤队的一员,他们的教练汤米·钱斯伯非常幸运地从高中挖走了大卫。

说实话,我觉得钱斯伯之所以给我提供奖学金,更多的是因为大卫,而不是看重我的能力。他担心如果我去了别处,大卫会跟随我去。

大学一年级的时候,大卫取得30胜4平1负的成绩。在全国大学生体育协会150磅重量级冠军赛中,大卫在半决赛的时候以13比10的成绩不敌最终的冠军马克·舒瑞拉,获得第三名。但是大卫在俄克拉荷马州立大学摔跤队的日子并不好过。钱斯伯教练想让大卫参加150磅重量级比赛,这样瑞奇·斯图尔特就可以参加158磅重量级比赛。摔跤手们都要在大学里读五年,其中四年用来完成专业训练,然后退出校队比赛一年,在这一年里,摔跤手们可以去上课,可以随队进行训练,但是不参加任何比赛。退赛的这一年并不会对摔跤手另外四年里的竞赛资格造成不利的影响。退赛的选手常常在进入大学的第一年就开始参加比赛,以此来融入大学的生活,并尽快适应大学级别的摔跤比赛。瑞奇在俄克拉荷马州读高中时,取得了 88 胜 1 负的成绩,其中还有三次周冠军。之后他在大学一年级的时候选择退赛,并退出了 1978 年整个赛季。

大卫必须得努力减重,才能降到 150 磅。但是瑞奇身材比大卫魁梧,根本就没办法减到 150 磅。

大卫在任何一个重量级别都是一个优秀的选手,但是减重可没有那么轻松,尤其是对大卫这样一边要努力训练,一边还得减重的人,那就更痛苦了。大卫在学业上也面临着很大的困难。要想加入大学摔跤队,就必须同时去上文化课。大卫的难语症让他在学习上非常痛苦。

我对加入俄克拉荷马州立大学摔跤队也心存犹豫。对于一个像我这样只有两年摔跤经验的选手来说,加入俄克拉荷马州立大学摔跤队很可能就是一个灾难。每年,俄克拉荷马州立大学摔跤队都在全国范围内选拔最优秀的摔跤手,如果将来每天都跟这样高水平的队友一起训练,我的自信心肯定会被击得粉碎。

大卫非常坦诚地劝我不要去俄克拉荷马州立大学。

我最终选择了加州大学洛杉矶分校,这对我来说可能是更好的选择,因为在那儿我有更大的机会成为主力队员。俄克拉荷马州立大学在 1978 年全国大学生体育协会冠军赛中获得第三名,队里有五名选手都被评选为全美最佳选手。加州大学洛杉矶分校摔跤队在八校联赛中一直表现平平,但是新招入的队员越来越强,加上身为队内元老的全美最优秀的重量级摔跤手弗雷德·博纳，加州大学洛杉矶分校摔跤队的实力正在不断提升。

我还有几个朋友也加入了加州大学洛杉矶分校摔跤队，其中包括我的高中队友杰夫·纽曼和帕特·欧唐尼。在我读高三之前的那个夏天，我跟帕特交过几次手（并且输给了他）。帕特后来成了我的室友，之后在加州理工大学圣路易斯-奥比斯波分校被评为全国大学生体育协会最佳选手。

而且，我很喜欢加州大学洛杉矶分校的教练。

主教练大卫·奥博在我看来就是一个传奇人物。他曾经获得过两次全国大学生体育协会冠军赛冠军，曾被评为“最优秀摔跤手”，并且在1964年东京夏季摔跤锦标赛中取得第四名。我认识的奥博教练个性强硬，工作时努力，玩乐时尽兴，不屈不挠，咄咄逼人，无所畏惧。我最羡慕他的一点就是他表现出来的强悍气势，我希望自己能受到他的影响，学会强硬。

助理教练布雷迪·霍尔曾经获得国家业余体育联盟自由摔跤冠军，这是我做梦都想得到的荣誉。1976年夏天，大卫高一学年结束之后曾去参加了美国摔跤手训练营，当时他是全营地里唯一一个高中生，他的室友正好就是布雷迪。而且，布雷迪还通过房地产交易，成为一个非常成功的商人。我觉得自己不仅能从布雷迪身上学到摔跤的技能,也能学到生活中其他领域的知识。

那一年,加州大学洛杉矶分校还聘用了克里斯·霍培尔做助理教练。当年克里斯在斯坦福大学摔跤队训练的时候,奥博教练就是他的助理教练。我本来已经下定决心要去加州大学洛杉矶分校,克里斯这位助理教练的加入让我更加坚定了自己的选择。

最重要的是,还有一个我认识的摔跤手也在那一年加入了加州大学洛杉矶分校摔跤队,此人就是我的哥哥大卫。大卫决定离开俄克拉荷马州立大学,和我一起进入加州大学洛杉矶分校。尽管全国大学生体育学会规定中途转学的选手在第一个赛季禁止参赛,大卫还是决定要转学。

那年整个夏天,我和大卫都在一起训练。我本以为自己获得州冠军已经很厉害了,但是大卫却把这三个月的夏天变成了我的噩梦。他一直都想要训练,而我坐在加州冠军的宝座上,只想好好享受那个夏天。

"你想去训练吗?"大卫总是这样问。

"算了,"我总是回答说,"我今天不想去。"

"孬种。"大卫故意嗲声嗲气地说。

他总是这样来激怒我。

"够了!"我会生气地说,"你今天死定了!"

然后我们就会出去摔跤,结果总是我被打败。

那年夏天每天几乎都是这样。

“想去训练吗?”

“不想。”

“孬种。”

“好啊,走!”

每天,大卫差不多要把我摔倒50回,我一次也没有赢过他。每天我都害怕跟他摔跤。

每次输了之后我都垂头丧气地说自己“太逊了”,盘算着如何来扭转局势。最后我决定采取一个比较好的策略:就算我不能从大卫那里得分,至少我不能再让他从我这儿得分了。

于是,我开始整天在摔跤场上跟大卫周旋,摆脱他的控制,甚至有时候还会向后跑。我不管自己能不能得分,但我一定会尽力阻止大卫得分。很快,我就在周旋方面很厉害了,不用再后撤。我可以守住自己的防线,甚至还能逼进一点点,同时继续跟他周旋。每次我跟大卫摔跤的时候,我就进入一种高度防守的状态。等我防守技能熟练了之后,我开始尝试着进攻。如果我的进攻无效——对大卫来说,我的进攻通常都是无效的——我就马上回到防守的状态。

我的策略奏效了,不再被轻易拿下,而是会以4比0或5比0这样的比分输掉比赛。这样大卫很恼火,不过我可不管,事实上,能让他恼火我还挺开心的。

对我来说,那年夏天是我摔跤运动生涯的转折点,因为我重点锻炼了自己的防守能力。最后,我的攻击能力也与防守能力一样强了,但是我的进步最先是从防守能力开始的。

刚刚进入加州大学洛杉矶分校的那段时间,一切看起来都十分美好。招进来的队员非常优秀,我感觉奥博教练打算把我们锻造成西海岸的王者之师。我获得的是全额奖学金。学校周边似乎到处都是电影明星。(在一部关于摔跤运动的电影《制服》的首映会上,我就坐在影星洛伦佐·拉马斯的前面。)我们的摔跤训练房非常宽敞,而且加州南部总是阳光灿烂的。

每天,我都更加肯定地感到当初进入加州大学洛杉矶分校的决定是正确的。

读大一那一年,我的生活就是吃饭、上课、摔跤,以及偷偷跑去进行额外的训练。作为大一的新生,我必须要进行文化课的学习。其中有一门课是哲学课。由于之前读过克里希那穆提的著作,所以我的哲学成绩很好,我甚至考虑要选哲学作为我的专业。

我们还必须上一门介绍癌症的课程。课上,教授给我们展示一些癌症病人病入膏肓时的照片,其中大部分的癌变都跟吸烟有关。有的照片里,癌症患者为了切除癌细胞,甚至把自己的一部分脸都切除了,整个人完全毁容,但至少是保住了性命。我觉得开设这门课的目的就是为了吓唬我们,而这个效果也的确达到了。

我还选了一门爵士乐欣赏课——不过,直到大学毕业之后,我才真正学会如何欣赏爵士乐——还有一门西方文明课。西方文明课给我留下的最深刻的印象就是,教授告诉我们,在西方文明史上,每当领导人要在社会利益和自身利益之间做出抉择的时候,他们就会选择自身利益,而这也常常导致了混乱和战争,以及数千人的死亡。

大一那一年,我年满 18 岁了。后来,几个女孩儿邀请我去参加聚会。当时是在一个公寓的三层,聚会上所有人都在大声交谈,畅饮。除了请我来的那几个人之外,我谁也不认识,很快我就感觉很无聊。那几个女孩儿看出了我的心思,就问我是不是想离开,我的回答自然是肯定的。

我们一起下了楼,其中一个去开车过来接我们。剩下跟我一起站在那儿等着的女孩儿想让我教她如何摔跤。于是,我们俩就来到草坪上,我很轻柔地给她演示了一下“横踢”的动作,也就是把脚放在对手的小腿后面,然后横扫一下,使其脚脱离地面,最后倒在地上。

由于不堪聚会的吵闹声,周边的住户打电话报了警。就在我给这个女孩儿演示“横踢”动作的时候,一辆警车正好停了下来,车上下来一个警察,径直朝我走过来。

“有什么能帮您的吗？警官？”我先开口问道。

“你还是帮帮你自己吧。”他回答。

然后他们就朝电梯走去,要上楼去抓人。

我赶紧跟了过去，打算跑楼梯上去，给聚会上的人通风报信。

警察停下脚步，朝我转过身来。

“你要干什么?”他们问我。

“我要上楼。”我回答。

“你不准上楼。”他们说。

“这是我的自由。”我说着就打开了楼梯间的门。

其中一个警察从背后抓住我，然后想用“警察专业的夹头动作”来制服我。

我立马将他举起，扔到地上。这比我经历过的所有比赛都要容易。就在这个警察倒地的时候，另一个警察也想用相同的“夹头动作”来制服我。我拎起他，也把他摔倒在地。第一个倒地的警察爬了起来，又一次想使出相同的招数。于是我再一次把他摔倒在地。

接着他的搭档爬了起来，把我反推到旁边的灭火器箱子上。不过他的手夹在我的身体和灭火器箱子之间，当我撞上箱子时，玻璃被撞碎了，他的手也被划破了，鲜血直流。他们俩把手铐掏了出来，但是我不断地晃动着双手，就是不让他们铐住我。这时候，手被划破的那个警察朝我挥来一拳，我躲了过去，然后抓住了他的双腿，开始用力拖。他一下子摔倒了，压在自己被划破的手上，接着就疼得大喊起来。

“够了。”另一个警察说道，“不管是死是活，你肯定得进监狱了。”接着他就要把枪掏出来。

我立马跳上围墙，准备逃走。

这时候，我们这边的骚动已经引起了聚会上一些人的注意。一个男生特别兴奋，追着我跑了过来。之前的扭打让我已经筋疲力尽，所以他很快就追上了我。

“给，穿上我的T恤衫。”他说。

我的T恤衫在打斗的过程中被撕烂了，这个男生知道警察一定会到处找一个没有穿T恤衫的人。我刚把他的T恤衫穿上，一辆警车就从我们身边驶过。

然后这个男生在信号灯处叫住一辆车，告诉车主事情的原委，然后让车主载我们回宿舍。那个司机听了之后，马上踩油门一溜烟儿开走了。我知道这个男生帮不上什么忙，所以就把他的T恤衫还给了他，让他别管我了。

我越过一道围墙，藏在灌木丛里，但是住户发现了我，打电话报了警。此时头顶已经有一架警方的直升机在搜寻我，很快，警察就将灌木丛给包围了。

警察用扩音器劝我马上投降。但我并没有被说服，仍然觉得自己可以脱身，而且准备好随时逃走。

然而，警察给枪上膛的声音让我彻底放弃了逃跑的打算。我举起双手，从灌木丛中走出来。警察把我铐住，扔进警车里，然后就把我送进了看守所。

进去之后，我首先给奥博教练打了个电话，把事情的原委一五一十地告诉了他。他半开玩笑地说：“好样的，我就知道你不是一般人。”然后他说会给我父亲打电话。

起初我被关在一个单人小隔间里，之后又被转移到另外一间没有枕头也没有床垫的牢房。一个警察过来叫我去做一个酒精浓度测试，我很爽快地答应了。这个警察对我这种积极配合的态度似乎非常满意，于是我立刻改变了主意，跟他说我拒绝做酒精浓度测试。

第二天，我被指控攻击两名洛杉矶警察，父亲拿出5 000美元来保释我。奥博教练帮我找到一名律师。一个带我去参加这次聚会的女孩儿跟地方检察官说，我并没有袭击那两名警察，我只是想摆脱他们的控制，以其人之道还治其人之身。

最后这个案子撤诉了，但父亲还是得拿出大约1 000美元的律师费。父亲并没有让我把这笔律师费还给他，但是几年之后，我就以七倍的数额偿还了父亲。

奥博教练是个非常强悍的人，大约四十岁。我特别希望能看看他年轻时摔跤的样子。他有点儿喜怒无常，而且性格强势，但是我想这也是他在摔跤场上坚韧强硬的原因。奥博教练随时都带着护齿，以备跟别人打起来。我特别崇拜他，我们俩关系也很好。

有一次，奥博教练让我和他一起坐飞机去旧金山观看摔跤比赛，其他的队友则是开车去的。当时我身上有伤，无法参加比赛，但他还是想让我跟他一起去。晚上，我们俩在当地租了一辆车开出去吃饭，到了餐馆门口的时候，发现门前正好有一个空的停车位。当时我们在最左侧车道，那个停车位前面有一辆车正准备倒车进入这个空位。奥博教练猛地踩下油门，一头扎进了那个停车位。接着他让我接过方向盘，把车停好，自己则抓起护齿，走下车去。

另一辆车的车主也下了车。我想这个可怜的人根本就没有料到接下来会发生什么。我没有听见他们俩说了什么，只见教练当着那个人的面把护齿塞进嘴里，摆好姿势，摸了摸自己的肋骨，然后就用上身去顶那个人。几年前，奥博教练摔断了两根肋骨，之后不知道为什么，每次他要打斗的时候，他都会先摸摸那两根肋骨，然后挺起胸膛。熟悉他的人都知道这意味着什么，但当时另一辆车的车主并不明白。

我把车停好，发现那个人已经跑回车里，开车溜走了。教练也回到了车上。

“去餐馆旁边的小巷子里等着，”他对我说，“要是那个人回来找我，我们就在小巷子里干一仗。或许还能抢了他的钱包。”最后一句当然是玩笑，但是准备在小巷子里打架却是认真的。

教练常常这样让人捧腹不止。

在旧金山的那次比赛中，代替我上场的那个摔跤手眼看着就要输了，教练在教练区里一直朝他喊叫。我们都知道，他们两人早前就有些不和。最后，教练终于受不了了。

比赛还没有结束,他突然从口袋里掏出20美元,抓住那个摔跤手,把钱递给他,说他已经被队里开除了。这样,我就成了队里这个重量级别唯一的摔跤手了。

赛季一开始的时候,教练就把我安排在150磅重量级。我很努力地减重才最终进入这个重量级。

虽然读高中的时候我也曾经为了自己所在的重量级别而减重,但我从来没有为了降低一个重量级别而减重。我看见过大卫和其他摔跤手减重的痛苦过程,所以我知道这是摔跤运动中最让人难熬的一部分。但是直到自己亲身经历之后,我才彻底体会到这种痛苦。

减重不仅仅是一种身体上的挑战,更是一种心理上的煎熬。这就像是你心头上一团挥之不去的阴云,因为你知道,每次比赛之前,自己都得经历减重的痛苦。正因为如此,摔跤比其他任何一种运动都更加挑战人的身体素质和心理素质,尤其是在大学阶段的比赛。我想世界上只有三种人比大学摔跤手更痛苦了,那就是绝症病人、战场上的士兵以及被判死刑的罪犯。

体型最小的摔跤手往往需要减重最多。不是改变体重比例,而是彻底降低体重。一个摔跤手的体型越小,减重对他来说就越重要。这么多年来,我见过一些摔跤手在比赛的时候属于118磅重量级,但是非赛季的时候,体重能达到150磅。这太令人难以想象了。

对于必须要拼命减重的摔跤手来说,很可能会彻底毁掉他对这项运动的热情。大卫极度厌恶在俄克拉荷马州立大学减重的日子,所以才决定离开那里。

减重的方法有很多种。在上大学之前,我都是靠努力训练,使自己的身体保持一个最佳体重。然后再稍微减一点儿,达到我最佳体重之下的那个重量级别。

奥博教练却坚持大幅度减重的做法,他认为如果我减到 150 磅的话,状态会更好。但是我已经很瘦,减到 150 磅意味着差不多要脱水了,这样就会降低身体消耗氧气的能力,也使不出力气来。

经过一番折磨,终于减到 150 磅之后,我们才发现这的确是行不通的。于是第二天我的体重就飙升回 158 磅。那是我唯一一次将自己体重的控制权交给了一个教练。优秀的摔跤手必须要避免错误,而那是我永远都不会再犯的错误。在赛场上,摔跤手要独自面对对手,所以他们必须要成为自己的教练。

这并不意味着我怀疑奥博教练的能力。他确实是一位非常优秀的教练,也是我的榜样。但是一路减到 150 磅对我来说并不奏效。那年我输掉了 8 场比赛,其中一半是输在 150 磅重量级上的。

我以 18 胜 8 负的成绩结束了大学一年级的赛季。我在联盟赛中获得第三名,并得到参加全美大学生摔跤锦标赛的资格。但在锦标赛中,我第一轮就败下阵来,没有拿到任何名次。

很快,我发现加州大学洛杉矶分校的生活并不像一开始看起来那样梦幻。

奥博教练和克里斯·霍培尔之间发生了摩擦,两人关系紧张。队员们开始各有偏袒,导致队里分成了两派。我和大卫站在中间感到非常为难,因为我们俩都很喜欢奥博教练,同时跟克里斯又是很好的朋友。

我一直以奥博教练为榜样,希望自己今后成长为像他那样的摔跤手。多年以来我信奉的一句话就是:"重要的不是你所掌握的技巧,而是你的性格。"我认为一个摔跤手的性格才是决定他输赢的关键因素。虽然说不上来是奥博教练的哪些性格特点让他称雄赛场,但我都想跟他好好学习。

另一方面,克里斯在我还是高中生的时候就给予我很大的帮助。他是我如今在摔跤运动上取得成功的一个重要原因。在加州大学洛杉矶分校的这段时间里,他也一直非常支持我。

由于大卫在转学之后的第一个赛季无法参加比赛,所以他只能参加日常的训练。就在赛季过半的时候,我和大卫第一次一起训练。那次大卫对我的攻击力度特别强,我觉得他是想摧毁我的自信心。

每天,我们的自信心要么在训练中增加,要么在训练中被践踏。当时,作为一名大一新生,我在比赛中感到压力很大,而且减重也成为我额外的精神负担。我觉得大卫想利用我当时的心理弱势，靠打赢我来增强他的自信。

对于大卫的这种做法，我感到非常愤怒，于是就开始使出浑身解数，与他百般周旋。我的拖延术也把大卫给惹怒了，他把克里斯叫来，想说服我不要再拖延比赛了。

没想到克里斯对大卫说："真是太糟糕了，大卫，你自己想办法吧。"

我心里一阵狂喜，因为这说明克里斯支持我的做法，并没有顺着大卫的意思来说服我。

因此，我和大卫在这两个教练的斗争之中基本保持中立态度。

这场斗争破坏了摔跤队的团结稳定。虽然我们在联盟赛中获得第三名，而且弗雷德·博纳拿到了学校第一个全国摔跤冠军，但是却并没有成为西海岸的"王者之师"。那个赛季结束之后，奥博教练就离开了加州大学洛杉矶分校，而且之后的几年里都没有再做摔跤教练。克里斯·霍培尔也离开了那里，回到他的母校斯坦福大学当主教练。一年之后，我和大卫也决定离开加州大学洛杉矶分校。从始至终，大卫从来没有代表这个学校参加过任何比赛。

结果，加州大学洛杉矶分校在一年后取消了摔跤这项校际运动，理由是缺少训练场地，而且经费不足。但是，我觉得归根结底，还是我们当时的种种问题造成了这样的局面。

第5章

创造光环

在加州大学洛杉矶分校那个赛季结束后的第二年夏天，我和大卫报名加入世界青年摔跤锦标赛代表队，摔跤队要在科罗拉多州的斯普林斯市训练。我们俩都没有车，所以只能一路搭便车过去。出发伊始的一百英里，我们差不多就换了10辆车。后来，一位女士在路边停了下来，听说我们要去斯普林斯市，她说可以直接把我们送到目的地。

在科罗拉多州斯普林斯市的训练结束之后，我们又去了纽约州的布洛克波特，参加世界青年摔跤锦标赛代表队的选拔。我和大卫都报名参加了165磅重量级比赛——这是我第一次和大卫参加同一重量级比赛。

代表队的主教练比尔·韦克是芝加哥一所高中的摔跤队教练，是一个传奇人物。他曾多次担任美国国际代表队的主教练，同时也是1972年奥运会摔跤代表队的教练之一。后来在20世纪80年代，韦克教练又任职于三支奥运会代表队，其中就包括我和大卫所在的代表队。他是我最喜欢的教练及摔跤手之一。

教练知道,大卫能够拿到世界青年摔跤锦标赛 163 磅重量级冠军,所以他就叫我去参加更高一个重量级的比赛。我同意了,但随后却得知,我必须先要战胜埃德·巴那奇才能进入代表队。埃德是个鼎鼎大名的摔跤手,他在大学一年级的时候曾经退赛一年,在艾奥瓦州立大学训练。同时,埃德的哥哥史蒂夫以及自己的双胞胎弟弟卢都是艾奥瓦州立大学的摔跤手。他们的教练是至今仍然在摔跤界中声名显赫的丹·盖布尔。丹在自己高中和大学的摔跤史上创下过 181 胜 1 负的好成绩,同时他还获得了 1972 年奥运会金牌。1997 年丹从艾奥瓦州立大学摔跤队退休时,他的摔跤队已经获得了 15 次全国锦标赛冠军,他曾 152 次率队参加全美摔跤比赛。如果是丹将某个摔跤手带进艾奥瓦州立大学摔跤队,那个人必定是非常厉害的人物。

得知我必须要面对埃德之后,我的心理压力与日俱增。身体越来越没有力气。我想,如果一个人知道自己马上就要经历一个非常痛苦的过程,他的身体就会开始保存体力,因而看起来有些疲乏无力。我知道我必须最大程度地保存实力。在选拔赛之前的那一周,除了吃饭和训练,我都一直躺在床上。

我和埃德在选拔赛中实行三局两胜制,第一局比赛刚开始,我以 7 比 0 领先,后来他反击成功,以 12 比 11 赢了第一局。接着第二局他又轻松地把我打败了。

大卫轻松赢得163磅重量级比赛,但是韦克教练想看看大卫在下一个重量级别的比赛中表现如何,因此就把我和大卫的位置换了过来。结果,大卫轻松战胜巴那奇,我也赢下了163磅重量级比赛。这样,我们两个人都进入了代表队。但是一想到我输给了埃德,而大卫却打败了埃德,我就有些不甘心。我审视了一下我们俩的体型,大卫根本就没法跟我比。光从身体条件上来说,我才是应该打败埃德的人,结果却是大卫赢了,我不知道这是为什么。

在代表队前往蒙古参加世界青年摔跤锦标赛的前天晚上,我们一群人来到一个酒吧。我遇见了一个在我看来是世界上最漂亮的女孩儿,或者至少跟大卫的女朋友维罗妮卡一样漂亮。大卫在一次地区比赛上将维罗妮卡的前男友,一个曾经获得摔跤世界杯冠军的选手给打败了。于是维罗妮卡就被大卫给深深吸引住了,转而追求大卫,成为他的女朋友。但是那天晚上,酒吧里的那个女孩身边一直跟着一个长相丑陋的朋友,我们俩根本就没有单独在一起的时间。这时大卫过来将那个碍事的女孩儿给带走了。这就是团队精神啊!

那个漂亮的女孩儿把我带去她的公寓,这样我们就能单独在一起了。我觉得自己能遇上这样一个女孩儿真是太幸运了。不过我们后来去蒙古参加比赛了,再也没有见过她。但是,我也能够吸引跟大卫的女朋友一样漂亮的女孩儿，这对我来说，极大地增强了我的自信心。大卫总是能够轻松自信地跟女孩儿交往，尤其是在他高中获得摔跤冠军之后。而我从小到大都不太会跟女孩儿交往，不过在我大学一年级之后，这种情况就慢慢开始改变了。

在出发去布洛克波特参加世界青年锦标赛代表队选拔赛的前一天，我发现自己在这段时间里取得了很大的进步。我和帕特跑到宿舍山顶上的游泳池。由于练过体操，我能在三米跳水板上做一些有难度的动作。然后我就和帕特一起享受了一会儿日光浴。当我在池边躺下，享受着阳光的时候，突然感觉周围一下子安静了。

我抬起头，看见一个非常漂亮的女孩儿走了过来。一头浓密的棕色直发一直垂到腰际，面容清秀，双峰傲人，还有圆润的翘臀。在她走过的时候，所有人都专注地看着她。她朝我和帕特的方向走了过来，在离我们俩不远的地方铺下她的浴巾。等她躺下来舒展身体之后，池边又恢复了之前的正常活动。

“你敢去跟她搭讪吗？”帕特对我说。

有什么不敢的？我自己心里想。

“没问题。”我对帕特说，其实也是给自己鼓劲。

我走到她躺着晒太阳的地方，要么我已经是屏蔽了周围的骚动，要么就是一切骚动又停止了，总之当时周围异常安静。

“打扰了，”我说道，引起了她的注意力，“我朋友跟我打赌,看我敢不敢过来跟你搭讪。你能不能帮我这个忙,让我在这儿坐一会儿,假装你挺喜欢我的?”

“可以。”她说道,然后为了让帕特看清楚,她故意很刻意地邀请我坐在她旁边。

她不仅仅让我只坐了一会儿——我们俩聊了好几个小时。她最后把电话号码给了我,让我给她打电话。第二天我就和大卫一起离开了,再也没有见过她。

我感觉自己与女孩子交往的能力已经大有提高。大学一年级的时候,我交过几个挺好看的女朋友,但是都比不上维罗妮卡,以及我在泳池和布洛克波特遇见的女孩儿漂亮。

蒙古给我的第一印象就是到处都是军队。我们所到之处,都能看见军队卡车、士兵、列宁的肖像,还有象征着共产主义的镰刀和锤子。

摔跤运动在蒙古的地位非常重要。12世纪末和13世纪初,成吉思汗靠摔跤、骑马和射箭打遍天下,创建了当时最大的帝国。从那之后的几百年里,蒙古人都非常重视这三项技能。

我们代表队在那达慕节那一天去一个室外竞技场观看了古代传统蒙古摔跤展览。场上满满的都是摔跤手,他们围着一个手持长竿儿的“裁判”跳了一种特殊的舞蹈。他们绕着这根竿子,像小鸟儿煽动翅膀一样慢慢挥动自己的胳膊。

每场比赛开始之前，两个选手都要面对彼此，然后拍打自己的大腿内侧和外侧。

比赛不设重量级别和时间限制。当一方制服了另一方，或者迫使对方膝盖、手或身体其他部位着地时，这场比赛就结束了。比赛实行淘汰制，直到最后两名选手争夺冠军。

能看到几百年前摔跤运动的模样，还是很有趣的一件事情。不过，我不太喜欢这种不分重量级别的比赛制度。选拔赛时跟只比我高一个重量级别的巴那奇对峙已经很痛苦了。

我对代表队里那个最高重量级选手特别不满。当时，对于最高重量级别选手没有体重限制。这个选手平时并不像我们一样经常训练，就算是参加了训练，也并没有像我觉得他应该做到的那样努力。他体型硕大，特别胖，只是靠体重而非技术赢得比赛。他看起来也不太成熟，不过话说回来，那时候我们都还不到 20 岁。

但是最让我对他感到厌烦的是，他总是在我们这些要减重的人面前大吃大喝。尤其是喝水这件事让我生气。减重期间，我们一点儿水都不能喝，这时候如果有人拿着一杯水从你身旁走过，那是再残忍不过的了。

他和大卫是队里唯一不用挨饿减重的选手。他有一个旅行箱装满了食物，每天都要一件一件地数，防止我们有人偷拿。

在国内训练营即将结束的时候,我们做了一次心理测试。结果显示,我已经做好准备,斗志昂扬,而且精神状态良好。但是到了蒙古,我却不在状态了。我觉得韦克教练对我们的训练强度太大,简直就是魔鬼训练。我感觉自己要参加的不是摔跤比赛,而是马拉松。我都不记得我们在炎炎烈日下围着足球场跑了多少次。就算我猛吃,也根本不会增重。

等到蒙古摔跤比赛开始的时候,我已经身心俱疲。我都不想摔跤了,只想跳上飞机,赶紧回国。

不过,第一场对阵朝鲜选手的时候,我还是以17比0的成绩赢了比赛。我们俩实力相差太悬殊,不管我状态好不好,结果都会是我赢。第二场比赛,我险胜。之后连输两场,没有获得任何名次。

通常在比赛之后我都会非常饿,然后就去买各种巧克力来吃。蒙古的巧克力挺好吃的,不过还是要小心里面偶尔会出现的蠕虫。

在我出局之后,大卫要对阵一名保加利亚选手。我不想再回到赛场上去了,所以就待在酒店里看实况转播。当时电视在蒙古一定还是个新生事物,因为酒店里也只有几台黑白电视,播放的全是摔跤比赛。转播大卫那场比赛的时候,电视屏幕上并没有显示比分情况,所以我只能自己计算比分。最后，我算出的是大卫以 11 比 3 的成绩获胜，但是现场裁判却举起了那名保加利亚选手的手，宣布他以 12 比 11 的成绩胜出。我简直不敢相信！大卫接着还和那次锦标赛最后的冠军，一个俄国选手对阵。比分非常接近，但是裁判太不公平了，最后判大卫输了。

最后一场比赛结束后，我和大卫一起坐在墙根下。输了比赛让大卫心情跌入了谷底，他开始不停地拍自己的脑袋。每次输了比赛，大卫都会特别狠地惩罚自己。

这是我从大卫身上学到的又一个宝贵经验——输了就要付出代价。

我在韩国摔跤手身上也看到了这样的品质。在加州大学洛杉矶分校读大一的时候，我和大卫学期末被邀请到洛杉矶的一所高中，去与一支韩国文化交流代表队进行摔跤比赛。

我第一个上场，然后就被对方一招夹头给制服了。从我练习摔跤开始，夹头这一招一直是我的死穴。我向韩国教练申请再比一次，结果这次以 20 比 1 的成绩战胜了同一个对手。那次友谊赛中，我们队最后获得了胜利。

赛后当我经过韩国队的更衣室时，听见里面传来叫喊声和撞击声。韩国队的队长正用木棍狠狠地教训他的队员，命令他们拿脑袋去撞更衣柜。有些人的头都撞破了，鲜血直流。我记得当时他们所有人都在哭喊，仿佛输了比赛是一种奇耻大辱。

我站在那里，看着这一切，感受到了韩国摔跤手们那种深深的荣誉感，心里对他们的敬佩之情油然而生。

他们这样做是对的，我心想，我也应该这样做。

在加州大学洛杉矶分校训练期间，我决定再也不可以从容面对失败了。我得把自己的失败变成最惨痛的教训。每次失败了，我都要打自己，拿脑袋去撞墙，大哭大喊，撕扯自己的衣服，猛摔手边的物件，想怎么发泄就怎么发泄。我想，如果我把失败变成最惨痛的教训，我就永远都不会再犯同样的错误了。优秀的摔跤手必须要避免一切失误。

发泄过后，我就会进入一段持续数周的精神低迷期。我会不停地自省，反复回想当时为什么被打败了，以便找出自己的失误之处，这样才能彻底根除。之后我就会以更大的决心和努力投入到训练当中。

在场上被人打败的滋味很痛苦，但我会让失败过后的经历更加痛苦。

失败比胜利让我学到的更多，成长得更快，因为正是在失败当中，我才能发现自己想要彻底消灭的弱点。

在蒙古摔跤大赛中被淘汰之后，我就经常与韩国摔跤手们混在一起。他们都非常友好，我和队友们经常去用餐的帐篷里和他们一起吃饭。早前我就注意到几个韩国摔跤手们手拉着手。跟他们混得比较熟之后，一些韩国摔跤手就会跑过来拉着我的手。我曾经试图把手挣脱出来，结结巴巴地用英语给他们解释说，美国男性之间是不会拉手的。但我的努力都只是徒劳,他们通常就会笑笑,嘴里说几句我听不懂的韩语,摇摇头,继续拉着我的手。

有一次,我坐在长凳上的时候,他们整个队的队员都过来了,挤满了整张长凳。紧挨着我两侧的两个韩国队员用胳膊抱住我。他们队里105磅重的摔跤手,也就是最后他所在的那个重量级别的冠军,一屁股坐在了我的腿上。我只能认为,或者至少是希望这是他们的一种文化习惯吧。

蒙古之行要结束的时候,我特别舍不得这些韩国摔跤手们。我也不知道自己为什么跟他们如此合得来,尽管语言不通,跟他们待在一起还是很有意思的,而且他们都是很善良的人。我送给他们几条牛仔裤和几件美国队的队服,主要是给了第一场比赛0比17输给了我的那个选手。我们俩告别的时候他都哭了。

回国的时候,我们得先坐火车去苏联西伯利亚的新西伯利亚市。我因为菜花耳(拳击者多次挨打而变形的开花耳朵)而患上了耳部感染,腺体也肿了起来。队里没有带抗菌药,但是我用一条牛仔裤跟俄国人换了几瓶伏特加酒,用来止疼。

世界青年摔跤锦标赛是我参加的第一次国际性比赛,尽管我根本就没有拿到名次,表现得也不太好,但那是我人生中非常难忘的一次经历。

抵达肯尼迪国际机场的时候,我和大卫已经整整四天没有洗过澡了。回国的这一路上,根本就没有地方可以梳洗。我们唯一的衣服就是没有洗过的训练服。不用说,这些衣服又脏又臭。更糟糕的是,我还生着病。当我们俩走出航站楼的时候,人们纷纷投来异样的眼光。

大卫转过身来对我说:"如果你打算这辈子都要摔跤的话,那就得学会笑对逆境。"

离开加州大学洛杉矶分校之后,我和大卫一直在想接下来要去哪所学校。在去参加世界青年摔跤锦标赛的时候,大卫告诉我,我们要去俄克拉荷马大学。我一点儿都没有想到他想去这个学校。

俄克拉荷马大学的摔跤队虽然不如其竞争对手俄克拉荷马州立大学的摔跤队有名,却仍然是国内数一数二的强队。俄克拉荷马大学摔跤队获得过七次全国冠军,当时,能超过它的只有俄克拉荷马州立大学的摔跤队。前一年,俄克拉荷马大学摔跤队在八校联盟赛中获得了第二名,胜过了俄亥俄州立大学,仅次于艾奥瓦州立大学。接着,在全国摔跤锦标赛中,俄克拉荷马大学摔跤队又获得了第四名,并且有四名队员被评为全美最佳选手。当时这四名队员——罗杰·弗里泽尔,安德烈·梅茨格,伊斯雷尔·谢泼德,史蒂夫·威廉姆斯——都还没有毕业,还会参加1981年赛季的比赛。

吉姆·汉弗莱是俄克拉荷马大学摔跤队的助理教练，也是我们世界青年摔跤锦标赛代表队的教练之一。大卫告诉他说我们俩要转学去俄克拉荷马大学了。

世界青年摔跤锦标赛之后，俄克拉荷马大学摔跤队主教练斯坦·亚伯来帕洛阿尔托招募我们俩。我不明白的是，既然大卫已经向摔跤队的助理教练表明了要加入的意向，主教练为何还要大费周章地跑过来。

我和斯坦在我的卧室里见面，他开始滔滔不绝地向我宣传他的摔跤队，听起来就像是一个汽车销售员在熟练地向顾客推销产品。作为大卫·舒尔茨的弟弟，我觉得他真没有必要这样做，但他还是继续说下去。

在他离开之后，我脑子里闪过一个念头：也许我不应该去俄克拉荷马大学摔跤队。但后来我发现斯坦真的是一个非常优秀的教练。

我们俩的这个决定在加州大学洛杉矶分校摔跤队引起轩然大波。我们俩开着那辆老旧的斯巴鲁回去收拾好东西之后，打算去跟布雷迪·霍尔道别。大卫和布雷迪决定在离开之前进行最后一次较量。

布雷迪一招上锁臂夹住了大卫的胳膊，然后死死地扣住了大卫的肩膀。训练之后，大卫和布雷迪一起开车去布雷迪家。

回去的路上，大卫非常气愤地对布雷迪说：“你刚刚下手真是太狠了。”

“你说对了,我就想对你狠点儿,”布雷迪说,“看看你都干了些什么。我知道早晚都会有这么一天。这就是为什么一开始我就不想让你进队的原因。结果你进来了,现在要走了,还把马克给带走了。所以我很生气!”

这辈子第一次,我特别高兴自己是大卫的弟弟,不用承担太多的责任。布雷迪从来没有把离开加州大学洛杉矶分校看成是我的责任。我也从来没有想到布雷迪会生气。当时摔跤队里局势比较混乱,所以我觉得摔跤手想要离开是非常自然的事情。团队的稳定性是成功最重要的因素,我们要离开加州大学洛杉矶分校那个混乱无序的摔跤队,这样大卫和我就能在俄克拉荷马大学阵容稳固、传统优良的摔跤队中得到更好的机会。

在我们搬去俄克拉荷马州的时候,我只带了两包衣服。途中,我们在贝克斯菲尔德作了短暂的停留,我们的一个朋友乔·西伊在那里当教练。乔努力想说服我们俩留在那儿,加入他的摔跤队。当时乔想打造一支国内顶尖的摔跤队,他开出的条件也很吸引人。但是那里的摔跤练习房是我见过最小的场地,里面只能放得下一张练习毯。我都没法想象所有队员在这里训练的场景。

继续上路之后,我和大卫在车里又讨论了一下乔的提议,毕竟我和大卫都是喜欢挑战的人。我们决定停车,在路边的一个电话亭里好好商量一下。考虑了各种利弊之后,大卫说:“抛硬币决定吧。正面朝上去俄克拉荷马大学，反面朝上我们就留在这里。”

结果是正面朝上，但是我觉得，就算当时是反面朝上，我们最后还是会继续开车去俄克拉荷马州的。

“我要在俄克拉荷马大学摔跤队里待很久了。”路上我跟大卫说，意思就是，为了在那儿成为优秀的摔跤手，我要积攒浑身的力气。

我知道大卫在俄克拉荷马大学摔跤队一定会出类拔萃的，但我不确定自己会表现如何。我练摔跤仅仅四年，如今却进入了全国最优秀的摔跤队之一。

对加州大学洛杉矶分校摔跤队来说，能够获得全美大学生联赛冠军是个奇迹。但是对俄克拉荷马大学摔跤队来说，获得冠军那是理所当然的。

为了在俄克拉荷马大学摔跤队中存活下来，我就得拼了命来练习，而不仅仅是提升自己那么简单。我要放弃自己的生活，然后全身心地投入到训练当中。我要面对的最大敌人就是此时坐在这辆旧斯巴鲁乘客座位上的我自己。说实话，我对自己的实力并不了解，还没弄清楚自己到底是谁。

我是不允许自己失败的。但是另一方面，我也不知道自己在承受着巨大的压力，在我赌上一切——我的名字、我的名誉、我的形象、我那脆弱的自信、我的生活——的时候，我能否比跟我同一个重量级别的其他选手训练得更狠、技术更到位、表现更优秀、承受能力更强。

加入俄克拉荷马大学摔跤队之后,我的信条就是“决一死战”。我会竭尽所能保存体力,为了实现我最终的目标,那就是成为地球上最强大的摔跤手。要想实现这个目标,就必须保存体力。

不过,我也有担忧。

我有可能成为最优秀的选手吗?在我根本就不知道前方会遇到什么样的困难时,我还能实现自己的承诺,克服一切困难吗?

我答不出上述任何一个问题。我也不知道,俄克拉荷马大学后来成了我的人间炼狱。

在我们开车去镇上上学的时候,我第一次来到俄克拉荷马州诺曼市。在高中最后一年的时候,我去过俄克拉荷马州府斯蒂尔沃特市,参加招募活动。但当时正值春天。而夏天的俄克拉荷马州则是另一番完全不同的景象。

训练的第一天,全队被带到了运动员宿舍后面一个养鸭子的池塘边。所有人排好队,进行常规跑步训练。天哪,当时我感觉自己就是在太阳的表面上跑步啊!

我们两个人都选择了运动科学作为自己的专业,因为这是文化课占用训练时间最少的一个专业。我和大卫尽可能选择一样的课程,这样如果其中一个去训练的话,另一个可以上课记下笔记,然后两个人共用。患有阅读障碍症的大卫努力去克服学习中的困难。我在俄克拉荷马大学的成绩平均积点达到3.0，而大卫比我还高，但是我们俩都浪费了这个学习的好机会，把大部分的时间用来摔跤而不是接受文化教育。这是我们两个人犯下的严重错误。

在俄克拉荷马大学的那段时间里，我几乎就是一个聋哑人。我基本上都不说话，除非在少数很有必要的场合，我才会为了逗别人开心而开口说话。作为一个喜剧演员的儿子，我认为人开口说话的最大作用就是逗别人开心。

但是，我从来都不和跟我同一个重量级别的摔跤手们开玩笑。当你站在摔跤赛场上的时候，就得变成一个自私贪婪的混蛋，想方设法去折磨你的对手，直到最后你制服他，或者比赛结束的哨声让对手彻底放弃。从事这项运动之后，我很快就发现，绝对不能轻易地信任跟自己重量级别相近的选手，更别谈跟他们做朋友了。对于那些跟你的重量级别相差较大的选手——也就是说不太有可能成为你在队里的“敌人”——还是可以交朋友的。事实上，这样反而更好，毕竟近朱者赤，我们可以从优秀的选手身上学到很多。如果遇到一个非常优秀的摔跤手，我们得尊重他，否则就是在轻视自己最想成为的那个人。

至于跟我重量级别相近的选手，那就算了吧。

我努力让自己变得高不可攀。说话总是会比与我交谈的对象要少。即使我开口说话了，也是用非常低沉的声音。而且我也尽量不跟摔跤手以外的学生交往，当然，除了那些我想认识的女同学之外。我经常戴着墨镜和耳机，这样没有人知道我正在观察他们或者听他们讲话。大部分时间,我都低着头,不想让任何人知道我内心的想法和感受。

身在俄克拉荷马大学众多优秀的摔跤手当中,我必须抓住每一个对自己有利的因素,其中就包括要给自己创造一种震慑人心的气场。我不能展现自己亲和的一面,因为别人一旦开始了解我,那种震慑人心的气场就会渐渐消失。这对我的人际关系造成极大的伤害,尤其是与异性的关系。但是为了胜利,我就必须牺牲这一切。

所有的摔跤手们都住在同一层宿舍里,但是我从来不会对其他人给予同情、友谊或者是信任。因为在赛场上,这些都将成为我的软肋。

大卫却不是这样。在赛场上,他可以是一头无情的野兽,一旦下了赛场,他就变成了一个天使。多年以后,他甚至还去学俄语,这样他就可以跟俄国人直接交流,更好地了解世界顶级摔跤手们的想法。苏联摔跤手和粉丝们都很崇拜他这一点,在格鲁吉亚首都第比利斯比赛时,他可以前一秒钟还坐在看台上与粉丝们用俄语交流,下一秒就上场击溃他的对手,然后转身换好衣服,又回到看台上去跟粉丝们交流。

在摔跤赛季之外的时间里,我也完全是另一个人。我疯狂地参加各种聚会,不过从十一月到次年三月的第三个周,就没有所谓的“摔跤之外”的活动了,那时候摔跤是我的全部生活，就算离开训练场也是如此。

由于中途转学，我无法参加转学后第一年的比赛。多年以来，我发现很多摔跤手将禁赛的这一年当成了休息的一年，甚至是放假的一年。我可不这么认为。我觉得自己还不够优秀，那一年还没有资格正式成为队里的一员，所以决定利用这段时间来提高自己。

亚伯教练和汉弗莱教练是一对完美搭档。亚伯教练不太注重摔跤运动的技术层面。他曾两次获得全美大学生联赛的冠军，但是在他那个时代，身体素质比技术更重要。汉弗莱教练当时还是现役摔跤手，他很懂技术，更多是负责在技术上指导我们。亚伯教练很有远见，善于决断，为整个摔跤队的建设和发展出谋划策。

俄克拉荷马大学摔跤队的名额竞争非常激烈，亚伯教练选择队员的方法也极其残酷。他会招来很多优秀的摔跤手，然后集中在一个训练场内，让他们一个个地相互决斗，直到最后所有人决出胜负。同时，他对全美大学生联赛下拨的奖学金也是精打细算。他让我们这些来自外州的队员在俄克拉荷马州考取驾驶执照，在克里夫兰县登记选举投票，这样我们就成了俄克拉荷马州居民，获得了享受本州较低学费的资格。然后他会让我们去申请联邦佩尔助学金，告诉我们在填写申请表的时候一定要在“上一年收入”那栏里填“0”。（事实也的确如此，但他总是要再三确保我们会遵从他的指示。）联邦佩尔助学金就足够支付我们的本州学费了,这样奖学金就能省下来用于招收新一批队员。在俄克拉荷马大学的第二年里,我根本不用靠摔跤来赚学费。

第一年快结束的时候,我知道,自己进入俄克拉荷马大学摔跤队最大的对手就是伊斯雷尔·谢泼德,他体重158磅,体型魁梧,强硬无比。(伊斯雷尔的名字很容易被错写成“以色列”,有好几次我都把他的名字写错,直到教练的秘书给我更正过来,之后我每次都格外小心,确保不再写错。)

初见伊斯雷尔的时候,我感觉他非常自信,锋芒毕露,很容易吸引教练的注意。亚伯教练在我这个重量级别的选手中似乎更中意伊斯雷尔。我知道自己唯一的选择就是我经常对自己说的那句话:“不是你死就是我亡。”

跟伊斯雷尔一起训练也是非常紧张的。俄克拉荷马大学摔跤队的训练场地与摔跤队的名气似乎有些不太相称。场地中间有三根包裹着衬垫的柱子,还有一根没有包衬垫,露出一块木头。有一次训练当中,我想让伊斯雷尔的脑袋撞上那块木头,但却失手了。

伊斯雷尔把自己的头发梳成一排排小辫子,感觉就像钢丝一样。我们摔跤练习的时候,他就会用坚硬的头发来摩擦我的脸。有时候摩擦得太厉害,训练完洗澡的时候,水流打在脸上都会感到一阵阵刺痛。有一天,我发现自己头盔左上方的泡沫磨掉了,里面有些铝片戳了出来,就像刀片一样。接下来那次训练中,当伊斯雷尔抱住我的腿时,我用脑袋去顶住他,并注意到他被那个铝片给轻轻地划到了。我终于发现了对抗他头发的武器。在那之后,他好像就很少把头发梳成一排排小辫子了。

那时候,我对伊斯雷尔的态度很复杂。我一点儿也不喜欢他,因为他就是我的敌人,但同时他也是我生命中最重要的人,因为我可以毫无愧疚感地在他身上练习那些最残忍的招式。不停地与伊斯雷尔练习摔跤显然有助于我成为一个更优秀的摔跤手。

训练过程中,队员有时候只练习摔倒招式。我暗下决心,无论面对谁,我都永远不能第一个认输。同时,我还决心,不管是谁摔倒了对手,我都会第一个跳上赛场,跟他展开下一轮的对决。只要每天能让两个到三个人对我认输,我就知道自己的策略是管用的。

亚伯教练的一项常规体能训练就是在欧文橄榄球场的台阶上跑步。有一次,跑到最顶层台阶上之后,为了在其他摔跤手面前,也是在自己面前证明自己的胆量,我爬上了体育馆的顶棚,将一只手悬在墙外。等我确保所有队员都看见我这种做法之后,我才爬了下来。当然,接下来另外几个摔跤手也纷纷效仿,证明他们也可以做到。

之后的训练强度非常大,我们看起来就像是在进行某种奇特的水中运动一样。全身从头到脚都被汗水湿透了,就像跳进了水池里一样。每次训练结束,我们都能看到赛场的地毯上被汗水打湿了一大片，而且整个场地里雾气蒙蒙。离开的时候，我们脚上的鞋子都因浸满汗水而吱呀作响。

但我还想要更多的训练，其实不是“想要”更多的训练，而是“需要”更多的训练。每次训练结束之后，我还要做俯卧撑、深蹲、引体向上、靠墙蹲坐和蛙跳。每次都要偷偷地多训练一个时段。我想我的对手们，或者说我的队友们都无法理解我为什么在训练的时候不像他们那么累，这样他们在面对我的时候就会丧失信心。

我每天的生活就分为两个部分：训练之前和训练之后。训练之前，我表情凝重，对训练有种恐惧感，看起来就像是要上刑场一样。而训练之后，我就特别开心，特别放松，因结束了训练而如释重负。

那个赛季，我比伊斯雷尔多出来的一个巨大的优势就是，他要在比赛的压力下减重，而我并不需要减重。在不用承受减重痛苦的情况下，我努力地训练。当我感觉自己比伊斯雷尔多一点儿优势的时候，我就会抓住机会超越他，然后再寻找另一个战胜他的机会。在我跟他竞争入队资格之前还有一年的时间，我愿意就这样一点一点地不断超越他。

随着赛季的推进，我感觉自己正慢慢地超越伊斯雷尔，亚伯教练也肯定注意到了这一点，因而他对待我的态度也发生了变化。

伊斯雷尔在全美大学生联赛158磅重量级比赛中拿到了第三名。幸运的是,亚伯教练调整了人员安排,从而使我和伊斯雷尔不用为了同一个重量级比赛资格而展开殊死搏斗。

第6章

全国冠军!

这仿佛就是天空投射下来的一束光,照亮了我,让我发现了摔跤的秘密。

我只能将这次经历称为"心灵启示"。

我和大卫在俄克拉荷马大学摔跤队的第二年,是我们俩可以上场比赛的第一个赛季,也是我首次比赛重量级别超过大卫。教练决定让伊斯雷尔退出这个赛季,准备参加下个赛季的158磅重量级比赛,同时让我增加体重,参加167磅重量级比赛。

我参加的第一场比赛就是内布拉斯加州的大平原公开赛。大卫在高中最后一年的时候,在这里打败了两届全美大学生联赛的冠军。我最后进入了167磅重量级决赛,对阵艾奥瓦州的迈克·迪安那,也是1979年全美大学生联赛的亚军。当时我以3比1或者4比1的成绩领先,我和迈克正准备对彼此发起新一轮的进攻,突然,那束"启示之光"出现了。

我站直了身子,迈克也没有朝我进攻,而是同样站直了身子,立在那儿,好像在思考自己是否记错了时间,或是等着裁判吹哨停止比赛。我记得自己在那个奇妙的时刻看着迈克,心里想道:“绝对不能被他打倒。”

从那一刻之后,整场比赛我都非常顺利,最后以8比1的成绩打败了他,获得了我第一次大型比赛中的胜利。我已经准备好面对接下来的任何挑战了——除了大卫的秘密招式之外。

有一天,我和大卫进行摔跤训练。我发起进攻,然后他从正面夹住了我的头部。我抓着他的手臂,等着他绕到我身后,然后我就会站起来,摆脱他的控制。但是大卫并没有绕到我身后,而是紧紧地从正面夹住我的头部。接着我感觉自己就像站在草原上的牛群之中,抬头仰望着天空中的小鸟和云朵。等我回过神来的时候,大卫正俯身看着我,他的汗水吧嗒吧嗒地滴落在我脸上。

“你输了。”他带着胜利者的微笑说道。

我从垫子上爬起来,扯下我的汗衫,两手抓住大卫的双耳,用头撞向大卫的脑袋。

在那之后的四个月里,我经常让大卫再对我实施正面夹头那一招。然后我对他说,我也想试一下这招。我们就这样一遍遍地反复练习了好几个月。最后终于有一天,我在训练中把他击倒了。那天对我来说,就像是生日聚会、圣诞节以及新年那般快乐。

这一招就是后来我称为“舒尔茨正面锁头”的招式。使用这招的时候,我们会把对手的头部夹在腋下,挤压他的颈部静脉,造成其呼吸不畅、供血不足,这样就能使其暂时昏厥。然后我们会夹住他来回移动,让他看起来还是有意识的,直到他清醒过来为止。就跟我之前的感觉一样,我们的对手根本就没有意识到自己被制服了。这一招式给我们俩带来很大的优势,结果,摔跤运动的国际管理组织出台禁令,禁止使用此招式。

来自艾奥瓦州立大学的佩里·赫梅尔,1980 年全美大学生联赛的亚军,是我遇到过的最强劲的对手之一。他跟我一样正在读大学二年级,在那之后的三年里,我们一共对阵了六次,每人各赢三次,而且每次比赛双方的比分都非常接近。

我们俩的第一次较量是在艾奥瓦州立大学内举办的一次对抗赛上。那次是我在大学里所经历过的最糟糕的一次比赛氛围。裁判所有的判定似乎都在针对我们队,看台上挤满了极其吵闹的观众,而且他们还不停地对我们百般辱骂。我从来没有见过比那次对抗赛上更粗鲁的观众。

我和赫梅尔展开了一场全力厮杀,其间多次用脑袋撞向彼此。最后,裁判判我拖延时间犯规,赫梅尔因此加 4 分,最终以 7 比 4 的成绩打赢这场比赛。当裁判第二次判我拖延犯规而给对手加上 2 分之后,我感觉自己就要输了,这时,我使出浑身解数,用头撞向赫梅尔。就算勒令我退出比赛也无所谓。我实在太愤怒了,知道自己肯定赢不了，就想给赫梅尔一点儿颜色看看。

第二次对阵赫梅尔，是在俄克拉荷马州立大学内加拉格尔大厅举行的八校联盟赛决赛上。我以 4 比 6 输给了他。那次，我们队以微弱的优势战胜了艾奥瓦州立大学，获得了联盟赛团体冠军。但是离开赛场的时候，我从包里取出我的那块银牌，把它扔到了赛场上。后来，我还把自己在联盟赛中穿的那双新鞋子给扔掉了，穿回我以前训练时的旧鞋子。

我以选拔赛 167 磅重量级第三名的成绩进入在普林斯顿大学举办的全美大学生联赛，但是抽签时抽到了非常不利的场次。第一轮比赛中，我打败了来自俄克拉马荷州立大学的大一学生迈克·希茨。不过，我看得出来，用不了多久，他一定能成为一个非常优秀的摔跤手。

在第三轮比赛中，我的对手是来自美国海军学院的六号种子选手约翰·赖希。比赛之前，我就一直听说赖希非常善于骑在对手身上，将其制服。因此，我对他给予了充分的重视。第一局比赛我们双方都没有得分，第二局比赛一开始，赖希就把我压倒在地，我没能摆脱。他把我压在身下大概一分钟的时间，最终撕扭着出了界，来到我的休息区旁边。亚伯教练抓住我，朝我大喊："你马上给我振作起来！"亚伯教练的这一声令下，一下子点燃了我的斗志。

够了，我告诉我自己，振作起来。

比赛准备继续，我仍然回到被压在身下的位置。教练一吹哨开始,我就爆发了,不到一秒钟就摆脱了对方控制。那一刻,我意识到,尽管我听说赖希很厉害,但是他骑摔的本事跟我摆脱控制的本事比起来根本就不值一提。虽然赖希之前一路领先,但我最终还是以15比9的成绩打败了他,甚至还对他实施了骑摔。此后,我再也没有听信传言而过分惧怕对手了。

打败了赖希之后,我就成功晋级半决赛,对阵佩里·赫梅尔。比赛非常激烈,我们俩都使出了浑身解数,规定时间结束时,比分为4比4。之后又进行了加时赛,我最终打败了佩里。

那场比赛之后,由于队员们都要减重,所以我们摔跤队就去赛百味一起吃饭。当时,我们队的团体总分已经稳居第二位,大家都对亚伯教练表示祝贺。他指着我,对大家说,多亏我赢了比赛才使团体总分跃居第二名。听到教练的话,我特别自豪。不过坦白说,我并不是特别在意团体总分。对我来说,第二天的决赛才是最重要的,到时候我要在那个赛季里第三次对阵迈克·迪安那了。

第二天早上,其他队友都去赛场观看早场比赛了,我对教练说,自己想待在酒店里休息。教练说他到时候会回来接我去比赛。离决赛开始大约还有一个半小时的时候,教练还是没有来接我。我只能自己动身,跑着去到距离酒店20个街区的赛场。到了之后,我发现教练正坐在队友罗杰·弗里泽尔比赛的休息区里,当时罗杰正在进行150磅重量级第三名的角逐。

“你把我忘在酒店里了，”我对教练说，“我只能自己跑过来。”

“好样的，”他说，“准备上场吧。”

这一路奔跑对我来说正好是个不错的热身活动，但我还是想知道，如果我没有出现的话，教练到底会等到什么时候才想起要回去接我。

决赛开始之前，即将彼此厮杀的选手站在一起进行一个检阅仪式。当时的气氛真是尴尬啊。我跟迪安那一句话都没有说。

我们摔跤队的安德烈·梅茨格首战告捷，取得了142磅重量级冠军。接下来轮到大卫上场了。

当大卫对阵俄克拉马荷州立大学的瑞奇·斯图尔特时，我正在露天看台的后面做热身活动。在那个赛季的前两次比赛当中，大卫都轻松地胜过了瑞奇。热身的过程中，我瞥了一眼计分板，看到大卫以3比0的成绩领先。因此随后当我听到观众席传来欢呼声的时候，我知道肯定是大卫制服瑞奇，夺得了冠军。我从看台后面走出来，朝赛场上走去，结果发现瑞奇振臂欢呼，正绕着赛场奔跑。原来竟是大卫被他打败了。我一下子惊呆了，这简直是当时最大的打击。但我告诉自己，绝对不能让大卫的失败影响到我。

决赛时的第二时段，我4比1暂时领先，这时裁判员第二次判我拖延犯规,对方因此获得2分,比分变成了4比3,削弱了我的领先优势。离比赛结束还有一个半时段,如果再被判拖延犯规的话,迈克就能因此而得到2分了。那次比赛中裁判员的判决似乎都对艾奥瓦州立大学非常有利,整场比赛中,裁判员都死死地盯着我。果然,裁判员还是举手征求裁判长同意,判我拖延犯规,要给迈克加2分。我赶在裁判长同意之前,提出暂停比赛的要求,然后回到我的休息区躺了下来。我们的一位助理教练罗恩·特里普问我为什么喊暂停。当时教练员就站在那边看着我,等着听我的回答。

"我膝盖疼。"我说。

比赛之前,我的左膝盖刚刚受伤。特里普听毕就开始按摩我的右膝。

"你搞错了,不是右膝。"我告诉他。

其实我想告诉特里普的是,"安静点儿。能否夺冠,就在此一举了。这个教练员就够我对付的了。"

裁判长最终还是没有同意这个判决。

暂停时间结束之后,我重新回到赛场上。在那个时段接下来的时间里,我一直把迈克压在身下。

第三时段刚一开始,我就被压在身下,不过随后很快就摆脱了控制,并把迈克摔倒。他成功摆脱,但我再次将其摔倒。最后我以10比4的成绩打败了他,而在其中他有2分还是因为我被判拖延犯规而得到的分数。这是我第一次获得全美大学生联赛冠军，我依然在台上做了后空翻来庆祝胜利。

回家之前，我去丝印店，在一件 T 恤衫的背面印上“全美大学生联赛冠军”的字样。回国的飞机上，我就穿着这件 T 恤衫。不管我以后的职业生涯如何发展，至少我的名字将会永远载入全美大学生联赛冠军的史册。

全美大学生联赛结束之后，我回到了帕洛阿尔托。克里斯·霍培尔邀请我去纽波特比奇放松一段时间，顺便和那里的几个摔跤手们过过招儿。那次见面的时候，我感觉我们之间的关系发生了微妙的变化。克里斯似乎不像从前那般喜欢我了。让我不舒服的是，我感觉他自认为要比我优越，可能是一种学术上的优越感，因为他毕竟是斯坦福大学的毕业生。

出于某种原因，克里斯开始批评我不懂餐桌礼仪。我的吃相的确不好。在俄克拉荷马大学里，我就像一个野人一样吃饭，直接用牙齿撕咬鸡肉和牛排，让人觉得我真有可能用牙齿去撕咬对手的胳膊和腿。我才不管什么餐桌礼仪呢，我就是要让大家都知道，食物是用来提供热量的，而不是用来享受的。

克里斯却想教会我餐桌礼仪。当时，我根本就不管那些。（不过，现在我还是很重视餐桌礼仪的。）另外，我觉得那是克里斯想要超越我，打败我的一种方式。我不知道他到底为什么要这样做，但是我根本就不听他的。他越是要教会我，我越是不顾自己的吃相。最后克里斯放弃了。我很高兴我向他表明了立场。

从纽波特比奇回来之后，我去阿什兰待了一段日子，放松一下的同时也与南俄勒冈大学的摔跤手们过过招儿。特别凑巧的是，艾奥瓦州立大学助理教练J.罗宾逊正在校园里举办摔跤夏令营，埃德·巴那奇也在那儿。我简直不敢相信埃德就在附近！

我现在的体型已经跟埃德差不多了。我们俩较量了几次，我的表现都不错，这让我在上大三之前信心大增。

夏令营期间有一天，我走进南俄勒冈大学摔跤训练场，队员们都在训练。那里的所有人都认识我。之前从这里走出去的毛头小子如今成了阿什兰首位全美大学体育联盟第一级别冠军。

当然，所有的队员都想跟我比试一下。我当场满足了他们所有人的要求。

我走到赛场中央，所有队员，不管重量级别，轮流上场跟我比拼。多亏了那个夏天大卫对我的磨练，我几乎练就了一身坚不可摧的防御能力。恕我直言，全国大学校际体育运动协会摔跤手距离全美大学体育联盟第一级别还是有差距的，这些摔跤手中没有人能够打败我。我觉得就算在那儿待上一整天，也没有人能把我摔倒。

其间，南俄勒冈大学教练鲍比·瑞恩姆走了进来，看着他的摔跤手们一个接一个地被我撂倒。瑞恩姆显然看不下去了,他走上赛场,朝我挥动胳膊大喊“滚出去”,然后就把我赶出了训练场。这已经不是我第一次被他赶出来了。

当年很多教练来招收大卫的时候,大卫曾当着他们的面称我是“烟鬼”,瑞恩姆就是当时在场的教练之一。戒毒之后我开始练习摔跤,有一次去南俄勒冈大学摔跤训练场训练,瑞恩姆当着所有队员的面叫我是“烟鬼”,让我赶紧离开,还说:“我们这儿可不欢迎烟鬼。”

我只能摇摇头,第二次被他赶了出来。

在我往外走的时候,听见他在我身后喊道:“你这是在打击我们队员的自信心!”从此我再也没有去过那个训练场。不过多年以后,当瑞恩姆退休之后,我们成了很好的朋友。

大三学年一开始,我被安排到了 177 磅重量级。被禁赛一年的伊斯雷尔·谢泼德也回来了。为了加强团队的实力,亚伯教练把伊斯雷尔安排在 158 磅重量级,把大卫调整到 167 磅,把我安排到 177 磅重量级。

这就意味着我不用减重太多,而是集中精力训练,提高身体素质。

摔跤运动需要技术、强劲的体格,还有运气。摔跤手没办法掌控运气,但是却可以掌控技术和体格。大卫的出现，使整个摔跤界的选手都开始注重技术，但是体格仍然是最重要的因素。要想有爆发力，就必须有强劲的体格。只有这样，摔跤手才能比他的对手出手更狠、更快、更及时。摔跤并不是一项很容易的运动，但是要想出类拔萃，方法很简单：拼命地学习招式，拼命地健身。为了练就世界冠军应有的体格，我日复一日，挑战自己的极限，忍受着巨大的痛苦。为了练就理想的体格，我必须让自己像生活在地狱那般痛苦。

当某个对手快要打败我的时候，我唯一能够翻身的机会就是积攒一股力量爆发出来。但是这股力量必须通过某个能够得分的招式使出来，否则就只能是白费力气。

在运动科学的一门专业课上，一位教授曾经测试了我的最大耗氧量，也就是我的身体能够消耗的最大氧气量。我的测试数据极低，这在摔跤手，甚至是运动员中都很少见，让人有些不敢相信。这就意味着我的身体不能高效率地消耗氧气。

我特别想尽快提高自己的心血管功能。幸运的是，在我大三那年的赛季里，大学生摔跤比赛中每场的时长由原来的八分钟削减为七分钟。在赛场上，教练都喜欢有耐力的运动员，而我正是那种没有耐力的摔跤手。同一年，自由式摔跤比赛——主要是指国内以及国际层面上非大学生摔跤比赛——也都削减了时间，从原来的九分钟缩短到六分钟。比赛时长削减对我来说是个很大的优势。

赛季一开始，我就蝉联了大平原摔跤联赛的冠军，不过这次比之前提高了一个重量级别。因此，我获得了代表美国前往苏联参加即将于年底举行的比赛。

就在威斯康星州的一次比赛过程中，我跟对手说了一句话，这是我职业生涯中唯一一次在比赛过程中跟对手说话。当时，我的对手是丹尼斯·李姆克斯，高中毕业之后，他也曾是那个重量级别备受追捧的一个选手。我跟他比得很轻松，最后用一个被称为“逐步交叉”的组合招式将其摁倒在地。当时，他腹部朝下被压在身下，我用左手臂抱住他的脑袋，后背弯着。

由于他后背弯着，所以脚就离我很近，可以一把抓住。于是我就用右手抓住他的一只脚，将其高高拉起，这样他的背部就弯得更厉害了，双脚几乎就要碰到自己的脑袋了。摔跤手们把这称为“接电话”，因为你会努力地用对手的脚来攻击他自己的脑袋。

李姆克斯喊了出来。

“认输吧。”我告诉他。

“休想！”他回答说。

因此我稍微松了一点儿力气。没想到那个傻瓜却想趁机摆脱！于是我把他的脚抬高，让他几乎形成一个“接电话”的姿势，他的喊声也随之更大了。他的教练罗森·海利克森跑到场上，将我一把拉开。从官方来说，由于对手的教练干预比赛，我的对手被取消比赛资格，因此我才得以获胜。但我不管原因是什么，只要我能赢就可以了。

每次出去比赛，亚伯教练都会把我们像沙丁鱼一样塞进他那辆温尼贝格房车里。我们就这样开车去芝加哥参加在西北大学举行的中部地区摔跤锦标赛，结果我以4比5的成绩输给了埃德·巴那奇，这是我连续四次在中部地区摔跤锦标赛的决赛中输给他了。同样是在这次比赛当中，我还输给了来自肯塔基州的一个大一选手。一开始，我8比0领先，我把他面朝下压在身下，他连我的头都没有够到，只是将身体拱起来。但是裁判偏袒肯塔基州，不停地判他防守有效。防守有效是指一个摔跤手将对手面部朝下压在身下，被压制住的那个选手伸手向后抓住对手的头部。

那个来自肯塔基州的大一选手并没有抓住我的头部，但是裁判还是判他防守有效，结果我就输了。我特别愤怒，扔掉我的头盔，上前去跟裁判理论，并差一点儿在赛场上跟他动起手来。我就是不肯对他服软，结果我们队因此被罚扣2分。

那次外出比赛是一次非常惨痛的经历，包括旅途中挤在那辆温尼贝格房车里的时间。

那次外出比赛结束之后，我去了苏联，参加第比利斯比赛，该比赛被公认为是世界上难度最高的摔跤比赛。我最后拿到了第四名。但当时我的心思根本就不在这场比赛上,而是更加牵挂回国之后的那场比赛。

当时我的室友是一位锡拉丘斯大学的摔跤手,吉恩·米尔斯,他被称为“无情吉恩钉销机”。有一天晚上,我半夜醒来,发现吉恩不在房间里。我从床上坐起来,开始考虑三天之后回国又要在艾奥瓦州对阵埃德·巴那奇的那场比赛。这时吉恩减重训练结束回来了,开始在浴室里洗自己的运动衫。他看到我在黑暗中还坐在床上。

“舒尔茨,你怎么了?”他问道。

“我……恨……巴那奇。”我幽幽地答道。

吉恩笑了。

我并不是真的恨埃德,只是因为一直弄不清楚自己为什么总是败在他的手下而特别苦恼。

第比利斯比赛彻底改变了我的摔跤风格。赢得我所在重量级别冠军的苏联选手使用的是前后站立姿势。当摔跤手发起攻击的时候,一般会利用后腿蹬地发力,因此前后站立姿势就能节省半步的时间。我之前曾经一直使用双脚平行站姿,在那之后就马上改成了前后站立姿势,这样就能在用左脚发力的时候抢占先机了。

从苏联回到俄克拉荷马州之后,我的身体节奏因为时差而彻底混乱。下午三点一刻的时候我才睡醒,训练都已经开始 15 分钟了,我才赶到训练场,打开储物柜。亚伯教练走进更衣室,训斥我迟到,然后把我的东西又全都塞回储物柜,把我赶了出去。

我想他也是因为即将到来的艾奥瓦州对抗赛而高度紧张,毕竟这是一年来最重要的一场比赛。

之后他又把大卫和梅茨格也赶了出去,然后自己离开了更衣室。其实,看见教练发这么大的脾气还是挺有意思的。随后我又打开自己的储物柜,拿出训练服,跑去进行减重训练了。

教练并没有开口让我们归队,但是第二天训练点名的时候,他还是喊了我们的名字。

在艾奥瓦州对抗赛中,我和大卫打破了自己以往的惯例。通常,我们俩会在选手们就坐那排后面的空地上踱步。我踱步的时间比我见过的任何一个选手都要长。大学毕业之后,一个摔跤手告诉我说,他给我起了个外号叫"踱步者"。踱步是我宣示主权的一种方式。踱步的时候,我不看任何人,但是却保证别人都能看见我,仿佛就是在宣布:我来了,这场比赛就是我的!

但是那一天,我即将迎战埃德。大卫提议说还是找个离赛场远一些的安静地方待一会儿。于是我们来到一个小屋子,靠墙坐了下来。这时,一个大约九岁或十岁的孩子跑了进来要找洗手间。大卫给他指路,让他到大厅里面找。多年以后,我还收到了那个男孩子寄来的信。已经长大成人的他写信问我是否还记得当年闯进那个小屋的男孩子。我告诉他说我还记得。他回信告诉我:"我永远都不会忘记当时的场景。我一走进那个小屋,就看见了你们俩。我感觉屋子里当时的紧张气氛非常凝重,空气似乎都已经凝固了,仿佛用刀就可以切割。”

大卫的比赛排在我之前,他的对手是金·米勒。金把自己的膝盖包得严严实实的,大卫在那场比赛里把他摔得非常惨。比赛中,大卫把金包裹着的那条腿高高抬起,然后使出一招我称作“断膝摔”的残忍招式。后来《业余摔跤新闻》上刊登了一张大卫将金摔倒那个瞬间抓拍的照片。照片里,金喊叫的时候把嘴巴张得老大,双手十指张开,仿佛受到了电击一样。

我和埃德的那场比赛当时特别轰动。比赛过程中,我们俩的比分交替领先,这样五六次之后,在离比赛结束仅剩下 10 秒钟的时候,埃德以 9 比 8 的比分领先于我。这时,我一个单臂背负式摔击,抱住埃德的大腿,然后顺势实施小腿扭摔,使其摔坐在地。我抬起头望向看台,发现 11 000 名观众同时站了起来,欢呼呐喊。埃德是在离比赛结束还有两秒钟的时候被我制服的,我最终以 10 比 9 的成绩打败了埃德,这也是他两年以来的第一次失败。

对抗赛最后一场比赛是最高重量级比赛。当时我们与艾奥瓦州立大学摔跤队战成 17 比 17 平。我们的重量级选手是史蒂夫·威廉姆斯。虽然那一年史蒂夫仅仅训练了两个半月,但他还是一个非常厉害的重量级选手。他拿到的是橄榄球运动奖学金,因此每年只在圣诞节假期之后才能进入摔跤队训练。史蒂夫后来成为摔跤运动中四次获得全美大学生联赛最佳选手称号的摔跤手。在那年的全美大学生摔跤联赛中，他获得了亚军，不敌最终的重量级比赛奥运冠军布鲁斯·鲍姆加特纳。这对一个业余选手来说已经是非常不错的成绩了。真不敢想象，如果史蒂夫把自己的全部精力都投入到摔跤运动上，他会成为一个多么厉害的摔跤手。

更重要的是，史蒂夫是个品质非常好的人。每次比赛之前我们必须要减重的时候，虽然作为重量级选手他根本就不需要减重，他还是会换上训练服和我们一起在训练场上跑步，和我们一起在健身脚踏车上训练。他这样做只有一个原因：想和自己的队友们同甘共苦。就此，读者们便可以看出史蒂夫是个多么好的人了。

大学毕业之后，史蒂夫成为一位声名大噪的专业摔跤手。他在台上的绰号更是无人不知：死神。2009 年，年仅 49 岁的史蒂夫死于喉癌。史蒂夫有一颗金子般的心，我爱他，也非常想念他。

当时在艾奥瓦州的对抗赛上，史蒂夫面对的是埃德的双胞胎弟弟卢。卢曾经获得全美大学生联赛的冠军，并在 1984 年奥运会上夺得 220 磅重量级冠军。这就更凸显出仅仅作为一个业余摔跤手的史蒂夫那一天的表现有多棒。

史蒂夫与卢打了个平手，对抗赛最终以 19 比 19 的平局结束。那是我作为选手或者教练所参加的最精彩的比赛之一。

在八校联盟冠军赛上，我又一次在加时赛中打败了佩里·赫梅尔。大卫获得了167磅重量级的亚军，不敌俄克拉荷马州立大学的迈克·希茨。我们俩都晋级全美大学生联赛。

第7章

逃离地狱

“马克·舒尔茨是个优秀的运动员，但是想要成为一名优秀的摔跤手，仅仅成为一个优秀的运动员是不够的，还需要坚韧的意志。我比马克·舒尔茨更坚强。”在全国大学生摔跤锦标赛之前，埃德·巴那奇接受《业余摔跤新闻》的采访时如是说道。

后来该杂志的同一个记者采访我，问我如何预测自己在这次比赛中的名次。我说我不知道，不过这场比赛跟赛跑一样，第一个冲过终点线的人就是冠军。

当我看到巴那奇的那句话时，我对自己说：“如果我们在决赛中对决的话，不是我死就是他亡。”

艾奥瓦州立大学的摔跤训练场非常热。我在那里进行减重训练，整个场地似乎都是来参加锦标赛的选手，包括跟我同一个重量级的选手。

我给自己定了个规矩：不要跟任何人有眼神交流。这时候，一个斯坦福大学的摔跤手面带微笑非常和善地在我身边坐下来，想跟我闲聊。我没有理睬他，站了起来，继续进行减重训练。没有时间来交友闲聊，哪怕仅仅一秒钟的精神放松都会扰乱我的心绪。我从来都不恨我的对手,但是由于很低的最大摄氧量,我必须要激发内心的仇恨,然后在赛场上发泄出来。我不会靠袭击对手的面部来发泄仇恨,而是会实施能够得分的招式。这往往很难做到,有时候我甚至感觉要想赢得比赛,我就得在场上创造奇迹。

前三场比赛中,比分最接近的一场,就是在四分之一决赛的时候我以 8 分的领先优势获胜。半决赛中,我的对手还是佩里·赫梅尔。我以 2 比 1 的成绩打败了他。

决赛时,我的对手将会是埃德·巴那奇。决赛之前那四场比赛中,有三场他都以绝对优势战胜了对手,剩下的那场以 17 比 5 的成绩获得胜利。

锦标赛最后一天的第四场决赛,安德烈·梅茨格对阵艾奥瓦州立大学的兰尼·楚恩列斯基,这是他们连续第二次在全美大学生联赛的决赛中对决。最终安德烈·梅茨格战胜了兰尼·楚恩列斯基,连续第二次获得了全美大学生联赛 142 磅重量级冠军。在我的决赛开始之前,大卫终于在决赛中战胜了希茨,洗雪了自己在八校联盟赛中的耻辱,并获得了他人生中第一个全国冠军。

由于比赛在即,我没有时间来庆祝大卫的胜利,但是我很高兴大卫在他大四这一年获得了冠军。我没办法想象,如果大卫当时没有获得冠军,他后来的发展会怎样。

比赛开始之前,我在后面进行热身运动,心想到底是什么样的人组织了像全美大学生联赛这样残酷的比赛。

这些比赛的压力之大简直到了不人道的地步。有几张比赛的垫子被卷起来堆在角落里，比赛之前，我坐在这些垫子上，虔诚地向上帝祷告，如果我输了，一定要当场杀死我。我是认真的。

我的这场比赛在美国广播公司电视台的《体育大世界》栏目上直播，我感觉这是所有决赛中唯一被完整报道的比赛。主持人艾尔·迈克尔斯介绍我们这场比赛时说这是一场“万众瞩目的比赛”。事实的确如此，因为我是上一年的冠军，而埃德也在大一和大二的时候分别获得与我不同重量级别比赛的冠军。已经有人猜测，埃德很可能会成为第一个获得四次全美大学生联赛冠军的选手。

比赛开始差不多两分钟的时候，我想实施抱摔，结果犯了一个愚蠢的错误。埃德抓住我，将我摔倒得分，取得了4比0绝对性的优势。第一时段快要结束的时候，埃德仍然以5比2的成绩领先。这时我使出了自己从来没有尝试过的一个招式，此前只是看见过奥运冠军本·皮特森在一次摔跤世界杯的比赛中用过这一招。我抱住他上半身，用膝盖顶住他的大腿根内侧，然后侧翻将其面朝上摔倒在地。我将他摁在地上两秒钟，得到了4分，这样第一时段结束时我以6比5的成绩领先。第三时段和最后一个时段中，我继续以10比7的比分领先，不过我知道自己骑摔的时间已经足够得到加分了，因此事实上我是领先4分。

离比赛结束还有30秒钟的时候，我以10比8领先（没有计算骑摔时间得分)。埃德想要在剩下不到20秒钟的时候使出一个4分的招式,却被我阻拦了,同时我成功使出一个5分的招式,最后以16比8的成绩稳拿冠军。

通常来说,比赛之后我都会筋疲力尽。但是连续第二次获得冠军,并且还是战胜了埃德·巴那奇而获得冠军,这让我肾上激素猛增。比赛结束的哨声一响,我就跳了起来,做了那个标志性的后空翻动作。大卫和安德烈跑上赛场来恭喜我。我抱住梅茨格,仰面朝天大喊起来。当裁判举起我的手宣布我获胜的时候,我还在又蹦又跳,而裁判依然把我的手高高举起。

在联赛尾声,我被评选为最优秀摔跤手。

我们队打破了全美大学生摔跤联赛的团体总分记录,艾奥瓦大学和艾奥瓦州立大学同样也打破了记录。我们获得了第三名。那年,伊斯雷尔·谢泼德于他在俄克拉荷马大学的最后一年里获得了158磅重量级比赛的第四名。我非常感谢伊斯雷尔。正是他使我能够将自己的愤怒集中在对手身上。与他一起训练基本上可以无所顾忌,不必自责,将百分之百纯粹的愤怒和狂暴通过摔跤技术发泄出来。伊斯雷尔也许至今也不知道,我觉得能跟他一起训练是多么幸运的一件事情。

比赛结束之后,埃德走过来问我:明年要参加哪个重量级比赛?

我告诉他,我要参加177磅重量级比赛。

“太好了，”他回答，“我要参加190磅重量级比赛。”

摔跤杂志《夺冠》的主编迈克·查普曼认为我和埃德的这场比赛是全美大学生联赛史上第二精彩的比赛，仅次于1970年全美大学生联赛那场决赛，当时，181磅重量级选手拉里·欧文斯打败丹·盖布尔，一举结束其辉煌连胜史。

获得了冠军之后，我极度兴奋。在回国的途中，飞机在堪萨斯城短暂停留，我走出机舱，在航站楼前乘客登机处附近找了个安静的地方，练习极速短跑。

接下来的那个周一，俄克拉荷马大学校报用第一版整个版面对我和大卫、安德烈进行了报道，大肆庆祝这次联赛的胜利。我们是学校里的三个全国冠军。

全美大学生联赛结束两周之后，我被邀请代表美国参加在俄亥俄州托莱多举办的摔跤世界杯比赛。我本打算在全美大学生联赛之后休息一段时间，但是我觉得自己在赛季之后状态还是很好，于是就接受了这个邀请，准备参加比赛。盖布尔是代表队的教练，我忍不住会想，他会不会因为我连续两年击败了他的队员而痛恨我。但实际上他并没有。按照我自己的定义，盖布尔教练其实算是我的一个“敌人”了，但我依然很欣赏他。我认为，盖布尔教练尊重任何一个人，无论这个人出身背景如何。

在世界杯比赛当中，美国队眼看着就要输给苏联队了。这时候轮到我上场对阵苏联冠军瓦吉特·卡斯贝科夫。在我走向台上的途中,盖布尔教练说:“现在我们的大将上场了。”我以7比2的成绩打败了苏联选手,在我之后各个重量级比赛的美国选手也都获胜了,最终美国代表队夺得世界杯冠军。

而我则赢得了传奇人物丹·盖布尔教练的尊重。

在俄克拉荷马大学前两个赛季的巨大成功,使我在大四那一年面临有生以来最大的压力。作为全美大学体育联盟第一级摔跤手本身就要承受很大的压力。参加整赛季的第一级摔跤比赛,应该是所有运动项目中最痛苦、压力最大的经历了。

我不喜欢竞争。事实上,就算说我厌恶竞争,也不为过。竞争是这世界上最邪恶的事情,是我必须要忍受的最可怕、最痛苦的经历。但是我没有办法。我必须要去竞争,否则这一辈子,每每想起当年没有完全发挥出自己的潜能,我就会痛不欲生。我知道,在摔跤运动上,我有一种与生俱来的特殊天赋。

而且,我连续两次夺得全美大学生联赛冠军,还被评选为最优秀摔跤手,这给我带来很大的压力,有时候甚至让我喘不过气来。

1982年在全美大学生联赛中夺冠之后,我在运动生涯中第一次相信自己确实是一个优秀的摔跤手——除了在高中获得州冠军之后,我曾经有几个月自以为已经很棒了。但是随后那个夏天,大卫在训练场上不停地击败我,让我终于意识到之前那种想法太天真了。进入大四那一年,我不再需要大卫来点醒我,但是却需要他跟我一起应对这种巨大的压力。

当我感到作为一名摔跤手而承受的压力时,大卫是唯一能帮我缓解压力的人。他有一种非同寻常的能力,能让我暂时抛开烦忧。每当我过于紧张的时候,他就会说:“别担心了。”就这样,很朴实的一句话。但是只要大卫对我这样说,我就会放松下来。如果是其他人对我这样说,我还是会紧张。

不过,那一年我和大卫并没有经常见面。大约在1982年全美大学生联赛开始的一个月之前,大卫结婚了,然后就和妻子南希搬出去住了。我们还能在训练场上见面,当时他在做兼职教练,同时也继续训练以参加自由式摔跤比赛。但是我们不能像之前住在一起的时候那样闲聊了。

大卫完成了在大学的比赛,终止了大学参赛资格之后也给我们俩人的关系带来了改变。他不用参加对抗赛了,而是全力投入到自由式摔跤比赛中,因此他就不需要再经常减重,只要每隔几个月,在重要的比赛来临之前减重一次就可以了。大学生摔跤手时刻都要进行减重训练,这其实也是将大家联系在一起的纽带,而如今我和大卫已经失去了这种纽带。同时,大卫结婚之后就不再和我一起住在宿舍里,我们在俄克拉荷马大学的生活已经迥然不同。我感觉我们的人生轨迹突然在这里分开,各自走向不同的方向。

摔跤队里另一名1982年的全国冠军安德烈·梅茨格也在上一个赛季完成了自己大四学年的比赛。队里其他的摔跤手都无法体会到我承受的那种巨大压力。大卫在我们每次有机会交流的时候都会尽力宽解我,安德烈也成了助理教练,所以他也能经常安慰我。但是,除非同时与我承受同等的压力,否则没有人能够真正体会其中滋味。

当时我们的摔跤队已经错失了两次全国冠军,亚伯教练需要我能为整个摔跤队扭转乾坤。一个摔跤手能通过制服对手、使对手弃权或受伤退出,或者使对手被取消比赛资格来为自己的团队加分,最高6分。但我并不是一个制服对手的高手,据我估计,在大学所有的比赛当中,我只有10%的胜利是靠制服对手获得的。为了能跟前两年一样表现优异,我本身就给自己施加了很大的压力。然而,教练和整个摔跤队却需要我不仅能保住前两年的成绩,还要取得更大的成绩!

对我自身而言,我必须要取得冠军。如果前两年都夺得了全国冠军,而大学最后一年却战败,没有比这更可怕的事情了。要是可以选择的话,若能让我在大四这一年获得全国冠军,我宁愿前两年都没有夺冠。最后一搏取得冠军比前两年的冠军都更有意义。

直到今天,我还经常做一些关于大四那年的噩梦。虽然每次具体情节都不太一样,但基本的梗概都是我要努力去蝉联冠军,结果离全美大学生联赛还有两个星期的时候,我才想起来要进行减重训练,于是就开始慌乱地想办法如何能在身体素质欠佳的情况下夺得冠军。梦里我甚至还考虑拿刀捅伤自己的腿,或者故意撞车,以逃避那场比赛。

有时候,我会梦到自己在比赛前一天去称量体重,结果由于身上的一处伤口而退出了比赛。这个噩梦已经至少出现了50次。

每次从这个噩梦中惊醒,我都感谢上帝,感谢这一切只是一个梦而已。

俄克拉荷马大学体育部门行政人员波特·罗伯逊曾经是个摔跤教练。我不知道他的具体头衔是什么,对我来说,他就是"纪律主管"和"运动员宿舍主管"。波特很喜欢我,所以当我发现宿舍楼里有个空着的单人间,想搬过去住的时候,他欣然同意了。

每天晚上训练之后,我都一个人待在宿舍里。那段时间很压抑。之前我曾经努力限制自己,不去跟别人交往,但那一年我确实变得非常内向。我买了个便宜的黑白电视机,放在房间里给自己解闷。我很少跟宿舍楼里的其他人说话。我从来没有像那一年那样形单影只,独来独往,而这一切都是我自找的。

赛季一开始，我就来势汹汹，在拉斯维加斯的一次比赛上将所有的对手狠狠击垮。然而，随后在接受俄克拉荷马州一家电视台的采访时，我却让自己陷入深深的麻烦之中。

在俄克拉荷马大学期间，我很少接受采访，那一年我就更不想接受任何采访了。但当时那个记者是一个俄克拉荷马大学校友的女儿。她的父亲曾经出钱让我和大卫开着房车去达拉斯，这样他和他的酒友们就能周末待在一起，一边喝酒，一边观看俄克拉荷马州和得克萨斯州一年一度的橄榄球比赛。为了报答她父亲当年的好意，我才接受了这次采访。

我坐下来接受采访的时候，摄影师将摄像机放到了桌子上。我根本就没有看见他按下任何按钮，所以我以为采访还没有开始。记者的第一个问题是我喜不喜欢俄克拉荷马大学。我又一次犯下自以为是的大错：我以为她只是在采访开始之前跟我闲聊而已。

“我其实希望自己当年去了艾奥瓦大学，那里的教练更加关心自己的队员。”我告诉她。

在我说完这句话之后，摄影师拿起摄像机，打开了开关。那次采访持续了大约45分钟。结果那天晚上，唯一轰动的部分就是我以为采访还没开始时评论亚伯教练的那句话。

当时说这句话的时候，我并不是认真的。其中很大一部分原因是在发泄我一直以来压抑和沮丧的情绪。

亚伯教练那时候正在处理烦琐的离婚事宜,而我只关注自己的那个小世界,感觉他的离婚带来的最严重的影响,就是他不能在我需要的时候,花时间来陪伴和安慰我了,尤其在我感觉如此孤独之际。

那时候我根本就不知道离婚是多么耗费时间和精力的一件事情。之后我自己就经历了两次离婚,终于发现每次离婚都要耗费大量的时间,让人无法专心进行其他日常活动。

不难预测,我的这句话引起轩然大波。校友们纷纷给亚伯教练打电话,质问摔跤队在他的管理之下到底发展成什么样子了,还有人直接跟他说,不会再给他的运动队提供资金支持了。

第二天,教练把我拉到他的办公室。“你到底是怎么了？这就是你想要的结局吗?”

我一直要求自己不能示弱——同时也因为错怪他忽视我而对他有些生气——所以我回答说:“是的。”

我们的关系立刻变得很冷淡。自那之后,我很少跟教练说话。

我的态度以及摔跤事业也开始走下坡路。平时的摔跤训练,我开始三天打鱼两天晒网。圣诞节的时候,我回到了俄勒冈州的老家,错过了中部地区联赛和三次对抗赛。从对手的角度来说,我夺得全国冠军的最大障碍就是艾奥瓦大学的杜安·高曼。高曼是个大一新生,所以我们之前没有较量过。如果这次全国大学生联赛中我们俩要彼此对阵的话,我希望在那之前都不能让他摸清楚我的套路。

我不管整个摔跤队如何,我只关心我自己。我觉得自己只是在保护我的冠军地位,而不是去争取另一个冠军头衔。在我看来,如果赢了,我也没有什么好高兴的,但是如果输了,我就会失去一切,一无所有。

那年,我获得了八校联盟赛冠军,得到了第四次参加全美大学生联赛的资格,本次全美大学生联赛在俄克拉荷马城举行。就在比赛开始之前,我患上了脓毒性咽喉炎。一家媒体的摄影师抓拍到我做热身运动时的照片,照片里我伸出舌头,由于太过干燥,舌头都发白了。

第一轮比赛我就打得很艰难,最后以 8 比 5 的成绩打败了来自弗吉尼亚大学的非种子选手斯科特·贾科贝。第二轮中,我面对的是来自宾夕法尼亚大学的 12 号种子选手鲍比·哈尔。比赛一开始,我就使出那招“舒尔茨正面夹头术”,使其暂时晕厥过去,然后将他转身压制住。但裁判只判我制服对手得分。哈尔醒过来之后变得非常愤怒,在余下的比赛时间里就像发了疯一样攻击我。我最后以 11 比 6 战胜了他,但是整场比赛我都得应对一个被激怒的对手。第三局比赛是我唯一“轻松拿下”的比赛,以 15 比 4 的成绩打败了来自利哈伊大学的非种子选手杰夫·特纳。

半决赛中,我抽中了俄亥俄大学的埃德·帕托卡尔。在那之前的整个赛季里,由于我的比赛场次减少,我的成绩纪录是 25 胜 0 负。而埃德的成绩纪录是 49 胜 1 负,并刷新了俄亥俄大学一个赛季中获胜场次的纪录。如果他能取得这场半决赛的胜利,那将是他第 50 场胜利。

比赛到第三时段时,我以 4 比 2 领先,埃德那两分都是裁判帕特·洛弗尔判我拖延时间犯规而得到的。离比赛结束还有 16 秒钟的时候,我压在帕托卡尔身上,只要我能扛过这 16 秒钟,我就能进入决赛了。但是洛弗尔又判我拖延时间犯规,给埃德加了两分,这样我们的比分就是 4 比 4 平。

洛弗尔当裁判之前曾经是一名重量级摔跤手。跟我一样,他也是来自旧金山湾区,我们之前一直是好朋友。我还去他家一起吃过午饭。如今,我永远都不会忘记帕特,因为他最后那个拖延时间的判罚导致比赛成了平局。我并不是说他的判罚是错误的,只是说我永远都不会忘记。

帕特的判罚中止了比赛,之后我们又重新回到了赛场上。帕托卡尔在场上跳来跳去,精神非常亢奋。而我却非常恐惧。我们俩现在是平手,而对方到目前还没有拿到技术分。如果帕托卡尔能够成功摆脱一次,那么他就能以 5 比 4 的比分战胜我,而我大学这最后的一年甚至我整个的人生都将毁于一旦。

帕特吹哨示意比赛继续之后,帕托卡尔在我身下爆发了。刚刚那个拉平了比分的判罚给了他极大的动力。我仿佛身下压着一匹难以驯服的野马。

最终,帕托卡尔站了起来,摆脱了我的控制,闪到了我身后。就在裁判吹哨判定他摆脱得两分的时候,我做出了一个前所未有的惊人举动:我像青蛙一样蹲了下来,向后猛地俯冲过去,就像在跳水板上向后跳下水一样,急切地想要抓住什么。我用手指抓住了帕托卡尔的鞋带,向上顺势抱住了他的腿,然后死死抓着,就像一松开手我就没命了似的。比赛的最后几秒钟终于过去了,我们俩进入了加时赛。

帕托卡尔在加时赛中仍然没有拿到技术分,由于裁判没有再判我拖延时间犯规,我最后在加时赛中以6比0打败了对手,晋级决赛。

高曼是二号种子选手,也是大一学生中赫赫有名的强者。他在另一场半决赛中打败了佩里·赫梅尔。多亏我在圣诞节的时候回到了俄勒冈,错过了与高曼的比赛,在我看来,这让我在决赛中占了很大的优势。摔跤手们越是经常相互较量,彼此的比分就会越接近。我觉得如果之前我跟高曼较量过,那么在我们俩的对决中,我的气场就会被极大地减弱。

也许他并不是这样想的,但我就是这种心理。而且这种想法让我在决赛前一天晚上回到酒店时心理感到极大的安慰。

说实话,我需要抓住每一个对自己有利的条件。我在加州大学洛杉矶分校读大一的那一年观看全美大学生联赛时的一幕,至今历历在目,让我心悸不已。当时,迈克·兰德是艾奥瓦州立大学大四学生,也是上一届全国冠军。在 1979 年的决赛中,他面对的是来自利哈伊大学大一学生达瑞尔·伯利。在那之前,兰德已经连续拿下 84 场比赛,但是在他大学生涯里这最后一次比赛,他却输给了这个大一学生。

现在轮到我了,一个备受期待、蝉联冠军的大四学生,在决赛中对阵一个大一学生。

这当然让人睡不安稳。

离决赛开始还有几个小时的时间,我和 134 磅重量级的队友克林顿·伯克以及另外一名即将去争夺冠军的队友一起坐在酒店房间里。这时门铃响了,克林顿去开了门。随后涌进来一大拨克林顿的朋友,他们是从距此地只有半个小时车程的诺曼赶来的,一进门就开始大吵大笑,抽烟喝酒。

我坐在床头,心想,这些人会在心理上毁掉我们的。

现在还远远没到庆祝的时候,甚至连乐观都不行。在准备迎接决赛时,如果盲目乐观就会毁掉我的心理防线。

克林顿似乎并没有打算让他的朋友们离开，于是我就抓起比赛服，很不情愿地早早地来到了赛场上。

《体育大世界》的评论员正在赛场上到处采访所有进入决赛的选手。对我来说，这并不是说话的时候。对于他提出的前三个问题，我都是一个词就回应过去了。他显然看起来有些受挫，说道："这样可不行，我没办法采访。"听毕，我站了起来，转身走开去一个人待着了，这才是我想要的状态。

就在第一场决赛开始之前，克林顿似乎感受到了参加决赛的那种巨大压力。我看见他在热身区的角落里，情绪非常激动。虽然我没看清楚，但是他好像是在哭。安德烈走过去，让克林顿一定要振作起来。我不能看到这样的场面，因此就必须离他们远远的。克林顿最后以 2 分之差输掉了比赛。这就使我成了 1983 年俄克拉荷马大学唯一有望夺冠的选手。

亚伯教练和汉弗莱教练都提醒我不要因为拖延时间而犯规了。他们说，所有的裁判都觉得我在整个联赛中拖延时间犯规次数太多，他们已经开会决定，在决赛中要毫不留情面地对我进行判罚。就在我的比赛开始之前，大卫告诉我，裁判们都会死死地盯着我，判罚我拖延时间，不会让我钻空子。

天哪，难道赛场上的所有人都要过来提醒我不要拖延时间吗？

从我和高曼踏上比赛场地的那一刻,我就感觉到他已经认定最后赢的那个人会是我。这很难用言语来表达,但是他的眼神和他的肢体动作都让我有这种感觉。

高曼使出摆脱招式的时候似乎有些心不在焉,而且他比我决赛之前这一路上战胜的任何选手都更容易被制服。我唯一担心的就是自己总是被判罚拖延时间。我被判罚了三次——第一次是警告,接下来每次都使对手得到1分。我觉得除此之外,高曼是没办法得分的。不过我们的比分一直很接近,裁判们又格外仔细地盯着我,我担心半决赛对决帕托卡尔的场景会重演。还好,这一幕并没有出现。经过四分钟的压制时间之后,我最终以4比2的成绩连续第三次打败艾奥瓦大学选手,获得全美大学生联赛冠军。

一年之前,我曾经历了大学摔跤史上最激动人心的一场比赛,而一年之后,我又在最索然无味的一次决赛中获胜。但这些都无关紧要,关键是我赢了。我已经实现了作为摔跤手最重要的摆脱——摆脱了压在我胸口整整一年的压力和期望。

我站在那里,伸展双臂,就像一只小鸟一样。我终于轻松了,感到如释重负。我感觉自己终于可以自由飞翔,将压抑了我大四整整一年,使我生不如死的悲观情绪统统抛到脑后。

然后我做了一件自己在赛季中很少做的一件事情:我笑了。

我不停地感谢上帝。

在我争夺第二次全国冠军之前，我曾经向上帝祈祷，如果我输了，就让我死了算了。而一年以后的今天，在我仅仅练习摔跤六年之后，我站在那里，享受着全美大学生联赛三连冠给我带来的无上荣耀。

当时，如果上帝愿意的话，他也可以即刻夺走我的性命。而我也可以幸福地死去了。这是我人生中少有的能让我说出这种话的时刻。

第8章

兄弟俩一起参加奥运会

俗语说,在痛苦之路的尽头能看到希望之光。但为什么没有人说走完这段痛苦之路之后会发生什么呢?

大四那一年就是我的痛苦之路,为了能坚持下去,我一直告诉自己,走到尽头就能看见希望之光了。我以为,如果戴着第三顶全美大学生联赛的冠军桂冠走到终点的话,我这辈子就安枕无忧了。我便能满意地将大四这一年作为本书的最后一章,然后交付出版社去刊印了。

但是大卫却另有打算。

大卫在大四那一年获得了全国冠军,并且在参赛的三个赛季里都获得了全美最佳摔跤手的称号。但是他不太喜欢大学摔跤,而更擅长自由式摔跤。大学摔跤也叫民族式摔跤,这种摔跤风格主要是控制对手,与对手进行激烈的厮杀,往往更适合体格健硕、上肢发达的摔跤手,他们可以利用上身力量将对手压倒,获得接近摔倒得分,增加骑行压制时间。而且,被压制在身下的选手也可以通过骑行和摆脱得分。

但是,自由式摔跤中并没有被压制的概念,也不会因为摆脱或骑行压制时间而得分。自由式摔跤更多是依赖脚部力量，更适合擅于摔倒、击倒及阻挡对手的摔跤手。大卫在这三个方面都是世界上数一数二的。

在 1983 年美国自由式摔跤公开赛中，大卫参加了 163 磅重量级比赛，并以将对手压倒在地的绝对胜利打赢了所有九场比赛，最后当选最优秀摔跤手。在半决赛和决赛中被大卫打败的选手都曾经获得过三次全美大学生联赛的冠军。在大卫的职业生涯中，他曾八次获得自由式摔跤冠军（还有两次获得古典式摔跤冠军），四次当选最优秀摔跤手。大卫的身体条件和摔跤风格特别适合自由式摔跤。

大卫努力想要说服我去参加美国自由式摔跤公开赛，但大四这一年我实在是太累了，不想参加。当时，我没办法想象让自己的身心再经历一次比赛的折磨了。但大卫不肯罢休。他不会让我放弃摔跤的，于是就说服我那年夏天跟他一起去艾奥瓦大学参加美国代表队的选拔赛。虽然不确定这到底是不是我想要的，我还是去了。选拔赛中，我再一次打败了与我同一个重量级别的杜安·高曼。我和大卫都入选了代表队。

我和大卫在俄克拉荷马大学运动科学专业取得学位之后顺利毕业。我不知道如今大多数大学里都是如何称呼这个专业的，不过当时运动科学专业就是“体育专业”更学术的说法。我曾经开玩笑说，我读这个专业其实就是获得了一个参加比赛的资格。

如果我们选了天体物理学专业,我们就得花很多时间来学习文化课程,那样的话我们就不会变成如此优秀的摔跤手了。我们之所以选择了俄克拉荷马大学,不是为了去读书,而是去练习摔跤。当然,天体物理学专业的毕业生在大学毕业之后薪水会更高一些。

大学摔跤手毕业之后如果想继续参加自由式摔跤比赛,那就没有太多的职业选择了。一般来说,他们会在某个大学里谋得一个助理教练的职位,这样虽然挣得不多,但至少可以有个继续训练的场地,还能找到陪你训练的摔跤手。

然而俄克拉荷马大学并不提供这样的机会。亚伯教练不想雇用我们,因为他说我们俩没有团队精神。他的话没有错,尤其是对我来说。我那次接受电视台采访时的表现也给我们找工作带来了障碍。

不过,我们还是得到了斯坦福大学摔跤队教练克里斯·霍培尔的邀请,要我们去担任助理教练。

我对俄克拉荷马大学没有什么可留恋的了,自然也就没有继续待在那里的理由。我将衣服塞进一个包里,把其余所有的东西都送给了其他的摔跤手,然后跳上我的本田 400 摩托车,疾驰而去。

出了俄克拉荷马城,向西开出大约半英里之后,我在 40 号州际公路上停了下来,熄火下车,回头看着那座城市的轮廓线。我在那里停了大约 20 分钟,回忆我在那座城市里的点点滴滴，回忆自己当初许下的就算是豁出性命也要成功的诺言。因努力而死总比失败要强得多。

应该要“决一死战”，不是吗？

四年之后，我还活着，而且连续三年获得全国总冠军。我打赢了在俄克拉荷马大学最后的44场比赛，最后一个赛季取得了27胜0负的辉煌纪录。我以整个赛季都屹立不败的好成绩刷新了大学胜出场次最多的纪录，而我的纪录一直保持了17年。我在主场从来没有输过，而且战胜过我的强大对手后来都成了我的手下败将。

我很满意自己已经战胜了内心所有懦弱邪恶的念头。然后，我就接着骑上摩托车，朝家的方向驶去。

我和大卫找到了一个以最低价向我们出租房屋的房东——我们的父亲。父亲把家里的房间出租给我们俩。大卫和他的妻子租住了楼上的一个房间，我则租住了另一间。又能跟哥哥住在同一个屋檐下，真是太好了。

然而，在1983年于苏联基辅举办的世界摔跤锦标赛期间，即将卸任的美国摔跤联盟主管单位——美国业余竞技联盟——将我和大卫夫妇安排在同一个酒店房间里，这次可真是不太方便。

在那几个月之前的全美大学生联赛期间，为了躲开克林顿那些涌进我们酒店房间的朋友们，我只得大清早就躲了出去。但是，在基辅的很长一段时间里，我根本就无处可躲。我要么待在自己的房间里,要么跑去那些没有把妻子或女朋友带过来的队友房间里。这可是世界摔跤锦标赛,我们可是美国代表队,不是一些能够前来参赛就已经乐不可支的弹丸小国。如果我承担得起,我真想自己花钱另外找个住处。

我需要一个安静的房间,这样就能在每场比赛之前,关掉房间里所有的灯,自己一个人躺在床上,为即将到来的战斗养精蓄锐。我需要有自己的房间,在不同场次的比赛之间能够得到充分的休息。

可我得不到自己想要的这一切。

苏联选手泰穆拉兹 · 扎格耶夫以 2 分的微弱优势打败了我,他最终获得了那次锦标赛的世界冠军。而我最终以 2 胜 2 负的成绩在基辅名列第七。

那次失败让我非常沮丧,我甚至怀疑自己是否还有机会赢得世界冠军。我刚刚开始练习自由式摔跤,根本没有想过自己会再次入选国家代表队或者奥运会代表队。

大卫进入了他所在重量级别的最后决赛,比赛前半段,大卫以 0 比 4 落后于对手塔拉姆 · 马斯哈多夫。一开始,我把在酒店房间安排这件事情上的不满发泄到大卫身上,一心希望他输。不过随着比赛继续进行,我仿佛突然明白事理了,态度上也发生了彻底的转变。我知道大卫的实力比他的这个俄国对手要强,所以就从座位上跳起来,跑到赛场边,朝大卫喊道:“杀死他!”也许这只是巧合而已，但是就从那一刻开始，整个赛况开始扭转，大卫成功翻盘，最终以 7 比 4 获胜。

我替大卫感到高兴，也为自己输了比赛而痛苦。后来我跟大卫坦言，跟他们夫妻俩住在一个房间里的这种安排对我来说是非常不公平的。我很气恼，很失望，感觉自己受到了背叛。

尽管霍培尔同时聘用了我和大卫，但我一直搞不明白他到底是如何看我的。我总觉得他想让我居于大卫之下。1983 年世界摔跤锦标赛之后，我感觉霍培尔并不看重我，只把我看做是“大卫那个不太优秀的弟弟”。我不明白他为什么会这样看我。我是全美大学生联赛蝉联三年的冠军。而大卫却只拿过一次全美大学生联赛冠军。不过大卫是一个世界冠军，霍培尔显然更重视这个头衔，因为他一直把大卫作为世界冠军介绍给旁人，而关于我，他从不提及我在大学里获得的冠军头衔。

有一次，我们斯坦福大学的代表队去华盛顿参加比赛。在一个斯坦福大学校友家里打台球的时候，我错失了一个非常容易得手的球。霍培尔嘲笑了我几句，最后称我是个“过气的冠军”。霍培尔从来没有获得过全美大学生联赛冠军，所以我马上回击：“我宁愿当个过气的冠军，也不当个从来都不是冠军的选手。”

也许霍培尔只是想不断地激励我。我也不知道，只能尽力不要按照自己想的那样去解读他对待我的方式。我不想让任何人通过他们的言行影响到我。"原谅所有人的过错"是我的人生哲学。这其实并不是为了他们,而是因为我不想让自己被不必要的精神负担给压倒。仅仅是比赛的压力已经让我感觉不堪重负了。

第二年,我们去俄克拉荷马州的静水镇参加美国摔跤公开赛。我和大卫都夺得了自由式摔跤全国总冠军。回去的时候,我们租了一辆车开去俄克拉荷马城机场。去机场的路上,我开着车,霍培尔坐在副驾驶的位置上,大卫坐在后排座位上。

"怎么样,"霍培尔对我说,"得了全国冠军感觉怎么样?"

我本打算回答:"如释重负。"但是正要开口,脑子里却闪过一个问题:"霍培尔是想让我怎么回答呢?"

是不是霍培尔就知道我会说我很高兴?确实,我很高兴。但如果我这样回答霍培尔,他也许就会想我根本就没料到自己会赢。如果我没有料到自己会赢的话,那我根本就没有尽全力参加比赛。我来参加美国公开赛就是冲着冠军来的。大卫是我在斯坦福主要的训练伙伴。一对一的话,他是世界上最优秀的摔跤手,当时我们俩实力相当。所以我打赢了比赛这件事不该是个惊喜。要是输了,我才会吃惊呢,因为我满心期待自己会赢。然后我就知道该如何来回答霍培尔的这个问题了。

“感觉怎么样？”

“自然而然的事情。”

霍培尔只是笑了笑。他脸上的表情告诉我，他没有想到我会这样回答，所以，我觉得这是我能给出的最好答案了。

在我们那个时代，入选美国奥运会代表队比现在要难得多。我得打赢之前的13场比赛才能最终入选。连参加选拔赛的资格都要靠比赛来争取，尽管这听来有些不可思议。那次美国摔跤公开赛就是其中一种形式的选拔赛，这样我和大卫都获得了去参加奥运会代表队选拔赛的资格。我们俩都在这场选拔赛中胜出了。每个重量级的前六名选手都被授予了一小块木头，上面刻着“参赛者”的字样。这是我这一辈子打赢的最艰巨的比赛之一。

除了这个奖项之外，我和大卫还成了奥运会代表队候选人中的佼佼者，新一轮的比赛将会最终决定由谁来代表美国参加1984年洛杉矶奥运会。先由四号、五号、六号种子选手进行对决，决定第四名。第四名随后和三号种子选手通过三局两胜制较量一番，来争夺与二号种子选手进行三局两胜制对决的机会。我和大卫都是各自重量级别的一号种子选手，就等着其他人决出最终的胜者来与我们进行三局两胜制比赛，争夺参加奥运会代表队的资格。

大卫所在的重量级别，最终进入决赛与他对决的选手是三次世界冠军李·肯普。大卫两局比赛就将他拿下。一年之内,大卫先后在美国公开赛和选拔赛中打败了肯普。对此我并不惊讶,因为大卫在自由式摔跤上的确非常厉害,但无论如何,这确实是战绩显赫。

我在决赛中的对手是唐·舒勒。这也不是我们俩的首次对决了。之前我就在公开赛和选拔赛中将其打败。第一局比赛我以 7 比 2 胜出,第二局唐以 7 比 2 胜出。在第三局也就是决胜局,我以 4 比 2 胜出,跟大卫一样,最终获得了入选美国奥运会代表队的资格。

五月份,也就是离奥运会开幕还有三个月的时候,苏联政府宣布抵制洛杉矶奥运会。在接下来的几天里,另外十三个东方阵营国家加入了这场抵制。苏联称他们的运动员在美国的安全得不到保障。

其实世人都知道,苏联此举的真正动机是出于报复。当年美国总统吉米·卡特为了抗议苏联入侵阿富汗,让美国带领六十二个国家抵制了 1980 年莫斯科奥运会。

摔跤项目应该是受到这场抵制影响最大的奥运会项目了,因为苏联和保加利亚也退出了洛杉矶奥运会,而苏联摔跤队和保加利亚摔跤队一直是赛场上的强队。

摔跤运动属于那种每隔四年到奥运会举行的时候才受到关注的运动。由于这场抵制运动,观众都认为美国队应该包揽自由式摔跤比赛的奖项。但是大部分人并没有意识到,虽然抵制运动确实在整体上降低了竞争的激烈程度,但是具体到各个重量级别的比赛,情况并非如此。

我和大卫所在的重量级别,以及巴里·戴维斯所在的125.5磅重量级,都有很强劲的对手。巴里的重量级别中包括两次获得世界冠军的日本选手富山秀明。唯一一个比巴里的重量级比赛更严峻的级别,就是大卫所在的163磅重量级比赛。他必须要面对1981年获得世界冠军的西德选手马丁·诺斯普。大卫所在的这个重量级别的比赛,跟其他任何一届奥运会的比赛一样激烈。我所在的180.5磅重量级,参赛选手包括获得欧洲冠军的土耳其名将瑞思特·卡拉巴卡。我在这个重量级别中排名第三。

也许整体摔跤比赛的规模不敌之前的奥运会,但是这三个重量级别的比赛仍然非常激烈。尽管十个重量级别的竞争激烈程度相差很大,但是观众对美国队获胜的期望却是一样的。

就我而言,我的这个重量级别受到抵制运动的影响是很小的,退出的优秀选手也很少,但是夺冠的压力却被提高了好几级。对阵卡拉巴卡,我并没有获胜的绝对信心,况且,在1984年的奥运会上失败会比在任何一届奥运会上失败都要更加丢人。

然而,在奥运会的训练营中出现的一个问题给我带来了很大的困扰。我当时的女朋友特里陪我一起住在那里。起初一切都风平浪静,特里在我身边能让我更加平静。说实话,特里很漂亮,也很性感,以至于住在训练营里的其他选手开始在她身边绕来绕去。自然，一些选手的妻子就不喜欢特里住在这里了。她们向当时美国摔跤队的主管单位美国摔跤联盟相关部门进行投诉，声称只能允许已婚选手的妻子住在训练营里，而不能允许未婚选手的未婚妻或者女朋友陪住。

于是，相关部门将选手们、妻子们以及教练们召集起来，召开了一个非正式会议，讨论是否应该让特里陪住在这里。我们的主教练丹·盖布尔会议一开始就告诉我："有人投诉说你和特里还不是合法夫妻。"

谁在乎呢？我心想。

"我们决定，如果你和特里还不是合法夫妻的话，"丹继续说，"她就得搬离这里。"

"行，"我说，"那我们就结婚。"

"那问题就解决了。"盖布尔回答。

会议解散了，特里留了下来。

在我需要努力训练，发挥自己最大水平的时候，抵制运动带来的压力却越来越大，特里引发的风波也让我分散精力。我感觉，似乎冥冥之中所有的力量都在阻扰我。

第9章

辉煌时刻

1984年洛杉矶奥运会是继1932年洛杉矶奥运会之后,美国再次举办奥运会。在申办过程中,洛杉矶击败纽约,最终成为美国奥运会的承办城市。不过,纽约和洛杉矶后来成为1984年奥运火炬在美国境内传递的起点城市和终点城市。火炬在美国境内从纽约开始传递,历经82天,跨越9000英里,穿越33个不同的州,最终到达洛杉矶。在洛杉矶开幕式上,来自加利福尼亚州的时任美国总统罗纳德·里根宣布奥运会正式开幕。

当然,奥运会开幕之前大部分的话题都是关于抵制运动的。以苏联为首的东方阵营国家拒绝参加奥运会,因此,人们都期待美国代表队能包揽各个项目的奖牌。

美国田径明星选手卡尔·刘易斯的奥运首秀备受瞩目。美国跳水运动员格雷格·洛加尼斯曾在1976年加拿大蒙特利尔奥运会上夺得银牌,这次有机会夺取冠军。1980年莫斯科奥运会之前,洛加尼斯曾被认为至少能斩获一至两枚金牌,但是最后美国宣布抵制那届奥运会。至于外国选手,西德游泳健将迈克尔·格罗斯备受期待。他在水中展现出的惊人臂展为他赢得了“长翼信天翁”的美称。此外还有美国男子篮球队，除了在 1972 年奥运会上非常有争议地输给了苏联，以及 1980 年由于美国抵制奥运会而无缘参赛之外，美国男子篮球队一直是奥运会的金牌得主。那时候还没有“梦之队”，主要由大学生运动员来捍卫美国在这项本土起源运动项目上的霸主地位。1984 年奥运会代表队中有迈克尔·乔丹、帕特里克·尤因、克里斯·穆林，八年之后，这三人也入选第一支“梦之队”。

当时，世界各国举办奥运会所用的政府财政支出都要受到严格管控，而 1984 年洛杉矶奥运会在彼得·尤伯罗思的带领下，成为第一届进行商业运作的奥运会。一般承办国都会为了奥运会修建很多新场馆，而奥运会结束之后却不知该如何利用这些耗巨资修建的设施。1984 年洛杉矶奥运会组委会打破了这种常规做法，虽然洛杉矶是举办城市，但却利用了加利福尼亚州南部各城市已有的体育场馆来举办各个项目的比赛。

同时，这届奥运会也没有像之前那样为所有的运动员修建一个奥运村，而是分别在三个大学校园内修建了三处住所，这三个大学分别是位于洛杉矶的南加州大学和加州大学洛杉矶分校，以及位于太平洋沿岸的加州大学圣芭芭拉分校。

摔跤运动员被分配到南加州大学居住。我只记得去到那里之后，周围到处色彩斑斓。但除此之外，我根本就没太在意奥运会期间南加州大学里是何种景象，更不用说关心我周围的事物了。我一心只关注比赛。

当时，我们要排成一队经过一个金属检测器来获取身份验证卡。一个年轻女士把我的身份验证卡递给我的时候，还拿过一本媒体指南册，让我们在自己的照片旁边签名。她把册子翻到我所属的重量级别那一页，我看到在我的照片之下，排在第三位的加拿大选手克里斯·林克已经在他的照片旁边签过名了。

“我看见林克已经签过了。”我对她说。

“是啊，”她说，“他还很严肃地说，冠军肯定是他的。”

我立刻感觉血涌上脑袋，脸上一阵发热。我知道接下来的两周肯定不会轻松。在那之前，我只参加过三次国际性比赛：1983 年世界杯比赛、1983 年世界冠军赛以及 1983 年的泛美运动会。我在世界杯比赛中夺冠，林克却在泛美运动会上打败了我，那是我们俩之前唯一的一次较量。

奥运会赛程一共 15 天，为期 5 天的自由式摔跤比赛直到赛程第 10 天才开始。而古典式摔跤比赛在奥运会开幕的两天之后就开始了，但由于接下来的赛程，我根本就没有心思好好观看比赛。我真希望自由式摔跤比赛日程能跟古典式摔跤比赛对调一下，这样我就不用老想着比赛的事情，而能够在奥运村里好好放松一下了。

到第一周的周末，古典式摔跤比赛已经全部结束了。美国队此前从来没有在奥运会古典摔跤项目上拿过奖牌，但是那一年，美国选手斩获两枚金牌（杰夫·布朗尼克和史蒂夫·弗雷泽）、一枚银牌和一枚铜牌。那个周五，奥运村里一片欢庆的气氛，摔跤手们聚在一起唱歌跳舞，非常欢乐。我也想加入他们，跟他们一起庆祝，但只能克制自己，因为如果在赛前太过放松的话，将会给我带来极大的心理冲击。

况且，他们前所未有的巨大成功反而给我们自由式摔跤选手们带来更大的压力。

我把大部分的时间都用来进行赛前训练、吃饭和睡觉，以便积蓄精力。奥运村里为运动员们准备了免费的电动游戏，你也许会觉得这是一个很好的娱乐方式，但是对我来说却完全不是。

有一天，我正在打一款拳击的电动游戏，这时，我们领队、前奥运会摔跤铜牌得主以及当时的国家队教练斯坦·德兹克走过来，站在我身后看我打游戏。屏幕里出现的下一个选手显示名叫"土耳其人"，巧合的是，土耳其选手瑞思特·卡拉巴卡正好是我这个重量级别排名第一的选手。

"嘿，马克，土耳其人来了。"斯坦开玩笑地说。

我没有笑。事实上，我什么反应都没有。没有什么好笑的，在我比赛之前，没有任何事情可以被看成是玩笑。比赛之前，我不会讨论自己的对手或者可能成为我的对手的选手，所以我也不会跟斯坦讨论卡拉巴卡。

"这根本不关你的事。"我心想，"这是我自己的生活。

这是将要被载入史册的比赛，永远被世人记住的比赛，他却在这里轻描淡写。对我来说，这可是真正的战斗。一旦我输给了包括这个土耳其人在内的任何选手，我都跟'奥运冠军'这个称号无缘了。"

我没有理睬斯坦，他只好悻悻地走开了。打完那局游戏，我也转身回房间去了。

比赛开始的两天前，丹·盖布尔将我们队从奥运村搬去了距离摔跤场馆阿纳海姆会议中心不到一英里的六号汽车旅馆。这样的话，我们就不用花时间等班车了，使用体重计也很方便，因而能够更灵活地安排训练以及减重事宜。

第二天，我亲爱的母亲竟然跑到酒店来，问我想不想跟她去迪士尼乐园，再一起吃个饭。还剩一天我人生中最重大、最紧张的比赛就要来临，母亲竟然会觉得我有心情和她一起出去玩？天哪！

比赛开始前两小时要称量体重，同时要抽签将 16 名选手分为两个小组。每个选手称重之后都要从一个匣子里抽取一枚塑料蛋，里面是他比赛的数字。我抽到了 6 号，也就意味着我第一轮要对阵 8 号选手。抽到 8 号的竟然就是那个土耳其人！

我惊呆了。一号种子选手和二号种子选手在第一轮比赛中就要对决了。两个小时之后，我将开始我在奥运会上的第一场比赛，而这场比赛几乎就是金牌争夺赛了。

我特别紧张,回到酒店房间,把抽签的结果告诉了我的女朋友。

“你脸色太难看了。”特里对我说。

特里说的是实话,但我真希望在当时的情况下她没有说得这么直白。

我像往常减重之后那样,站在镜子之前打量着自己。摔跤手们通常将这种眼窝深陷、脸庞瘦削的样子形容为“狼狈不堪”。我对特里喃喃地说了句:“你只是最近在我减重之后没有太经常见到我罢了。”

我向上帝祈祷,希望两个小时之后我的心情不会像特里形容的那样“狼狈不堪”。我一屁股跌坐在床上,盯着墙壁,浑身冒汗。

幸运的是,我不用赶班车去阿纳海姆会议中心的摔跤比赛场馆,照我当时事事不顺的运气来说,我很可能会被班车给撞了。

第一轮比赛就要对阵这个重量级别世界排名第一的选手,我知道我必须马上调整到最佳状态。比赛一开始,瑞思特就从下方锁住我的胳膊,然后从单臂抱摔顺势转为单腿抱摔。我双手抓腕进行回击。之前各次比赛中,我一直都是将对手的头部锁在我身体内侧,然后实施双手抓腕,不过,我曾经在泛美运动会上见过一个古巴摔跤手在对手头部仍在身体外侧的情况下实施双手抓腕。之后我也只是在平日练习的时候试过几次这种做法。目前这场比赛至关重要，而眼下的形势也是千钧一发。

成败在此一举，今天不是他死就是我亡。

我锁住他的胳臂，利用双手抓腕摆脱他的控制，用我被他夹在两腿之间的那只胳臂抓住他腹股沟部位，将其抬起，然后头朝下摔了出去。我以为瑞思特会顺势做一个前滚翻，这样我就能得到2分。然而没想到的是，他直接头触地摔了下去，倒地不起。同时，他的左手臂还被我死死抓住，而且一下子绕过了他的头部。我听到，也感受到他肘部"咔嚓"一声。我立刻明白，他胳膊骨折了。

开赛30秒钟，我就已经制服了对手。国内的观众没有像我一样听见瑞思特肘部发出的断裂声，他们发出了巨大的欢呼声。我举起拳头，走下了赛场，也不知道自己接下来该做什么。因为瑞思特还躺在那里，裁判镇定地示意医疗人员上台救治。

当时我的心情很复杂。比赛中这样受伤的情形并不多见。我根本就不想伤害瑞思特，他之所以会受伤是因为他倒地的方式以及当时我恰巧锁住了他的胳臂。然而另一方面，我又不能在赛场上表现出软弱的一面。摔跤比赛是男人之间的战斗，你和你的对手都有可能受到严重的伤害。摔跤比赛中对抗双方往往心照不宣，其实彼此都知道对方马上就要发起攻击了。每个摔跤手都要承受受伤的风险。我在摔跤过程中受伤的次数已经数不清了，其中包括多次骨折。我觉得,我受伤的时候比全身而退的次数要多。

瑞思特受伤之后,我脑子里一直在闪现他骨折的那个画面。可是我接下来还有四场比赛。

我也知道此举造成的结果是什么。一号种子选手就这样退出了比赛,他根本就没有机会去争夺奥运金牌了。

就在我的这场比赛之前,大卫在比赛中制服一名南斯拉夫选手的时候弄伤了他的膝盖。国际上主管摔跤运动的部门是国际摔跤联合会,简称国际摔联(FILA)。国际摔联的主席米兰·埃尔采甘恰巧是南斯拉夫人。他就这样看着连续两场比赛中,美国的舒尔茨兄弟先是制服了自己的一名同胞并致其受伤住院,接着又致使另一名选手受伤退出比赛。于是,他指派一名主管官员马里奥·萨勒诺作为第四官员,来监督我和大卫余下的所有比赛。

当天晚上,在第四官员的严密监督之下,我在第二场比赛中打败了同小组的意大利选手。在等待称重的间隙,我爬上观众席,跟母亲一起观看大卫的比赛。当我坐定之后,赛场广播响起,广播员宣布说:“马克·舒尔茨被取消与土耳其选手比赛的获胜资格。”

身旁的母亲当场慌张起来。

“天哪,天哪!”她喊道,“天哪!”

“这说明不了什么。”我告诉母亲,然后起身离开了。

土耳其官员对我那场比赛的胜利不满,向组委会提出抗议,要求取消我的比赛资格。组委会重新观看了那场比赛的录像,最终以“过度暴力”取消了我的获胜资格。

我明白,要从两个方面来解读这个决定。一,那场比赛我到底是赢了还是输了?二,我是被彻底踢出了奥运会比赛吗?由于广播中只说我被取消了获胜资格,我知道我还可以继续参加摔跤比赛,还有机会夺取金牌。

严格说来,土耳其方面根本就没有权利提出抗议。因为如果对比赛结果有异议,需要在赛后30分钟之内提出来,但土耳其方面是在这30分钟过后的好几个小时才提出抗议。事实上,国际摔联一开始拒绝了他们的请求,随后又重新考虑了一下,才决定取消我的获胜资格。如果土耳其方面是在赛后30分钟之内就提出抗议的话,我很可能就被直接禁赛了。

当时的那个招式确实是犯规的,我从来没有否认这一点。但我并不是有意要犯规,我也根本没想伤害瑞思特。那天晚上我没有接受任何媒体的采访,不过,盖布尔给记者们做出了一个很好的解释。镜头前,他将手臂放在90°的位置上,说这个动作是符合规则的。我一开始的动作是符合规则的。但瑞思特倒地的方式使他那只被我锁住的胳膊超过了90度。就算只是变成91度,这个动作立刻会变成犯规动作,被判定为“过度暴力”。

我很尊敬丹。虽然我曾经在全美大学生联赛中打败了他队里三个来自艾奥瓦大学的选手,但我从来没有觉得他因此而记恨我。

处罚通知广播了之后，我没有在赛场上跟丹交流过。不过，大卫跟丹抱怨了一句："他们是要把这项运动变成娘娘腔的运动吧！"

我听说土耳其政府承诺瑞思特，如果他获得奥运金牌，就奖给他一大笔钱或者一栋房产。我相信此事不假。瑞思特在接受一家土耳其报纸的采访时，说我靠犯规而赢了他。多年以后，当我听说采访我的一个记者不久之后要去采访瑞思特时，就托他给瑞思特带去一件T恤衫。我在上面写道，我并不是有意要伤害他的，希望能跟他成为朋友。之后，我并没有收到瑞思特的任何回复，所以我根本就不知道他到底有没有收到那件T恤衫。

那场比赛的获胜资格被取消之后，我知道剩下的两场小组赛要全部打赢才能有机会进入金牌争夺赛。我的下一个对手是加拿大选手克里斯·林克，那个在照片旁边签名时信誓旦旦说稳拿冠军的选手。

比赛第一时段，我们俩打成2比2。第二时段一开始，我就压制住他，并使出腹部扭转式背摔这一招。裁判判我压制得1分，腹部扭转式背摔得2分。记分牌上的比分显示5比2，我领先。在自由式摔跤比赛中，在双方比分相同的情况下，首先获得节点分的选手获胜。如果之前所有分数都是按每次1分记，那么最后得到1分的摔跤手获胜。

如果之前有一次获得 2 分的情况，那么最后一个获得 2 分的摔跤手获胜。

当时，我领先 3 分，而且最后一次得分是按 2 分计。就算林克把我擒摔三次得分，我还是能因为节点分而胜出。

落后 3 分的林克像发了疯一样地对我展开攻势，同时我最后一次因拖延比赛而受到警告了，这样接下来就没有被警告的机会了。

这时我看了一看记分牌，发现我是 4 比 2 领先，而不是之前的 5 比 2。场上裁判员推翻了另一位裁判员的决定，只对我的腹部扭转式背摔那一招给出了 1 分而不是 2 分。这样就完全打乱了我之前的计算结果。我本以为就是由放弃三次擒摔改为二次就可以了，这样依然可以因为节点分胜出。但是我忽略了一点，得分由 2 分改为 1 分之后，我之前所有的得分就都变成了按每次 1 分计，如果我放弃两次擒摔，那就无法因为节点分而胜出了。

就在我一边应战，一边在脑子里计算分数的时候，裁判大声喊道："拖延比赛，红方！"红色即指我身上汗衫的颜色。就在我摸不着头脑的时候，林克突然使出跟瑞思特所用的相同招式，先从下方锁住我一只胳膊，然后顺势控制住我的一条腿。但是跟瑞思特不同的是，林克这一招用得特别利落，我一下子被摔倒在地。我们的比分变成了 4 比 3，我仅仅领先 1 分。

这让林克士气大振。他还有整整一分钟的时间，要么将我擒摔得分，要么使我因拖延比赛犯规被罚，这样就能追平比分，而他则会由于获得了节点分而胜出。但我当时还以为我可以放弃一次擒摔，允许他追平比分，然后自己还能凭节点分获胜。

林克压在我身上，想使我翻过身来，但是没能如愿。裁判吹哨，让我们都站起来。我已经用光了所有拖延比赛的机会，裁判又喊了一次“拖延比赛，红方！”。他想以此警告我，他要对我进行判罚了。与我之前对阵过的大多数摔跤手不同，林克反而更愿意双方站起来重新开始。他知道，用站立姿势，他有更大的机会从我身上得分。

不仅是林克已经摸清了我的特点，还有吉姆·汉弗莱——我们在俄克拉荷马大学时候的助理教练——当时正好受聘担任加拿大自由式摔跤队主教练。吉姆非常了解我的摔跤风格，知道我善于在被对手压在身下的时候阻止对手将我制服。一想到有这样一个了解我的人站在对手的阵营里，我就心里发慌。我敢肯定吉姆已经教过林克不要从我被压在身下的那一刻重新开始。

我必须要赶快做决定。我知道，裁判们都在紧盯着舒尔茨兄弟俩，想找个机会把我踢出比赛。我不能坐以待毙。因此我决定攻击林克的腿部，让他试着把我摔倒，这样就能消耗掉余下的大部分时间。于是我没有做太多的准备工作就直接发起攻击。但是这次攻击很失败，我几乎没碰到他的腿。

林克张开胳膊,从正前方抱住我的腰。我本打算等着他绕到身后去,但我们俩当时的姿势让我临时改变了战术。我有一个战无不胜的保留“绝招”,称之为“鸭拱式”。我不再被动防守,决定开始进攻。我知道使出“鸭拱式”之后肯定能得分,这样的话,如果我必须放弃一次擒摔的话,我还能有足够多的拖延时间。

我手脚着地,头朝下拱起身体。林克继续死死抱着我,这让我有时间来发现突破口。我一下子爆发了,用力将头部上扬,臀部下沉。就在这时,林克感觉我发起攻击了,松开了手。但是已经太晚了。我在半秒钟之内一下子绕到了他身后。比分变成了 5 比 3,比赛时间也结束了。尽管当时场面有些混乱,但我还是赢了那场比赛。

接着我又以 16 比 5 的优势毫无悬念地赢了新西兰选手,进入金牌争夺赛。

在我进入总决赛的前一天晚上,大卫与马丁·诺斯普进行金牌争夺赛。马丁在上一届世界锦标赛中打败了李·肯普,获得世锦赛冠军。

裁判员们都死死地盯着“舒尔茨正面锁头”这一招式。在大卫的上一场比赛中,场外特别观察员已经因为大卫扣住对手的脖子而警告过他三次了。大卫的对手也因为同样的原因被警告过一次。比赛就是如此激烈。

每次大卫锁住诺斯普的头部,裁判员就出面干涉。有一回，裁判员吹哨阻止了大卫的正面锁头招式，诺斯普就顺势仰面倒了下去，做出一副快要窒息的样子，想要让大卫因此被判罚，但是结果并没有如他所愿。

大卫这招最好的武器被禁用了。在离比赛结束还有 1 分 37 秒的时候，大卫得到 1 分，打破了 1 比 1 的平局，之后又得了 2 分，包括在最后 10 秒钟的时候擒摔对手得分。他最终以 4 比 1 的比分胜出。

我看着大卫获胜，却无法分享他获得金牌的喜悦。我的压力太大了，眼下只能集中精力思考第二天的决赛要怎么做才能赢。

我要面对的对手是来自日本的 A 组出线选手长岛秀幸。我曾经观看过他的一场比赛，说实话，我并不觉得他很厉害。我、瑞思特和林克这三个种子选手都被分到了 B 组。我知道只要我能从 B 组出线，进入决赛，金牌就是我的了。

比赛开始的哨声一响，我就对长岛秀幸展开攻击，却意外地撞上了他的头部。比赛暂停三秒钟，他休息了一下。比赛之前，我就已经决定好用什么样的招数来对付长岛秀幸。先用前臂冲撞，接着单腿抱摔，然后单腿绊倒，最后腹部扭转式抱摔，这样一套下来我就已经是 4 比 0 领先了。

整个比赛过程中，长岛秀幸只有一次差点儿占了上风。当时他试图锁住我的头部，结果还是失手了。除此之外,我基本控制住了整场比赛的节奏。其实也称不上是"整场比赛",因为第一轮比赛进行了1分59秒之后,在我以比分13比0领先的情况下,比赛就因为我的技术优势而提前结束了。

后空翻!

当裁判员举起我的手,宣布我获胜的时候,我还有些气喘吁吁。我们俩这场比赛还没持续两分钟,我在26秒的时间内,使出一连串的招式,一下子得到了8分。不过,我还有力气做后空翻。裁判员放下我的手之后,我又朝看台上的美国观众们挥了挥拳头,然后拥抱了长岛秀幸,又跟他的教练握了握手。最后我走回到自己的休息区,又做了个后空翻。有何不可?用两个后空翻来庆祝奥运夺冠,这不过分吧?

这样一来,我和大卫就成为美国历史上第一对获得摔跤奥运金牌的兄弟。之所以说是"第一对",是因为就在我之后的下一场决赛中,卢·巴那奇获得了金牌,而他的哥哥埃德跟大卫一样,也在前一天赢得了金牌。

我真希望我能用"欣喜万分"来形容获胜之后的自己。但是这个词根本不足以表达我当时的心情。那场比赛的视频后来被上传到了YouTube网站。当我回看这段视频的时候,我发现整个过程中我脸上都没有任何笑意。当时我最强烈的感受就是"如释重负"。也许这并不是运动员们获得金牌时所期望的一种心情,但我当时真的感觉仿佛压在自己心头的整个世界重量一下子都消失了。

不过,在颁奖仪式上,我的心情真的很奇怪。金牌得主与银牌、铜牌得主的不同待遇是,场上只会播放金牌得主所属国家的国歌。在大学的时候,比赛之前我会播放国歌,听到国歌之后,我就会变得情绪高昂。我会借此让自己兴奋起来。由于我的最大耗氧量很低,所以我得想办法激发自己的肾上腺素,所有能让我情绪高涨的方式都是我需要的工具。但奥运会上在我已经结束比赛之后再听到国歌,这完全不符合我的常规做法。当赛场上奏起国歌的时候,国内的观众同时跟着唱起来,星条旗也冉冉升起,我却什么感觉都没有。

我真正回过神来意识到刚刚这场比赛的重大意义,是在洗手间里。就跟1978年我获得加利福尼亚州联赛的冠军之后一样,我躲进洗手间,想一个人待一会儿。先是被取消获胜资格,然后又在几近落败的情况下扭转比分,与其他奥运冠军相比,我的金牌之路非同一般,百转千回。我不知道如今是否还这样,但是当时有人跟我说,奥运摔跤史上,只有两个选手输了一场比赛后仍然夺得了金牌,而我就是其中一人。

站在洗手间的镜子前,我望着刚刚见证了奇迹的自己。我先是经历了一场争议极大的比赛并被取消了获胜资格,之后的比赛中又和大卫被所有裁判员们严格监督。接着我又使出全部的体力和心力,战胜了克里斯·林克。

他当时可是要和我决一死战呢！

还有跟大卫之间的比较。和很多人一样，比赛之前，我就知道大卫肯定会得金牌。大卫是奥运会摔跤比赛中唯一的卫冕冠军，他在1984年的状态非常好。不管他有没有参加洛杉矶奥运会，那一年，世界上没有其他选手能够打败他。

但我觉得，大卫并不相信我能夺冠。我自己都不相信我能夺冠。那一年我的状态时好时坏。有时候战无不胜，有时候却又屡战屡败。然而，站在摔跤运动的最高赛场上，肩负着美国摔跤爱好者们四年一次才有的巨大期望以及因此而产生的压力，我一直在努力展现自己最好的状态，防止自己毫无征兆地跌入低谷。

离开洗手间之前，有一件事我已经非常确定了：上帝赐予了我一个奇迹。

我和大卫夺冠那天晚上完全没有聊这件事情。我们太了解彼此了，心有灵犀，根本就不需要交流就知道对方跟自己一样，夺得了金牌，证明了自己的实力与坚韧之后，感觉如释重负。

不过，那天夜里，我确实庆祝了一下。大卫跟他妻子在一起。我和女朋友特里以及她的一群朋友聚在一起，疯狂地玩了一个晚上。如果疯狂玩乐也是奥运会项目的话，那天晚上我们肯定能拿金牌。

我和大卫跟着一大群美国奖牌得主一起前往三个城市参加庆祝游行活动。如果当时大卫没去的话,我也不会去。不过那次旅行真的很疯狂。坐飞机的时候我们不必受任何限制,比如说,不用系安全带。有一次飞机起飞,当机头高过机尾的时候,一个我不认识的运动员跑到机舱前面,脚下垫一本杂志,从那头"滑行"下来。一个排球队队员把一瓶香槟酒猛摇了几下之后打开,用来喷洒其他人。当他把我和特里喷湿之后,我开玩笑地把他撂倒在地。

有一次庆祝游行上,我和体操运动员玛莉·卢·雷顿同乘一辆车。她拿到了五块奖牌,其中包括个人全能的金牌。玛莉人很好,能遇见她并且跟她待在一起是一件非常棒的事情。我之前练过体操,如今获得了摔跤项目的金牌,我知道她能获得五块奖牌是多么厉害的一件事情。

我想特别提及的是在达拉斯的那次庆祝游行活动。我们坐在第二辆车,前面那辆车上坐着一位市政府官员。就在我们沿着游行路线前进,马上就要到达短暂停留点的时候,前面那位市政府官员突然停下,下车来到我们车子旁。他没有理睬我和玛莉,而是直接走向特里,问她说:"我真的很想知道你是谁。"我确实没有骗你们,特里非常漂亮,足以让整个庆祝游行队伍就这样停下来。

成为金牌得主之后,我有机会遇到其他优秀的运动员,比如体操运动员彼得·维德马尔和田径明星选手埃德温·摩西。我还见到了当时的纽约市长埃德·科赫。

不过，最令我激动的，还是里根总统和他的妻子南希在比弗利山希尔顿酒店接见了所有获奖的奥运选手。

鲍勃·迪普罗斯普是当时里根政府的特勤局局长。他的儿子鲍比曾经和我们一起在俄克拉荷马大学练习摔跤。当所有的运动员们都排着队等着与里根夫妇见面的时候，迪普罗斯普先生看见我们俩站在队伍中部，就朝我们喊道说：“嗨，马克，大卫。到前面来。”他示意我们俩越过天鹅绒拦绳，排到队伍前面去。

“总统先生，”他说，“这就是我跟您提起过的那两兄弟。”

我大吃一惊。有人跟美国总统提起过我们俩？多亏了迪普罗斯普先生，我是那天第一个见到总统的运动员。我们一起拍照留念，与里根夫人见面的时候，我身体前倾，想在里根夫人的脸颊上轻吻一下，没想到她也同时偏了一下头，结果我直接吻了她的嘴唇一下。

我马上转身离开，不知道在无意间吻了第一夫人嘴唇之后该怎么办。接着，我想是受到父亲幽默天赋的影响，我转过身看着里根夫妇。

“我会投票支持您的！”我说。

“大点声说！”里根夫人笑着回应我。

奥运冠军都得到一张官方的赛程表，留作纪念。我把这张赛程表挂在房间里。一年之后，有一次我盯着墙上的这张赛程表，回忆那个辉煌的时刻。这时我才第一次意识到，如果我没有使出“鸭拱式”得分，而是让林克有机会得到最后 1 分，那么得到节点分胜出的就是林克了。

我在场上的那一瞬间改了主意，决定不能再小心求稳，而是要发起攻击，从而改写了历史。当时，我错误估计了比赛的形势，所以这个决定看起来无关紧要，但是最后却改写了我的一生。如果不是做出这个决定，我不会成为奥运冠军。这是我人生中做出的最重要的决定，而且是在眨眼之间就做出来的决定。

我就这样坐在房间里，看着那张赛程表，体会着刚刚意识到的一切，然后开始审视我自己：一个不管结果怎样，都会拼尽全力、竭尽所能的摔跤手。

我已经成为一个斗士。

第10章

光环褪去

我练习摔跤并不只是为了获得奖牌。

丹·盖布尔曾经说过:"金牌并不是真的用黄金制成的,而是用汗水、坚韧以及一种叫做勇气的稀有合金制成的。"摔跤运动并不是一种享受。多年来,我曾经听过无数摔跤手谈起他们如何享受这项运动。但我并没有这种感觉。我在摔跤的时候从来没有享受的感觉。

对我来说,这项运动是使我成为斗士的一种途径。我想要跟世界上所有优秀的摔跤手较量一番,想要把他们都打败,这些奖牌就证明,我正在变成自己当初所希望成为的那个人。

成为摔跤奥运冠军所带来的荣誉是前所未有的。不过,我和其他那些在1984年洛杉矶奥运会上得到奖牌的选手总是要面对别人对我们成绩的质疑。有时候,一些人是为了降低我们奖牌的含金量而故意提出质疑。

在那届奥运会上,美国摔跤队第一次在古典摔跤项目上夺得4枚奖牌,在自由式摔跤项目上摘得10枚金牌中的7枚,还有2枚银牌。在现代奥运史上,一国代表队在同一届奥运会上产生金牌得主的最高纪录是 7 位,而那一年,我们正好平了此项世界纪录。

当有人问丹对那届奥运会遭到抵制而造成的影响有何看法的时候,他说,就算苏联和保加利亚前来参加奥运会,我们也能至少夺得四个重量级别的冠军。确实,那一年我们的摔跤队实力很强。我们只是没有机会来证明我们的实力。也有人经常问我,如果那届奥运会没有遭到抵制,我们最后的成绩会怎样。我每次都尽力给出一个令人满意的答案。我真的不知道如果苏联和保加利亚选手都参加了比赛的话,结果会怎样。我们永远都不可能知道结果了。

不过,我很肯定的一点是,那届遭到抵制的奥运会,使接下来要举行的世界冠军锦标赛得到比以往更大的关注,因为世界上所有优秀的摔跤手都将齐聚一堂。

在世界冠军锦标赛之前举行的是 1985 年摔跤世界杯,地点在俄亥俄州的托莱多。这次世界杯除了南美洲没有代表队参加,其余各大洲都前来参加,被认为是各大洲顶级摔跤队齐聚的精彩赛事。我以 10 比 0 打败了克里斯·林克,进入决赛,对阵四届第比利斯赛冠军弗拉基米尔·摩多斯杨。摩多斯杨是我遇见过的最厉害的对手,也是体毛最旺盛的一个。他浑身上下都是浓密的体毛,我给他起了个外号叫“体毛君”。

摩多斯杨以 9 比 1 打败了我。大卫在决赛中胜出。苏联最后以 7 比 3 战胜了我们,夺得了团体总冠军。

我名列摩多斯杨之后,位居第二,并因此得到了一块纪念牌。走出托莱多大学的百年纪念堂之后,我手里拿着这块纪念牌,把它旋转了一下,然后像扔铁饼一样扔进了渥太华河。当时,我在新奇士俱乐部摔跤,那次比赛之后的第二个星期,俱乐部经理阿特·马托里打电话来,问我想不想跟摩多斯杨重新比一场。于是我们俩在芝加哥附近一座空荡荡的高中体育馆里重新对决,这次我以 8 比 1 打败了他。

1985 年是我运动生涯中战绩最辉煌的一年。输给摩多斯杨的那场比赛是我那年唯一输掉的一场比赛。

在美国公开赛中,确实有一次情况很特殊,我差一点儿就输了。那次我的行李箱被航空公司弄丢了。当时,新奇士俱乐部有一位名叫鲍比·道格拉斯的教练,我在高中时候就熟读过他写的关于摔跤制服招数的一本书。道格拉斯给了我两个选择:要么继续等航空公司帮我把行李装备找回来,然后减重参加 180.5 磅重量级比赛;要么拿上他给我的 20 美元去大吃一顿,然后上调重量级别,参加 198 磅重量级比赛。我不知道我的行李装备能否及时找到,所以就选择了后者,虽然当时我的体重只有 187 磅。

决赛中,我的对手是上届亚军比尔·谢尔。在离比赛结束还有大约 30 秒钟的时候,我以 4 比 2 领先比尔。这时,我想实施背负式摔击。结果证明,在那个时候使用这一招是个非常愚蠢的错误,比尔也让我为这个错误付出了代价。他抓住我的胳膊,把我仰面摔倒在地,追平了比分。这样,比尔很可能会凭节点分而获胜。因此在剩下的 15 秒钟里,我使出了所有我能想到的招数。在最后的五六秒钟时间,我们俩差一点扭打着出界了,这时我绕到他身后,得到了制胜的那 1 分。

由于很多因抵制奥运会而缺席 1984 年奥运会的国家都参加了接下来的世界冠军锦标赛,因此这次锦标赛备受期待。大赛于 1985 年 10 月在匈牙利的布达佩斯举行。在这之前的一年多时间里,我总是听别人议论说,由于那届奥运会遭到抵制,我们根本就不是真正意义上的冠军。虽然奥运组委会并没有因为抵制而内定冠军名单,但是很多评论家都私下将议论的焦点对准了其中一些选手,我就是被议论的对象之一。

我们要坐 11 个小时的飞机出国比赛。在飞机上的时候,我甚至乞求上帝让这架飞机坠毁算了,这样我就不必承受这么大的压力。在前去参加各种大型比赛的飞机上,我常常这样祈祷,次数多得我都数不过来了。

我不确定自己能否在匈牙利的比赛中获胜。我知道自己很优秀,而且也解决了奥运会之前自身状态忽好忽差的问题。但是,摔跤项目太残酷了,压力太大。似乎一直都有优秀的摔跤手一败涂地的案例,我自己也知道很多摔跤手都在自己本不应该失利的情况下被打败了。在这种时候,我往往都是抱最好的希望,做最坏的打算。

不过有时候,你还是能够如愿以偿的。

在决赛当中,我以 10 比 5 打败了保加利亚选手亚历山大·南耶夫,一位三次获得世界冠军锦标赛亚军的选手。在此之前,我以 1 比 0 战胜了苏联选手亚历山大·塔波茨耶夫。打败了这两位来自世界最强队却没有参加 1984 年洛杉矶奥运会的顶级选手,我感觉自己的奥运金牌比任何时候都更闪亮。

在匈牙利的比赛中,有两名美国选手获得冠军,我是其中一位,另一位是获得 198 磅重量级冠军的谢尔。大卫和另一位美国选手获得了亚军。不过大卫曾获得 1983 年世界冠军锦标赛冠军,而我也获得了这一届的冠军,我们俩是美国唯一两位既夺得 1984 年奥运会冠军又称雄世界冠军锦标赛的选手。同时,我和大卫也是美国唯一一对获得过世界冠军和奥运冠军的兄弟,另外还获此殊荣的就只有苏联的一对兄弟选手了。

1985 年获得世界冠军之后,我再也听不到外界评论家们怀疑在苏联和保加利亚选手也参加当年奥运会的话我还能不能夺冠的议论了,同时,这也打消了我内心对自己能力的怀疑。

当我和大卫从匈牙利回到斯坦福大学继续工作的时

候,我们的情绪被推到了至高点。在我回到斯坦福大学摔跤训练厅的第一天,所有队员都一起为我鼓掌喝彩。终于,克里斯·霍培尔不会再只把我看做是世界冠军的弟弟,因为我就是世界冠军。

回去的第一天,克里斯把我叫到他的办公室。他没有祝贺我夺冠,没有为之前认为我不如大卫而跟我道歉,没有给我升职,也没有因为我连续为他工作了两年,薪水一直是每年10 000美元而给我加薪。

相反,他把我开除了。

本来特别高兴的一天就这样被毁掉了。

我惊讶地坐在那里,既困惑又愤怒。

克里斯是嫉妒我吗?他这样做是为了向我证明他的权威吗?

我不知道。

我不知道该说什么,最后只好说:"好吧。"

"你可以在这儿训练,"他对我说,"但我没办法聘请你。"

我站起来,转身要走出他的办公室。就在我走到门边的时候,他又补充说道:"哦,对了,车钥匙你得还给我。"

布拉德·海托华是在斯坦福跟着我训练的一名摔跤手。他的父亲是一个汽车经销商。为了表示对我的感谢,在得知我急需一辆车之后,送给了我一辆丰田雄鹰。但是,为了在账面上核销这辆车,他必须先把这辆车以慈善捐赠的名义定向赠给斯坦福大学摔跤队。从法律上来说，这辆车并不属于我，但其初衷就是要给我使用的。

克里斯把这辆车交给大卫的妻子使用。她并不是斯坦福大学的员工，但克里斯把钥匙给了大卫，让大卫转交给南希。这样一来，事情就变得很尴尬。因为我和大卫夫妇当时都租住在父亲家里。大家住在同一个屋檐下，每天我都能看见南希开着“我的”车进进出出。

那种感觉真是糟透了。

霍培尔开除我时给出的唯一一个理由，就是他聘请不起我了。我并不是一个唯唯诺诺的人，大卫也不是，但大卫有一种我从来都不具备的能力，那就是既不触怒对方，又能表达自己诉求的能力。也许这是我被开除的一个因素，我也不知道。然而，当我被开除之后，霍培尔将原本聘请我的薪水给了大卫，这样大卫每年的薪水就翻了一倍，达到 20 000 美元。可见，请不起我这个理由根本就站不住脚。

大卫得到了本属于我的薪水，而他的妻子得到了我的车。

我感觉自己遭到了兄弟的背叛。我从来没有问过他，但是他一定事先就知道了我要被开除这件事情。凭他当时在摔跤队里的地位，这样的人事安排他不可能不知道。就算他有些不得已，但肯定最后还是同意了要开除我的这个决定。这么大的一件事情，他怎么能让自己的亲兄弟彻底被蒙在鼓里呢？

当时我们俩的情况不同。大卫已经身为人夫，而且还有个儿子亚历山大。他比我更需要挣钱。我也很需要钱。但是美国摔跤联盟并没有给予我们任何经济资助。

我的惨遭开除切断了我和大卫之间的一种联系。这让我很痛苦，我认为他和霍培尔联手排斥我，所以感觉自己被孤立起来了。我变得沉默敏感，对身边的所有人都充满敌意。任何想要跟我分享他们想法的人，其实都是在浪费时间，因为我根本就不在乎。

我和大卫继续在训练场上一起训练，我开始对他下手特别狠。每次一踏上练习垫子，我就想打败他。我总是对准他的胯部，因为这里是摔跤手的重心所在，也是最脆弱的部位。一旦我攻击大卫的胯部，就能轻易将其摔倒。霍培尔似乎对我能够如此轻易就将大卫制服感到非常惊讶。攻击大卫胯部的战术使我成为一个更优秀的摔跤手，因为这让我意识到如何能将我的臀部正好压在他的身体重心所在，而不会偏离方向。这也让我在之后面对其他选手的时候，更加注意保护自己的重心所在部位。

尽管惨遭开除给我带来各种烦心的事情，但我仍然爱大卫，他毕竟是我的哥哥，我们俩之间是不会产生嫌隙的。我一直记得他在我成长至今的道路上所给予我的帮助。不过，被开除之后，尤其是知道大卫很可能事先就获悉这个消息却没有告诉我，我变得跟以前不一样了，不再像以前那么依赖大卫，不再把他看做是我的行动榜样。

为了弥补失掉的那份薪水，我抽出一部分训练时间，组织了几次摔跤训练营。我弄到一份高中摔跤教练的名录，寻找一个场地，然后请附近的教练们带队来参加训练营。幸运的是，我是美国仅有的两位卫冕世界冠军的其中一位。奥运会之后，摔跤手们可能不会得到太多关注，但是在摔跤运动这个领域，我的名字还是很有分量的。每当我对来邀请我参加训练营的教练进行自我介绍的时候，看着他们听到我名字之后的反应，我就知道自己在这个圈子里还是颇具人气的。

不过，我很需要一辆车，以便往返营地之间。所以我联系了布拉德·海托华的父亲。他以 7 000 美元的价格卖给我一辆 1982 年制造的浅蓝色伯林尼塔（配备了不太灵敏的恒速操纵器）。这样，我就花光了我所有的积蓄。我把自己的训练营成为“成功之旅”，在那次训练营活动中，我开着这辆伯林尼塔去到了很多不同的城市。

那次训练营活动在短短三个月的时间里为我带来 24 000 美元的收入，这比我在斯坦福大学工作两年挣的还要多。但是组织训练营活动非常辛苦，来回旅途奔波更是折磨人。更重要的是，由于 1986 年美国公开赛和世界选拔赛即将到来，我需要有一个稳定的训练环境来做赛前准备。

于是我开始寻找摔跤教练的工作，波特兰州立大学的马林·格拉恩给我提供了一个机会。当年我还在加州大学洛杉矶分校的时候，马林曾经在1979年西部公开赛中将我打败，之后我们成了很好的朋友。马林说他可以每年付我15 000美元的薪水，但是由于那里没有很多优秀的训练伙伴，我拒绝了这个工作机会。

克里斯·霍培尔给过我很大的帮助，当我还是高中生的时候，他的帮助为我奠定了成为一名优秀摔跤手的基础。但是他把我从斯坦福大学开除的举动，让我感觉遭到了背叛。在那之后他曾经试着联系我，但我不想再跟他有任何交流。他清楚自己的所作所为，我也觉得没有必要原谅他。

在我生命当中，克里斯是唯一一个既大力帮助过我又严重伤害过我的人。

在1986年的美国公开赛中，我在决赛时四次使出腹部扭转式背摔这一招，最终以8比6战胜迈克·希茨，获得了冠军。在此之前的那届比赛中，希茨曾获得180.5磅重量级冠军，而当时我的重量级别比他高一级。比赛过后，我内心那种由于在生活拮据的窘境中还得设法参加比赛而产生的沮丧情绪终于爆发了。我找到美国摔跤联盟的执行董事盖理·柯德米勒，当面质问他。

“你必须重新定义‘业余运动员’这个概念，这样我们才能像其他运动项目的运动员那样既能赚钱,又能继续参加比赛。"我对他说。我们总能看到其他项目的运动员得到包装与推广,受到媒体的关注,然后拿到商业代言的机会。他们可以在成名之后利用自身名气来赚钱,同时还能作为业余运动员去争取参加奥运会的资格。这种行为不仅得到允许,还常常受到鼓励。这才是真正关心运动员的做法。

"没有人能反对你啊,"我告诉柯德米勒,"你可是美国摔跤运动的掌门人。"

柯德米勒不同意我的观点,我差一点儿就要做出让我深陷麻烦当中的举动了,幸亏当时我在俄克拉荷马大学的前队友丹·查得制止了我,将我拉到一旁。

我受够了。有的运动员决定在获得奥运金牌之后就兑换成现金。我这么说并不是在批评这种做法。他们可以选择自己的道路。而对于我自己来说,我想要继续比赛。

他们也会给一些摔跤手提供一点儿津贴,但这远远不足以解决选手们的经济负担。就好像管理者想用这一小部分资金来堵住悠悠众口,声称他们也给我们提供了经济支持。可是他们提供的资金太少了,根本就没有尽最大的努力来帮助我们。

我不知道美国摔跤联盟可以盈利多少,但是我知道他们每年都要组织上百次联赛,单是门票就能赚很多钱。而每个选手若想参加比赛,都要先购买 25 美元的会员卡。可是美国摔跤联盟赚的这些钱很少用来补贴摔跤手。我记得,1983年我在世界冠军锦标赛中得了第七名,那时候进入前七名的美国选手可以得到1 500美元的奖励。那一年大卫获得世界冠军锦标赛的冠军,他好像拿到了5 000美元的奖励。我不知道这笔钱到底是来自奥运发展基金会还是美国摔跤联盟,或是美国奥组委通过美国摔跤联盟发放下来的。我那1 500美元根本就没有给我的生活带来很大的改观。就算美国摔跤联盟赚再多钱,也没有给摔跤手提供多少补贴,根本没有帮我们缓解经济上的压力。

为了保证有实力参加国际比赛,我们必须全年都辛苦训练。而苏联选手却享受政府的全额资助。所以,实质上,我们是在跟这样"专业的业余摔跤手们"竞争。然而,我们很少能够找到一份薪水不错又足以保证我们有灵活训练时间的工作。要么专注于比赛,要么赚钱养家糊口,不可能两者兼得。

这就是为什么我们有很多人都选择拿很少的薪水,在大学里当教练助理。其他人则做了志愿者教练,这样他们至少可以继续训练,然后再想其他的办法来解决生计问题。美国摔跤联盟并没有给我们多大的支持,可是等我们确实赢了的时候,他们又拿走一切荣誉,然后回去继续过他们的舒服日子,而我们则继续回去干着低薪水的工作,住着窄小的公寓。

全国比赛结束后,我回到帕洛阿尔托,开始为参加

1986 年的世界锦标赛进行训练。这时我遇到一个想要当我经纪人的家伙。他请我去面谈，地点在他那间位于帕洛阿尔托最大建筑里的豪华办公室。我告诉他，我想推广自己，赚更多的钱，这样我就能继续参加比赛了。

“我就是干这一行的，”他告诉我，“你找我就对了。”

他说自己有数百万的身家，如果让他来推广我，他要得到 50% 的分成。

我觉得可以一试。我实在很需要钱，尽管 50% 的分成比例很大，但我还是愿意把别人帮我赚得的钱财分一半出去，因为我觉得，单靠我自己，一分钱都赚不回来。我要专心训练，根本就没有时间打广告推销自己。要想有市场价值，我就必须先成为一个常胜将军，而如果反过来，我把精力花在推销自己，那我根本就没办法继续打赢比赛了。我需要找个人来帮我运作，而身边认识的人里面没有合适的人选。另外，我想，如果这个人不能帮我赚到钱，他也是一分钱都拿不到。

结果，这个人其实就是个骗子。他没能帮我赚到钱，反而跟我要钱。当我告诉他要跟他彻底结束合作关系，他说我从训练营中获得的收益的一半都应该是属于他的，其实他根本就没有为训练营的工作出过力。我拒绝了他的要求，他却威胁要起诉我。为了不让这个混蛋得逞，我不得不花钱聘请了一位律师。聘请律师的费用对我来说又是一个经济负担。

在那几年里，我的状态非常好，相继夺得奥运会冠军和世界冠军锦标赛冠军，达到事业的巅峰。但是惨遭解雇不仅让我感觉备受侮辱，而且还让我陷入了经济上的困境。失业之后，我也失去了医疗保险。我已经习惯了在不购买保险的情况下从事摔跤运动，但是我一直都很排斥这种做法。由于没有任何收入来源，我当时在这个非常暴力的运动项目中处于一种奇怪的状态，摔跤场上我很勇猛，但在经济上，我却早已伤痕累累，精疲力竭。

美国摔跤联盟并没有给我提供经济支持。当时也没有如今的这种运动员居住保障项目，我无法像今天的运动员那样在科罗拉多州斯普林斯市的奥林匹克训练中心里居住、训练。我唯一的选择就是在斯坦福大学训练，然后依靠我之前组织训练营赚来的钱生活。不过，聘请律师来对付我那个“经纪人”花掉了我一部分积蓄，如果接下来依然找不到经济来源，我不知道自己还能撑多久。

当时，只要是能够缓解经济压力的事情，我都愿意去做，这样我才能集中精力来训练。于是，走投无路的我就成为一个容易被盯上的目标。

第 2 部

摧毁一个冠军

第11章

只是“教练”而已

租住在父亲家里，几乎就没有多少私人空间。我的房间在二层，其实说是房间，还不如说是个过道。屋子后面是有楼梯的，但是对于租住在三层的大卫、南希和其他人来说，他们都不愿意上下楼的时候走楼梯到屋子后面，然后再绕到前面，所以他们都是借道我的房间。

跟别人一起租住在楼上，而且他们出入还要穿过我的房间，这让我根本就没办法好好睡觉。但是帕洛阿尔托周边的房屋租金很高，而且虽说我并不想要别人接济，父亲还是在租金上面给我便宜了很多。我有两次想再找个人来和我同住，分担一半的租金，但是那样一来，本就很少的私人空间彻底没有了。不找人合租的话，我要把每个月可怜的薪水大部分都用来支付550美元的房租，还要交税，剩下吃饭的钱根本就不多了。虽然我喜欢跟父亲和大卫住在一起，但是我的生活条件并不好。

在美国公开赛已经结束，而世界代表队选拔赛还没有开始之前的一天，我正待在家里，一个自称是斯坦福大学医疗中心的主治外科医生给我打电话来，告诉我说我很快就会收到一个名叫约翰·杜邦的人打来的电话。他告诉我,杜邦是个大人物。这个医生想在我们俩认识之前先给杜邦做担保。

我之前从来没有听说过杜邦这个人,那个医生也没有告诉我杜邦为什么要找我。

我很好奇这个人想找我干什么,也不知道为什么一个主治外科医生要给杜邦做担保。我猜想是不是杜邦出了什么问题。让这通电话更加奇怪的是,那个主治外科医生听起来似乎并不太愿意给我打电话。但我想,管他呢,反正我也不是很忙。

那天下午,杜邦打电话来,告诉我说,他准备在费城的维拉诺瓦大学设立一个全新的全美大学生一级摔跤项目,想要请我去担任助理教练。

"你开个价,多少钱你愿意去?"他问道。

我脑子里立马闪出"24 000"这个数字。如果当时我就知道杜邦那么有钱的话,我肯定会说"300 000",而他也很可能会同意。不过当时24 000美元已经比大卫在斯坦福大学拿走我的工资之后还要多了。而且我就想找一份稳定的助理工作。于是我就跟杜邦说出了我的要价。

杜邦说他考虑一下然后给我回复。

后来我才知道,杜邦先给大卫打了电话。大卫一直被认为是世界上技术最强、最优秀的摔跤手之一,而且大卫总是很受欢迎。他知道如何坦诚地面对自己,通过正确的方法来帮助自己登上美国摔跤界的巅峰。大卫懂得如何诚实对人,同时又不激怒有权有势之人。就算是提出批评,大卫说话的语气也会让对方感觉到绝对真诚。

我比较喜欢独处,把秘密都藏在心里,而大卫与我不同,他愿意花时间跟所有人交流。小孩子让他露几招,他就会照办。我也会和小孩子们待在一起,做一些基本的摔跤动作给他们看,但是大卫比我更会跟孩子们相处。而且由于大卫练习摔跤的时间比我长,所以他知道的招数更多。我总感觉自己其实并没有太多招式可以展示给别人。

由于大卫随和的性格和乐于分享的态度,全美国甚至是国际摔跤界都对他评价极高。他很喜欢抽出时间去学校,尤其是他孩子的学校,给孩子们讲他参加奥运会的经历。他常常把自己获得的奖章和奖杯作为礼物送给亲人或者朋友。如果别的摔跤手向大卫请教一些招式,他总是欣然同意,毫无保留地教给别人。大卫喜欢跟别人交流,自愿拿出大量时间。而时间往往是我们能够给予别人的最珍贵的东西。在国外,由于大卫自学了俄语,所以他很受苏联摔跤手的尊敬,也深受苏联观众的热爱。大卫也许在欧洲比在美国国内更受欢迎。

当杜邦决定在维拉诺瓦大学设立摔跤项目的时候,他首先想到的是大卫的名字。但是大卫刚刚接受了斯坦福大学将原本属于我的那份薪水加给他的决定,这也基本上就意味着至少在一年之内,大卫都得继续在斯坦福任职。

不过,大卫向杜邦推荐了我。

通过第一次电话之后,杜邦第二天又给我打来电话,说他可以接受我提出的薪金要求。

不过,我请他给我多提供一些关于这个项目的详细信息,毕竟当时各个大学都在削减摔跤项目,新设立的并不多。

杜邦的回答很含糊,这让我发现,其实他根本就不太了解如何来设立一个摔跤项目。不过他所说的话并没有让我惊讶或是怀疑他此举背后的动机。

为了更深入地了解杜邦,我请他在接下来的几天里再跟我通过电话进一步交流,以便让我尽可能对他有个更客观的评价。

当我了解到他是一个炙手可热的百万富翁时,我很高兴这么有钱的人开始关注摔跤运动了。阿特·马托里创建了新奇士摔跤俱乐部,我曾经在那里摔跤,但是阿特主要是为摔跤手们提供参加比赛所需要的费用,很少为摔跤手们的日常训练及生计提供支持。尽管杜邦当时表述得很含糊,但是他的话让我以为甚至是相信,他是第一个不计成本,致力于培养优秀摔跤手参加顶级比赛的大富豪。

然而,通过几次电话之后,我感觉杜邦对我还是有所隐瞒。他在有些问题上似乎并不是那么坦诚,我也不知道他为什么要这样做。我虽然有些怀疑,但还是像之前所说的那样,我们的谈话中并没有让我感觉他很危险的内容。

事实上，随着我们俩交谈次数增多，我感觉他越来越希望我能去维拉诺瓦大学当教练。但我对前去任教的兴趣却并没有随之变得更强烈。我心里总是感觉杜邦有些不对劲，但单单通过电话又说不上来是哪里不对劲。

不过，说到底，他有钱——非常非常有钱——而且似乎真的对摔跤很感兴趣。有杜邦的财力支持，我认为维拉诺瓦大学很快就会成为东海岸大学摔跤队中的新霸主。如果我能拿到比斯坦福大学开出的两倍还多的薪水，同时又能有稳定的训练时间，那么杜邦的财力支持能够帮我实现自己在摔跤事业上的梦想。我告诉他，如果他愿意的话，我们可以在两周后的印第安纳州世界锦标赛代表队选拔赛上见面。杜邦同意了。

为了减重参加选拔赛，我有一天在印第安纳大学的田径场上跑步，这时摔跤手罗伯·卡拉布雷泽追了上来。罗伯平时住在宾夕法尼亚州的梅迪亚，离杜邦的豪宅大约有 10 英里。我问罗伯对杜邦这个人以及对维拉诺瓦大学设立摔跤项目怎么看。他说这是个“千载难逢的机会”。

查克·亚纳尔是费城附近一所私立学校里的一位年轻摔跤教练，杜邦之前曾在这所学校里就读。亚纳尔带我去杜邦下榻的酒店与他见面。在去杜邦房间的路上，我想只要能见到他本人，我就能很快对他做出判断。只要他看上去不是个不务正业的浪子，我就可以放心了。

当亚纳尔打开房门的时候，我看到的却正是一个浪子。年近五十的杜邦坐在椅子上，就像电影《威威阔少爷》中男主角的成年形象，而且还是个瘾君子的形象。我马上就心生厌恶。杜邦看起来就是个娇生惯养的富家子弟。长久以来，我都努力克制，不去放纵自己的各种享乐欲望，如今看着现实生活中这样一个跟我截然相反、纵情享乐、透支生活的人，我非常反感。我当即就知道，我和杜邦不仅不同类，甚至是截然相反的两种人。

我最先注意到的是杜邦的头发。他仿佛是从麦当劳叔叔那里借来一瓶染发剂给自己染了头发，但是却掉了色。发根处有大约一英寸的长度都是灰色的，然后才是亮红色。头发从中间分开，两边都沾满了头皮屑。头皮屑不是一般地多，而是非常厚重的一层，看起来就像好几个月都没有洗头发了。

他身穿T恤衫和短裤，一条腿上包裹着石膏，我觉得应该是刚做了膝盖手术，另一只脚上穿着黑色的袜子和网球鞋。从他露在外面的腿部来看，他有严重的静脉曲张。我很奇怪他那么有钱，为什么不去治疗一下。如果我像他那么有钱，一定把自己打扮得像马克·哈蒙那样帅。（当然，那时可是1986年。）杜邦很瘦，胳膊就像小树枝般纤细，肚子却很大，仿佛吞下了一个篮球。

双方介绍完毕之后，杜邦笑了笑，露出一口暗黄色的牙齿，上面还沾满了食物残渣。我很想问问他最近有没有照过镜子。

他旁边的桌子上摆着一杯酒。他一开口说话，我就明显感觉他要么是喝醉了，要么因为抽大麻而精神恍惚，口齿不清，很难听清楚他正在讲什么，除了能清楚地听见他不停地喊我“伙计”。说话的时候，他还会经常自己停下来，插一句：“你明白我在说什么吗？”说实话，我不明白。

我之前想的没错——我确实能够很快地对杜邦这个人做出判断，就算我把我所见过的最颓废之人身上最糟糕的性格特点集中起来，都比不过杜邦身上那股颓丧堕落之气。我之前也见过一些古怪的人，但是杜邦尤为怪异。他竟然就这样衣着邋遢，精神恍惚地与我见了面。杜邦的外表以及他的所作所为都非常古怪。他看起来不会对别人造成伤害，但绝对称得上神志不清。

当时，我立刻就知道我必须弄清楚的一个问题是，他会在维拉诺瓦大学摔跤项目中扮演什么样的角色。如果他仅仅是为该项目提供资金，我不需要常常跟他见面或交谈，那就没有问题。如果他要经常出现在摔跤训练场上的话，那我这次求职面试就到此结束了。

“您要在维拉诺瓦大学摔跤项目中担任什么职位？”我问。

他回答得并不具体。他说他可能偶尔会去一次办公室，查看一下训练情况，看看我们有什么需要的。除此之外，他将在媒体指南中将自己的头衔写成这个项目的“教练”。不是“主教练”，也不是“助理教练”，只写“教练”。

我当时的直觉告诉我要马上离开。不过,对我来说,这似乎还是有很大的潜在机会。有什么风险呢?万一维拉诺瓦大学摔跤项目没有成功,我再走也不迟。可以肯定的是,当时我并没有比这更好的选择了。

我真该相信自己的直觉,或者让杜邦白纸黑字地把他在项目中的角色定位写清楚。但是我没有,只是告诉他说,我有兴趣,可以在选拔赛之后再和他具体沟通。

我连续两场比赛都打败了两次获得全美大学生联赛冠军的迈克·希茨,获得了入选1986年世界锦标赛代表队的资格。离世界锦标赛开始还有几周,我去了一趟费城,想亲自了解一下维拉诺瓦大学摔跤项目的情况。

为约翰驾驶直升机的飞行员是一名越战退伍的老兵,名叫拉里·谢姆利。他去机场接我,在等着取行李的时候,我和拉里聊得很愉快。我很欣赏拉里,而且一听说他是个老兵,不禁对他肃然起敬。我便向拉里打听杜邦设立的这个摔跤项目。

"我觉得你会喜欢这个工作的。"拉里说。

拉里开飞机带着我在福吉谷和葛底斯堡这样的历史名胜上空游览了一番。如果说这么做是为了给我留下一个深刻印象的话,这个目的真的已经达到了。

我从来没见过杜邦居住的那座豪宅。当时,我们正坐在直升机上,飞过费城的上空,低头只见密密麻麻的房屋从眼前闪过。突然，出现一片空旷之地，看起来很像是国家公园。而在这片土地中央，坐落着一栋豪宅，这就是这片庄园的核心建筑，周围还有零星几座其他可用于居住的建筑物。

这座豪宅看似有三层，因为地下室是建在地面之上的，通往一层的大门离地面有大约 20 级台阶那么高。周围的景色特别优美，后来我才知道，有一批园艺工人每天工作 24 小时，专门打理房屋周边的景观。

当拉里把直升机慢慢降落到起落台上的时候，我想，如果杜邦真的拥有这片土地与豪宅，那么我们在维拉诺瓦大学将无所不能，五年之后就能称霸全美大学生联赛。

当时，我情绪高昂，特别激动。我终于得到机会了！

约翰在外面等着我，然后带我去维拉诺瓦大学。摔跤训练场在巴特勒配楼，我从来没有见过哪个摔跤队能拥有这么大的训练场。约翰说，初期我们得跟棒球队共用这个训练场，但这里很快就能成为摔跤队专用场地了。他都安排好了，办公室都在训练场上方，能够俯瞰全场。其中一间办公室就是我的。在斯坦福大学工作的时候，别说办公室了，我连自己的办公桌和电话都没有。

“还要等多久这片场地才是摔跤队专用？”我问道。

杜邦又开始支支吾吾，然后补充说，他已经给学校捐助了一大笔钱，很可能在赛季开始之前，或者在赛季开始后不久，这片场地就彻底属于摔跤队了。从他的话里，我推算了一下，大概得到10月份或11月份。

就在那一年之前，维拉诺瓦大学男篮队在教练罗列·马斯米诺的带领下，一举夺得1985年全美大学生联赛冠军，震惊了整个乔治城。杜邦带我去参观被命名为“约翰·E.杜邦”的篮球训练场，大楼前侧非常醒目地写着他的名字。之后我们又去参观了学校的游泳馆，这座游泳馆也是用他的名字来命名的。

我的天哪，我想，这个人一定比上帝还要有钱啊。

既然有两座大楼都用他的名字来命名，那么把一个老场地划给摔跤队这种事情看起来根本就不值一提。约翰谈起这件事的口气就像是说，找个摔跤队专用的场地只不过要等批准，走个程序而已。

这项工作的潜力很大。杜邦付给我的薪酬对一个摔跤助理教练来说已经很不错了。他还说他基本上都不会插手干预。而且，我参加奥运会比赛和世界锦标赛的时候都没有购买过保险，如今这是大学毕业之后我第一次得到医疗保险。我还可以自己招募训练伙伴。尽管我不会再跟大卫一起训练了，我还是能找到一些厉害的训练伙伴，来帮助我成为更优秀的摔跤手。

尽管我隐约感觉到，这份工作和杜邦本人可能没有看起来那么简单，但我还是接受了这份工作。

我告诉大卫我要离开帕洛阿尔托去维拉诺瓦大学任

职之后，他也决定要辞职，去威斯康星大学做助理教练。我没有问大卫他为什么要辞职，可是他似乎在斯坦福大学已经应有尽有了。他的薪水是之前的两倍，在父亲家租住的房租也很便宜，他和南希可以开免费的丰田雄鹰汽车，而且斯坦福大学还为他提供医疗保险。

也许是因为他埋怨霍培尔开除了我，也许他想用辞职这种方式来表达对我的支持，也许没有我在他身边激励他，陪他训练，他也不想待在那里了。威斯康星大学的摔跤队实力很强，里面有很多优秀的摔跤手，可以一起训练。

不管大卫辞职的原因是什么，大卫·李跟他一起辞职去了威斯康星大学。李是斯坦福大学最优秀的摔跤手，他是追随大卫才来到了帕洛阿尔托。有一天，我走进摔跤队办公室，正好碰上大卫和霍培尔因为李要跟随大卫一起辞职这件事而争执。

克里斯说待在斯坦福大学才是对李最好的选择。

“不，绝对不是。”大卫很冷静，但也绝不示弱地反驳道。

这一幕已经让我很开心了，那是我第一次看见大卫和克里斯发生争执，我马上退了出去。

太棒了！

1986年的世界冠军锦标赛对我来说就是一场噩梦。之前被霍培尔开除，又陷入了经济困境，还遇上了一个骗子经理人，接着又到处去找工作。那一年让我分心的事情太多，最终，在布达佩斯的比赛上，我尝到了苦果。

第一场比赛，我就输给了一个毫不知名的匈牙利选手。那是他整个联赛中唯一获胜的比赛。不过后来我振作起来，一路过关斩将，进入了半决赛，对阵保加利亚选手亚历山大・南耶夫。在1985年的世界冠军锦标赛决赛中，我曾经打败他获得冠军。

1986年的那届比赛是唯一一次国际摔跤联盟决定将记分牌面向观众而不是摔跤手，这样做的目的是为了防止摔跤手在比赛后期实施拖延战术。他们认为，如果摔跤手们看不到比分，他们就会整场比赛都全力拼搏。后来国际联盟之所以又推翻了这种做法，是因为摔跤手们为了看见记分牌，会故意出界，再绕远路回到赛场中央，这样就拖延了整场比赛的时间。

从赛场上仍然可以看见记分牌，只是放在了角落处，不像之前那样可以直接看到。

比赛时间一分一秒地过去，我仍然落后南耶夫1分。我连续发起几次攻击，最终抓住了他，然后实施了腹部扭转式背摔。当我站起来的时候，我想瞥一眼记分牌，但却看不到。于是我就朝我的休息区看过去，希望从教练那里得到一些暗示。

我们的主教练J.罗宾逊拼命喊道："加油！加油！加油！"

糟了！我落后了！

离比赛结束还剩10秒钟的时候，我鲁莽地做了最后一搏，结果却失手了。就在我还没回过神来的时候，南耶夫将我摔倒在地，将比分追成4比4。我失掉节点分，输了那场比赛。

一个小时后，我神情沮丧地坐在酒店的大厅里。这时，我们队里的最高重量级别选手布鲁斯·鲍姆加特纳走过来跟我聊天。

“你最后为什么要发起攻击呢？”布鲁斯问我。

“因为我马上就要输了。”

“根本就不是这样的。”布鲁斯说道。

我是带着非常愤怒的心情回到帕洛阿尔托的，不仅是因为输掉了世界锦标赛，更因为我输掉比赛的方式。虽然马上就要离开帕洛阿尔托了，但我的心情并没有因此而好转。我不想离开父亲，而且费城远在美国东海岸。

被斯坦福大学开除这件事情仍然让我耿耿于怀。我的父母都毕业于斯坦福大学。我的祖父曾经在斯坦福大学任教，而我的祖母则是那里的医生。我就是在斯坦福大学医院里出生的。当我从俄克拉荷马大学回到帕洛阿尔托的时候，我感觉自己终于回家了。正是因为霍培尔把我给开除了，我才不得不跨越大半个国家，跑到美国东海岸去。就像当初我不得不从帕洛阿尔托搬去俄勒冈州一样，我感觉仿佛是从自己家里被赶了出去。

我想最后一次在斯坦福大学的摔跤训练场上训练一次，对手必须是大卫。我觉得那是我跟他摔跤表现最好的一次。大卫肯定知道，我因为要搬走而心情不好。训练的最后，大卫跟我一起练习了几次锁头招式。其间，他突然停了下来，直视着我的眼睛。

“我从来都没跟你说过，但我一直都很爱你。”他说，“真的。”

然后他吻了一下我的脸颊。

第 12 章

混乱的杜邦和混乱的摔跤队

约翰·杜邦是我见过的最有钱的人,也是最悲惨的一个人。生命当中有些东西是用金钱买不来的,杜邦却总是不死心。很快我就发现,他不仅性格乖戾,而且拥有一种我从来没有感受过的强烈的控制欲。金钱使他能够控制住任何心理不够健全的人。

他相信,所有人都可以用金钱收买,而且他想弄清楚每个人的价码都是多少。

我很快就亲身体验到了这一点。

我在离维拉诺瓦大学校园三英里的一个工薪阶层蓝领社区里租住了一居室,每月租金大约 800 美元。我在客厅里摆了一张沙发和一个躺椅,在卧室里放了一张桌子。公寓楼里就有投币式的洗衣机和烘干机。总而言之,整栋公寓楼环境整洁,条件还不错。

不过,跟杜邦在庄园居住的别墅相比,这就像是住在狭小的杂物间里。

在我搬到维拉诺瓦不久后,杜邦往我住的地方打电话,叫我到他的别墅去。那栋别墅特别高级,带有钢制滑轮百叶窗,百叶窗合上的话,整栋别墅就像堡垒一样坚不可摧。而且百叶窗严丝合缝,合上之后,一丝光线都透不进来,即使是在大白天,房子里都是漆黑一片。从门厅走进客厅,首先映入我眼帘的就是沙发上垂下来的一张白色毛皮,像是北极熊的毛皮。客厅墙壁上挂着很多照片,其中有一张是杜邦与杰拉尔德·福特总统握手时的合照。

当我走进去的时候,客厅里已经有几个人了,其中有两个像是华盛顿来的高官、顾问或筹款人士。他们也可能是杜邦的"保姆",当杜邦惹上官司的时候,他们就会来帮他解决问题。不管他们是谁,我都不关心。还有一个人是鲍勃,后来杜邦告诉我,鲍勃是个活动策划人。杜邦会花钱让当地一个卖奖杯的商店给他做一些奖杯,然后给自己举办颁奖典礼,鲍勃的工作就是来筹划这些颁奖活动。杜邦的秘书维克多也在场。

当时,杜邦喝得比以往更加神志不清。从其他人脸上的表情判断,我知道杜邦已经把他们折磨得不轻了。杜邦总是有能力把别人的精力都耗尽。

我一进去,一个看起来像是政府官员的人就说:"啊,谢天谢地,你终于来了。"我觉得他希望我的出现能让他松口气,不用再继续哄着杜邦了。

我沿着右面的墙壁走到壁炉那里,转过身来,发现几乎所有人的眼睛都盯着我,就像我理应做出点什么事情来一样。我站在那里,想要弄明白是怎么一回事。这时候,坐在房间另一头的杜邦开口对我说:“谢天谢地,你总算来了,伙计。”每当他称我为“伙计”,我都不知道该怎么回应,因为他总是用一种怪异、嘲弄、半友好半指责的口气这样叫我。

这时,杜邦开始手脚着地在地板上朝我爬过来,爬到我脚边的时候,他就抱住我的腰,仿佛是要跟我摔跤一样。然后他抓着我的身体,顺势往上爬。我从来没有见过杜邦喝成这样。客厅里的其他人知道他的脾性,但他们似乎也不敢相信这个所谓的美国名流竟然会堕落到如此地步。我抓住他,把他推开,然后直接就朝门口走去。但那两个华盛顿高官求我再待一会儿。

当我终于走出别墅,我也松了一口气,感觉谢天谢地。幸亏他当时不在维拉诺瓦,否则我真是应付不过来。

“白纸黑字写下来。”这是我跟杜邦在维拉诺瓦大学摔跤项目上打交道之后得到的教训。

最开始的几周,约翰还算信守承诺,没有过多干涉,不会去我们的办公室。我们的主教练就是当时在印第安纳酒店里的高中摔跤教练查克·亚纳尔。巴特勒配楼还没有完全划分给摔跤队,不过那一天很快就要到来了。

或者说,我们以为那一天很快就要到来了。

然而过了不久,杜邦就不时跑到办公室来。他要么醉醺醺的,要么嗑了药,或者既醉醺醺的又嗑了药,还一边说话,一边吐唾沫。当他跟我说话的时候,我都尽量跟他保持距离,以免他把口水吐到我身上。

有一次,他来到办公室,一屁股坐下来之后,说道:"我现在特别想吃蓝莓。"

开玩笑吧?我在训练之前还有很多正经事要干,他却因为想要吃蓝莓而过来打扰我?

"如果现在眼前有一篮子蓝莓的话,我肯定能全部吃光。好吃,好吃,好吃!"

他到底想干什么?

"你明白我的意思吗?"

就算我听得懂他说的每一个字,我也不明白他在说什么。

他总是问别人:"你明白我的意思吗?"这肯定是他强迫别人认同他的一种方式。

短短几个月,杜邦就开始天天出现在办公室里,而且要么是喝了酒,要么嗑了药。他总是在一旁喋喋不休,浪费我的时间。我和查克希望让这个摔跤项目运作起来,并且按照我们的方式来管理,但杜邦一直在从中干涉。

杜邦坐在办公室里漫无边际地夸夸其谈的时候,我心里就会想,你为什么要把我聘请过来呢?我以为你想让我来当摔跤教练,但现在你这样浪费我的时间,我根本就没法当好这个教练。

他需要的并不是一个摔跤助理教练来听他倾诉，而是应该找个心理医生。

这份工作没有什么等级架构，据我所知，杜邦不用对大学里的任何一个人负责。他不仅给大学捐助了很多钱，而且还承诺要出资为学校修建体育设施，这样一来，维拉诺瓦大学校长根本就不会限制他。而且在我看来，大学里的体育部主任对杜邦的所作所为一直都是睁只眼闭只眼的。

在这个摔跤项目当中，杜邦的头衔虽然是“普通教练”，但这毕竟是他出钱设立的项目。除了在训练场上之外，查克是全美大学生一级联赛中最没有权力的主教练。

杜邦一直我行我素，而我也只对他一个人负责。

本以为在维拉诺瓦大学的这份工作会给我提供我所需要的稳定环境，但是这种幻想很快就破灭了。事实上，这个工作环境反而经常变幻不定。

只要杜邦到办公室里来，我一整天的工作都要听他指挥。他几乎不会亲自动手做任何事情，只是醉醺醺地对着眼前的人唠叨，迷迷糊糊地吩咐别人去完成工作。

你明白我的意思吗？

有时候，一件工作前一天还由查克负责，第二天又变成由我负责。杜邦彰显自己权威的一个方式就是随时决定一件工作到底由谁来负责。

当地一家电视台想要报道维拉诺瓦大学新建立的这

支摔跤队，并将报道重心放在杜邦在这个项目中的角色。其中有一个场景是拍摄杜邦在以他的名字命名的游泳馆里游泳。他从泳池里上来，浑身湿淋淋的，镜头跟随着他走进约翰·E. 杜邦体育馆，学校的男子篮球队正在那里训练。杜邦走到教练马西米诺的身旁，从他手里抓过篮球，然后转身对着镜头开始讲话，同时身上的水吧嗒吧嗒地滴落在篮球场上。杜邦就想告诉所有人，他在维拉诺瓦大学有天大的权力，可以为所欲为。

我们一开始根本就没有比较正规的摔跤队。全部靠摔跤新手来撑起一支摔跤队，非常困难。但是杜邦和查克根本就找不到优秀的摔跤手。我们一开始其实根本就没有组建起摔跤队。杜邦和查克只能在大学校园里转悠，去找那些身穿高中摔跤队队服的学生。只要在高中参加过摔跤队，就可以进入我们的摔跤队。

有一天，查克对我说："杜邦让我告诉你，今后由你来负责招募队员。"

这让我非常气愤，因为当时我正好需要慢慢增加训练时间，为参加 1987 年的世界冠军锦标赛做准备，杜邦却在这个时候让我负责最耗时、最艰巨的招募工作。

我向成员们展示我的摔跤资历证明。除了显摆他的钱财之外，杜邦根本就没有耐心或肯于屈尊去说服那些人加入摔跤队，不过我可以向他们展示我的奥运金牌和世界锦标赛的冠军奖杯。很快我就发现,学员们都想找一个他们可以信任的教练。可我当时并没有多大的权威。我觉得,我必须跟他们保证,我打算在维拉诺瓦大学任教五年,他们才会考虑加入这个摔跤队。可是再待五年？算了吧。如果不是因为 1987 年的世界锦标赛马上就到来,我早就辞职不干了。

直到春季招募,我们仍然不能完全拥有巴特勒配楼。摔跤队需要有一个专门的摔跤训练场地,没有专门的训练场,就算不上是一个正式的一级摔跤项目。

每天训练之前,我们都得把垫子铺开,训练之后再卷起来。这一铺一合,就得各花上半个小时。一开始,我每天都得亲自来做这项工作,但这样就影响了其他需要我完成的教练工作,所以我们只能花钱雇几个摔跤队员来准备及收拾垫子。

由于每天都要把垫子卷起来,第二天再次铺开的时候要等上一会儿垫子才能完全舒展平整,所以面对皱巴巴的垫子,我们也只能将就了。有时候,两个队员正准备进行对决训练,其中一个却被脚下不平整的垫子绊倒了。实在是很不专业。

我不停地问杜邦,到底什么时候才能有我们专属的训练场地。

“很快就有了。”他总是这样回答,而这也是他能给出的最具体的回答了。

大约忍耐了三个月之后，我们开始带着队员去杜邦的庄园里训练。他将室内射击场改为了摔跤训练场。不过，射击场的天花板都很低，防止子弹弹起。在这里，我们虽然不用每天收放垫子，但是摔跤手们却无法把对手举过头顶，因为那样就会碰到天花板。由于天花板的限制，我们甚至改变了摔跤风格，更多强调使用低水平位置的进攻招式。

我们还得跟招募的学员们说，等他们加入摔跤队的那一年，我们就能有专用的摔跤训练场了。我自己都不知道这是否能实现，但“快了”这个答案肯定不会让学员们满意。

不过，杜邦也有方法能给学员们留下深刻的印象。虽然这意味着要违背全美大学生体育协会的规定，但他可不在乎这些。学员们都是乘坐杜邦的私人飞机和直升机而来，然后被安排住进豪华酒店，客房服务全部由杜邦付账。餐餐必有龙虾、螃蟹和香槟。全美大学生体育协会对于招募每个学员所花的费用都有明文限制，杜邦就是要跟规则对着干。这些学员都是高中生，他们并不知道我们理应遵守的那些规则。他们赚了个大便宜，我觉得他们之所以认同杜邦的做法，是因为他们当时还不太懂事。

维拉诺瓦大学体育部门的负责人是了解这些规定的。我一直都觉得他们其实并不想成立摔跤队，不过是因为杜邦拿出很多钱来修建篮球场和游泳馆，他们才愿意忍受我们的存在。在我看来,大学方面因为杜邦的加入而觉得很丢脸,但据我所知,他们并没有抱怨过什么,也没有干预我们的招募工作。

杜邦有个不好的习惯——给每一个招募进来的队员提供全额奖学金。全美大学生体育协会规定每年只给摔跤队提供 9.9% 的奖学金。每支摔跤队一般都会有 30 名正式成员,几乎很少有人能够获得全额奖学金。在俄克拉荷马大学的时候,我就发现,亚伯教练要费很大一番心思才能让成员拿到这 9.9% 的奖学金。

教练要核查每个成员的经济状况,评估他们每个人的能力,从而判定哪些成员是摔跤队里最应获得资助的成员。经济条件上最需要补贴以及对摔跤队贡献最大的那些成员才能分到较高数额的奖学金。至少普通的摔跤队都是这样做的。

当杜邦参与招募工作的时候——其实基本上他一直都参与其中——他就会跟学员们说,只要他们想要,就都能拿到全额奖学金。我不知道他打算如何来支付这笔奖学金。我并不是说他拿不出这笔钱,而是在账面上,他如何能够让这种做法看起来符合全美大学生体育协会的规定?

摔跤队成立第一年的时候,有一个队员首批获得了杜邦提供的全额奖学金。但其实我很遗憾地发现,这个队员根本就没有资格获得全额奖学金。这并不是特别针对这个人,而是他还算不上一个合格的一级摔跤手。当时,他的学费被全部减免了,如果换做是我,我连免费的书本都不会给他。

我们需要用他得到的这笔奖学金来奖励其他真正对摔跤队做出贡献的队员,因此与杜邦就此事进行了商议。杜邦让我去开除这个队员。之前是他给这个队员提供了全额奖学金,而现在却让我去剥夺其享受学费减免的权利!

我不知道该怎么办,于是就开会商量这件事情。杜邦让我写下剥夺此人奖学金的理由。我写了大概有半页纸那么多,然后交给了杜邦。他连看都没看就在文末签上了他的名字。

我对这个队员感到很愧疚,是我提出来说他享受全额奖学金对我们特别不利。幸运的是,大学方面出面解决,并为他提供了一笔非体育方面的奖学金。

这种事情本不该发生,而它之所以发生,是因为摔跤队管理不善。

当我接手招募工作的时候,我努力想要组建一支优秀的摔跤队,杜邦却一直在帮倒忙。我必须想办法来阻止他参与招募工作了。当然,我不可能直接告诉他滚出去,因为这毕竟是他设立的项目,由他说了算。

查克·亚纳尔没待上一年就走了。维拉诺瓦大学对外宣称查克在 1987 年 2 月份辞职,并且没有给出任何理由。事实上,他被开除了,还是被我给开除的,因为杜邦吩咐我这样做。

是的,助理教练把主教练给开除了,这就是杜邦这个项目的运作方式。

受杜邦之命开除查克是我人生中最后悔的事情之一。查克是个非常好的人,我也很欣赏他。

当时,杜邦因手术住进了医院,他叫我去医院见他。

我去了之后,杜邦就当着我的面给马克·斯皮茨打电话。马克曾经获得过九枚游泳项目的奥运会金牌,还在圣克拉拉游泳俱乐部训练过。那段时间杜邦主要把精力放在游泳上,所以他特别想认识马克。

从杜邦通电话的口气中,我感觉马克接到他的电话并不是特别兴奋。其间,杜邦把电话递给了我,让我跟马克谈。电话那头的马克基本上没跟我说什么话,好像他也很奇怪为什么杜邦要把电话交给我。

我感觉,杜邦打这通电话的主要目的是要在我面前炫耀。

打完电话后,杜邦要跟我谈谈摔跤队的事情。

“你想成为维拉诺瓦大学摔跤队的主教练吗?”杜邦问我。

我告诉他说我不想,而且我敢肯定他早就预料到我会是这种态度。领教了杜邦随意干涉摔跤队管理工作的作风之后，我是绝对不会接手查克的工作的，况且当时查克才是主教练。

“我觉得查克不适合当主教练。”杜邦说。

说实话，我虽然很欣赏查克，但我觉得杜邦一开始就不应该聘请查克作为主教练。查克原先是高中摔跤队教练，30 岁的他本可以成为一名非常优秀的行政管理人员，但他并不具备成为一级摔跤队教练的资质。

我一直认为这就是杜邦要聘请查克作为维拉诺瓦大学摔跤队主教练的原因。他要找个自己可以控制得了的人来担任这一高层职位。杜邦自己想成为主教练，但他又不想做主教练该干的那些工作。杜邦不想每天去办公室安排训练时间，整理摔跤垫子，干那些管理摔跤队的繁琐工作，他也没有兴趣去学习全美大学生体育协会关于招募队员的规定。我根本就想不出杜邦能够完成一级摔跤教练的任何常规性工作。他甚至都不知道把奖学金分开发放的简单道理。但是他却想获得主教练的那种待遇，也许更重要的是，想感受一下身为主教练的那种优越感。前一年在接受媒体采访的时候，杜邦就声称自己是主教练。

杜邦躺在医院病床上告诉我，他马上要去外地出差，回来的时候不希望再看见查克了，要我去把查克开除。

我当时真应该直接回绝他，然后和查克一起辞职离开。

我不记得自己是如何告诉查克他被开除了。我很庆幸自己已经不记得当时的情景,因为,20 年过去了,一想起是我开除了他,我还是会追悔莫及。我真希望能把这段沉痛的记忆从我生命中抹去。我应该让杜邦自己来做这种可耻的事情。可我觉得他根本就没有这份勇气。他太懦弱了,只能找来一些强悍的帮手,自己却躲在背后做缩头乌龟,让这些帮手来替他做事。

维拉诺瓦大学方面对待查克离职一事的态度很能说明问题。大学的一位发言人接受采访时说,摔跤队的教练们一直都知道,尽管查克担任主教练一职,但真正行使主教练职权的人是杜邦。这真是胡扯！我可一直都不知道这件事,否则我根本就不会到维拉诺瓦大学来任职。

维拉诺瓦大学体育部门主管泰德·阿塞托在一份对外声明中表示:“杜邦一直都是我们摔跤队的主教练。查克·亚纳尔的头衔是联席主教练。杜邦今后仍然是我们摔跤队的主教练。”

这背后似乎有很多可疑之处,对我来说,每一件都是爆炸性新闻。

我感觉自己被困在维拉诺瓦大学了,因为一是我需要这份薪酬,二是距离 1987 年世界冠军锦标赛开赛仅仅剩下几个月的时间,我不能中断训练计划。只有继续待在维拉诺瓦大学,我才能跟那些世界级的摔跤手们一起训练。

但是除此之外,我对自己在这里的前景非常不乐观。

我无法依靠美国摔跤协会来寻求支持，而且只有做一名大学摔跤队教练，才能继续训练并参加比赛。但是摔跤队的工作越来越难找。1972年，为了消灭教育领域的性别歧视现象，教育法修正案第九条被写入法律。这在体育界就意味着要为男性和女性提供平等的竞争平台，这样双方都能得到平等的竞争机会。

我认为，第九条立法的本意是想为女性争取到男性所能享受到的更多的机会。但实际上，结果往往是男性运动员得到的资金支持和机会变少了，有时候甚至是大幅减少。摔跤界的各个领域都是男性数量远远高于女性，大学摔跤队是受到影响最大的一个领域。

为了达到教育法修正案第九条的要求，全国各地的摔跤队都纷纷被解散。摔跤队数量减少，就意味着工作机会的减少，因此大多数的教练只能牢牢抓住他们有幸找到的那份工作。当时担任助理教练的我才26岁，还有很多比我年长而更有经验的前摔跤队主教练都在苦苦地找工作呢。

每当感觉生活走投无路的时候，我就想去参军。当时我也考虑了这个选择。军队里也有一支特殊的摔跤队，如果你足够优秀，就能以代表军队参加摔跤比赛的形式来服兵役。但是我从来都没有把参军作为第一选择，因为我始终记得，小时候看见那些从越南战场上回来的老兵，他们伤痕累累甚至身体残疾，可我们的国内同胞却称他们为“婴儿杀手”，而且政府似乎也并不重视他们。

我还想过，我可以离开维拉诺瓦大学，找一所我喜欢的学校，搬到那所学校附近，然后接受失业救济金。由于从小到大接受的教育观念，我其实是不会真去选择这条路的。

我就这样被困在了维拉诺瓦大学。随着查克离职风波的虚假言论渐渐消失，杜邦如愿以偿地成为维拉诺瓦大学摔跤队毫无争议的主教练。

但是他根本无法管理这个摔跤项目。我也不能，因为他一直待在我的办公室里，浑身酒气，还总是念叨一些愚蠢而毫无意义的事情。我觉得对杜邦来说，我花时间来迎合他比我去管理好摔跤队更加重要。

那一年赛季中的最后几场比赛，我们俩常常一起外出观战。他的震颤性谵妄时常发作，我就只能坐在那儿看着身边这个痛苦的人，盼着这个赛季赶紧结束，然后我就马上离开维拉诺瓦大学。

杜邦一定感觉到了我很沮丧。他怎么可能看不出来呢？就在我任职第一年快结束的时候，他问我想不想再找一个训练伙伴。我认识一个非常优秀的选手：丹·查得。丹曾经是加利福尼亚州的一名高中摔跤手，我和大卫后来认识了他，并指导他训练。在我读大三的时候，丹还是一名八年级的学生。大卫在大四那一年获得州冠军的时候，丹就坐在看台上。后来丹自己也获得过两次州冠军。

丹后来跟随我和大卫加入了俄克拉荷马大学摔跤队，

他在那里先后四次获得全美最优秀选手称号，并获得了1985年全美大学生联赛190磅重量级冠军。他在亚利桑那州立大学当了一年的助理教练，之后杜邦聘请了他，给他提供住房。丹成为维拉诺瓦大学摔跤队的助理教练，他的工作内容基本上就是两件事情：一是来参加训练，二是陪我一起训练。

进入维拉诺瓦大学任职之后，我就算是加入了杜邦的“狐狸猎手”运动队。这个运动队是以杜邦父亲的“狐狸猎手”庄园纯种马马厩而命名的，杜邦通过这个运动队为游泳运动员、现代五项全能运动员以及三项全能运动员提供资金支持。后来杜邦决定将摔跤项目也加进来，于是我就成为继罗伯·卡拉布雷泽之后第二个加入这个运动队的摔跤手。但是“狐狸猎手”这个名字以及加入这个队伍都让我感觉非常不自在。

在我加入之后，杜邦很快又为运动队找来更多的世界级摔跤手，这些人当时都手头拮据，生活落魄。

1986年世界锦标赛之后，在威斯康星州大学担任教练的大卫加入了杜邦的阵营。杜邦以跟威斯康星州大学相同的薪金聘请大卫作为“狐狸猎手”运动队的摔跤手和助理教练。我知道大卫并不打算离开威斯康星州大学，所以感觉并不需要提醒大卫加入“狐狸猎手”运动队存在的风险。那个时候，算上杜邦给出的薪金，大卫相当于拿着双份工资。不过为了避免类似此前斯坦福大学的闹剧再次发生,我跟杜邦达成了协议,请他务必要给我们俩支付相同的薪金,同时给我们俩平等的工作头衔。后来事实证明,我的这种做法是非常明智的。

杜邦在没有通知摔跤队的情况下,自己做主安排了一次与保加利亚国家摔跤队之间的对抗赛。我感觉他安排这次比赛就是想为难我,因为我又一次要面对亚历山大·南耶夫。几乎每次世界冠军锦标赛,我都可以在参赛选手名单上看见南耶夫的名字。我觉得自己比南耶夫稍胜一筹,随着世界冠军锦标赛的临近,这个时候跟他对决只会对他更有利。当时摄像机用得越来越多,我不希望他拿到我们俩比赛的录像带,然后回去仔细分析,以缩小跟我之间的差距。

杜邦坚持让我跟南耶夫比赛,而我也反复告诉他说我不想比赛。大学毕业之后,除了那次在芝加哥有机会对抗弗拉基米尔·摩多斯杨,报了之前输给他的一箭之仇之外,我没有参加过对抗赛。然而大卫同意参加与保加利亚国家队的对抗赛,我束手无策,只好参加比赛。

在各种比赛之前,我都不会讨论即将到来的比赛或将要面临的对手。可是对抗赛的时间确定下来之后,杜邦就把它挂在嘴边。谈话之间,他时常喊道:“保加利亚队来啦!”这让我很烦,而他也是明知故犯。于是我只能刻意躲着杜邦,尽可能一个人待在自己的公寓里。

对抗赛的那一天,我和罗伯在开车去体育馆的路上撞上了彼此的车。为了发泄对抗赛带来的紧张情绪,我们俩开车在路上追逐玩闹。由于被杜邦强迫着去跟南耶夫比赛,我心里早就压着一股怒气。当时我没能控制住情绪,撞上了罗伯的车。罗伯非常生气,而这起碰撞事故也让我无心好好参加接下来的对抗赛。

在那次无关紧要的比赛中,我以 0 比 1 输给了南耶夫。我根本就没有想赢的欲望,不想在这种跟展览一样愚蠢的对抗赛中让南耶夫了解我的招式,尤其是在世界冠军锦标赛马上就要来临的情况下。

大部分观众非常期待的比赛是瓦伦廷・乔丹诺夫与埃德・吉斯之间的 114.5 磅重量级对抗赛。当时乔丹诺夫已经参加了六次世界冠军锦标赛,获得过两次冠军。而吉斯整个职业生涯中有十二次在全国自由式摔跤和古典式摔跤比赛中取得了名次,同时还先后五次入选美国代表队,参加国际性比赛。在那次对抗赛中,乔丹诺夫打败了吉斯。

大卫与乔丹诺夫因为这次对抗赛而结下了深厚的友谊。

杜邦执意要在我比赛的时候坐在我的休息区,我坚决不肯。在克里斯・霍培尔开除我之后,我还是会让他在大型比赛的时候坐在我的休息区,我别无选择,只能像原谅其他人一样原谅他对我的所作所为,这样我才能抛开不必要的心理负担。克里斯是个优秀的教练,让他坐在我的休息区其实对我是有好处的。但是杜邦——万万不可。他对我毫无帮助。他只是想在我的休息区露露脸,然后在我获胜之后,抢走所有的风头。

1987 年世界冠军锦标赛在法国克莱蒙费朗举行,期间杜邦聘请了一队摄影师跟随拍摄。他要给自己拍一部名为《追逐卓越》的个人纪录片,后来在探索频道播出了。杜邦去到世界各地,都要带上自己的摄影师。

后来我们回到美国,杜邦又带上一些运动员飞去南卡罗来纳州,在那里启动了三项全能比赛。他的摄影团队也一直跟着他。摄影师们想要采访我,留取几个我夸赞杜邦优秀领导能力的镜头。我一直在推脱,但是他们就是不肯罢休。他们一定是迫切需要这样的镜头,所以才会反复邀请我。最后我想到一个两全其美的办法。我先是把自己灌得烂醉,然后就在镜头前对杜邦大加赞扬,由于我实在是醉得太厉害,他们最后根本无法使用那段采访记录。

在法国参加比赛的时候,我跟西德选手赖纳·特里克较量过。特里克曾在 1984 年奥运会上获得第四名。比赛时,在我领先的情况下,他开始攻击我的双腿。我便使出了双腕锁擒这一招,当年在奥运会上,我也是用这一招来擒住特里克的双臂。我并没有伤害特里克,但裁判一定是不喜欢我使这一招,所以在离比赛结束大约还有 10 秒钟的时候,裁判判我拖延比赛,把我罚下场。

这场比赛被判出局，意味着接下来我要想进入决赛，唯一的机会就是无论通过摔倒、制服还是判罚出局，都要打败本次锦标赛的卫冕冠军，苏联选手弗拉基米尔·摩多斯杨。

我跑到赛场外面去放松一下紧张的心情，这时杜邦的一个摄影师走了过来，递给我一罐啤酒。以往在比赛的时候，我从来不喝酒，但是那天我喝下了那罐啤酒。我觉得这次管不了那么多了，因为只要摩多斯杨能从我这儿拿到1分，我就与冠军无缘了。

布鲁斯·鲍姆加特纳走到我身旁。

“你可以做到。”他说。

“不，我做不到。”我告诉他说。

“哦，对了，”布鲁斯说，“我忘了心理学上的负强化也是很有用的。”

与摩多斯杨的第一局比赛双方都没有得分。第二局，我在离比赛结束大约还有1分钟的时候将其摔倒，得到1分，暂时领先。后来双方都没有再得分，最后我以1比0的优势取得了胜利。我都不敢相信自己战胜了摩多斯杨。

决赛中，我又一次对阵南耶夫，这是我第二次在世界冠军锦标赛的决赛中与他较量了。最终我以2比1的优势打败了他，获得了我人生中第二个世界冠军。李·肯普在1978年至1982年间先后获得过三次世界冠军，如今我已经获得两次，再加上我的奥运会金牌，我与肯普一样，成为获得摔跤比赛世界冠军次数最多的美国选手。我们俩的战绩甚至还被写进了《吉尼斯世界纪录大全》。

那场决赛胜出后，我按照规定要去接受药检。检测人员告诉我，为了留尿液样品，我可以喝点啤酒、白开水或者苏打水。于是我要来啤酒。这时候105磅重量级比赛冠军韩国选手李秉浩也过来接受药检，而且也选择喝啤酒。我们俩就这样一起喝啤酒，直到喝得烂醉。

我们俩都根本不懂对方的语言，但还是笑得前仰后合。检测人员问我们是否可以留取尿液样品时，我们俩都说还没准备好，其实就是想多喝几罐啤酒。其实当时我已经特别想上厕所了，但就是不想放弃那些免费的啤酒。最后，我终于憋不住了。我尿出整整三大杯尿样，弄得满手都是，还把第一杯撒到了检测人员身上。幸好另外两杯数量充足。

在我成为第一个获得奥运冠军以及两次世界冠军的美国选手之后，杜邦马上就想把我的照片放在"狐狸猎手"运动队的海报上，让我作为代言人，并称我为"'狐狸猎手'运动队的第一个世界冠军"。杜邦想要给全国每一所大学的摔跤队送去一张海报，向他们证明自己的摔跤队具有国际竞争力，不可小觑。海报上的照片展示的是我刚获冠军时的场景，我身穿"狐狸猎手"运动队红白相间且有黄色边饰的汗衫，身上涂满润肤油，看起来刚出过一身汗，低着头，竖起食指，身后挂着一幅巨大的美国国旗。在我那双红色摔跤鞋的下方正好是国旗上的一个白色星条处,上面用大写字母非常醒目地写着"'狐狸猎手'运动队"这几个字。我保证,这是杜邦对这张海报最满意的地方。刚看到这张海报,我的心情很复杂。一方面我能登上这么大的一张海报,非常荣幸,而且我也很喜欢自己在照片里的造型。另一方面,我讨厌看见照片下方以及汗衫上写着"狐狸猎手"这几个字。我很反感用自己的成绩来给运动队以及杜邦做宣传,而这就是杜邦想要用钱买到的东西。

杜邦想把我的成功占为己有,同时还要毁掉我的事业。

第 13 章

不惜一切代价

约翰·杜邦喜欢收藏。小时候，他就喜欢收集贝壳、小鸟和鸟蛋，把它们都存放在豪宅的楼上。这可不是一个普普通通的爱好——他为此曾专门跑去菲律宾、萨摩亚、斐济群岛、澳大利亚以及其他很多地方，收集了成千上万种贝壳和四万多种鸟类。

有一次，杜邦带我去特拉华自然历史博物馆参观他的收藏品。这个博物馆是他出钱修建的，于 1972 年对外开放。杜邦的父亲于 1965 年去世，杜邦继承了据说 5 000 万到 8 000 万美元的家族遗产。杜邦早就想建一座博物馆来展示自己的收藏了，得到遗产之后，他终于可以实现自己这个夙愿。

跟杜邦一起参观博物馆的时候，我心情特别复杂。

一方面，我感觉有点儿恶心，因为博物馆里到处都是杜邦收集来做成标本，然后贴上标签，而且储藏很久的动物尸体。另一方面，我又有点儿同情他，因为很显然，收集这些东西是他生命中很重要的一个组成部分。这个博物馆是杜邦的圣地之一，尽管我知道他带我去博物馆的主要原因是想跟我炫耀,但他愿意向我展现我之前所不知道的他的另一面,这还是让人有些感动的。

比起钦佩他,我还是更同情他。这次博物馆之行让我开始了解杜邦的内心世界。他的内心并不是充满了仁慈、善良、慷慨。相反,他的内心黑暗、狭隘又扭曲。

在我的人生中,有很多东西我都买不起,但是我知道,有些东西是不需要用钱去买的,比如说自信、幸福、忠诚、手足之情,以及爱。这些东西,杜邦一样也没有。他几乎可以花钱买到任何他想要的物质商品,但不管他怎么努力,却始终得不到他最渴望的东西。而就在这个努力的过程中,他一点一点地将自己的良知和道德消耗殆尽。

博物馆里所有的动物都被杀死并弄成了标本,这一点我完全理解。这样,杜邦就不用喂养它们,也不需要照料它们,他所需要做的就只是收集它们。他杀死它们,拥有它们,控制它们,然后把它们挂在墙上供别人观赏。

如今我明白了,他也是在收集摔跤手。我们就是他最新的玩物。他用祖辈的钱财来控制着我们,而我们也比那些贝壳和小鸟有趣多了,因为他可以对我们发号施令。如果你不想被他挂在墙上展示的话,他就会威胁说要毁了你。

1987 年世界锦标赛期间,我发现,我在维拉诺瓦大学的境遇将会越来越糟。因为我听说,杜邦找到我和大卫在俄克拉荷马大学的队友安德烈·梅茨格，聘请他过来担任教练，而且安德烈已经接受了邀请。

安德烈在世界锦标赛 149.5 磅重量级比赛中获得第三名。他允许杜邦在比赛期间坐在他的休息区，而且杜邦的摄影团队也在那里记录下整个过程。

在俄克拉荷马大学的时候，我和大卫、安德烈就像三兄弟一样。我们三个人曾在同一年获得全美大学生联赛冠军，并且一起登上了报纸头条。但是当杜邦聘请了安德烈，我知道，我在维拉诺瓦大学的任职马上就要结束了。

在此之前，杜邦非常可疑地拒绝了我推荐的教练人选。他想要找一个中量级教练，我向他推荐比尔·纽金特。纽金特在 1985 年美国公开赛上当选 149.5 磅重量级别最佳摔跤手。当时比尔正在宾夕法尼亚州指导一个摔跤训练营，我建议他到维拉诺瓦大学来跟杜邦见个面。

在为杜邦介绍比尔的时候，我称比尔为"去年全国中量级最优秀的摔跤手"。

通常来说，我带着被举荐的人去见杜邦，杜邦都会给这个人开出非常优厚的条件。可是，他不仅没有给比尔做出任何承诺，而且在比尔离开之后，还告诉我："永远都不要再跟我推荐任何人了。"现在回想起来，我猜杜邦这么做是因为他知道比尔是我的朋友。我后来发现，杜邦是想找个能够牵制我的人。

世界锦标赛之后，我向杜邦提出增加 5 000 美元薪金的请求。他拒绝了我。由于安德烈的加入，我感觉杜邦已经不再像之前那样需要我了。他跟我吹嘘："我的鸡棚里现在已经有两只狐狸了。"

一直以来，我都是队里摔跤实力最强的教练，但是安德烈的实力也很强。杜邦这样控制欲极强的人需要安德烈来牵制着我。这样他就可以随时把我赶走，而摔跤队还仍然有安德烈这样有名的助理教练来吸引队员加入，为他在摔跤界的名誉打拼。

在我任职的第二年，杜邦最终还是给我加了薪，不过是在他主动提出来的情况下，并非是满足我的要求。换句话说，一切都由他说了算。

他将我的年薪提高到 30 000 美元，不过改变了付薪方式。第一年的时候，他是提前把一整年的薪水都支付给我。而到了第二年，他分三次给教练们支付年薪。我认为，他是觉得只要我们还有钱没到手，他就能更好地控制住我们。

事实上，杜邦并不是直接给我付工资的。我跟他签了一个合同，规定他每年付我 1 美元，这样我就能在大学里享受到保险。而余下的钱，杜邦都是通过美国摔跤联盟的一个信托基金来辗转支付给我的。我的会计师向美国摔跤联盟核实得知，这笔钱是以奖学金的名义付给我的，因此是不需要纳税的。后来美国摔跤联盟撤销了这个信托基金项目，并声称之前我的会计师所了解到的信息是错误的。结果我要向国家税务局补缴税款以及罚金共计 6 000 多美元。

到了第二个赛季,我们开始进行首次大规模的队员招募活动,并且引进了一些非常优秀的摔跤手。大部分队员在高中时期曾经获得过州冠军。但是整个项目管理混乱,不管我们签下多么优秀的选手,我们都不会赢。

除了杜邦的过度干涉,另一个无法逾越的障碍就是我们没有一个专门的摔跤训练场地。我们需要在大学里找个天花板比射击场高的摔跤训练场地。

“很快就有了”这句话从来没有实现。

不过话又说回来了,杜邦不仅说过“很快就有了”,他还说过除了偶尔来看看我们有何需求之外,他是不会经常出现的。

我受够了这种职权不明的混乱局势,于是我写了一份项目运行方案,里面列明了队规、职责以及各种规定。我把提案交给杜邦,请他阅读修改一遍,然后签名。他拒绝了。如果建立起项目权力构架,他就无法维持其独裁者的地位了。

安德烈加入摔跤队的消息被张贴出来,这还不够,安德烈还印了一批带有信头的信纸,让人一看就明白了是怎么回事。有一天,我们办公室搬来了一大堆带有信头的信纸。杜邦的名字被印在最顶端,头衔是“主教练”。安德烈的名字紧随其后,头衔是助理教练。在信纸的最低端才印着其他助理教练的名字——查得、卡拉布雷泽、格伦·古德曼、比尔·海曼,还有我。信纸上印出来的是我的电话号码。也就是说,如果有什么工作需要做,就打电话给我,但是杜邦和安德烈才是摔跤队的当家。

“这经过你同意了吗?”我问杜邦。

“没有,没经过我的同意。”杜邦回答。

后来印刷厂的人来收账,杜邦拒绝付款。两个人因此吵了起来,最终印刷厂的那个人不敌杜邦,落荒而逃,这场争执才算告一段落。

看着印刷厂的人离开了,杜邦笑了。身为一个百万富翁,就因为得到了一些免费的办公室用品,杜邦像取得重大胜利般欢欣鼓舞。

杜邦在乎的并不是钱,虽然正是因为钱,大家才对他如此关注。对杜邦来说,重要的是满足他的控制欲,而他的钱财能让他控制其他人。

我与杜邦达成协议,请他允许我在维拉诺瓦大学组织摔跤训练营。如今很多大学教练都开展训练营,他们往往在签就业合同时在里面写明可以有开展训练营的权利。开展训练营有很多好处,既可以推动摔跤项目发展,又是个培养年轻选手的好途径,同时还能建立良好的社区关系,带来额外的收入,这些收入可以用于补贴教练的薪水,或者直接投入到摔跤项目中,用作奖学金或者购买训练器材。

杜邦为我介绍了一个自称可以设计训练营手册的人。这些手册将被寄给宾夕法尼亚州所有高中摔跤教练和摔跤手。此人第一次来到我办公室的时候,衣冠不整,蓬头垢面,体态臃肿,眼神飘忽不定。幸好最后设计出来的手册挺不错的,这倒让人有些出乎意料。

卡拉布雷泽、海曼,以及我另外的几个朋友都是训练营里的教员,我们一共招来大约 80 个学员。这对第一年招生的训练营来说已经很不错了。我们在那一周之内就赚了 8 000 美元。一周后,杜邦问我:"制作训练营手册的花费怎么办?"

最后他介绍的那个人收费 7 500 美元,我和杜邦分别承担一半。在所有的账目都算清后,我们大约只净赚了 4 000 美元。

还有一次,我从学生会那里买来一些办公用品。杜邦看到我桌子上的办公用品之后,知道是我刚买来的。他拿起一个纸夹,一直盯着。最后我不得不停下手边的工作,抬头看他。

"你知道这有多贵吗?"他问,"整整五美分啊。你知道五美分是多少吗?"

这时候,他拿五美分小题大做,想当初,他为了给三项全能赛开幕,带上我们几个人乘坐里尔直升机飞去南卡罗来纳州,然后再飞回来。

杜邦如果能够靠花钱来获得众人关注,他会毫不犹豫地一掷千金。反过来,他又会为了五美分跟我们锱铢必较,只为了提醒我们花的都是他的钱。

杜邦给我们提供免费的餐券,可以去运动场对面的餐馆吃饭。突然有一天,他又取消了这项福利,并没有给出任何解释。不过好处是,如果我们不去那家餐馆吃饭,他也就不会过来跟我们一起吃了。

杜邦的餐桌礼仪简直不堪入目。他会一边吃东西,一边张大嘴巴说话,就跟他没吃东西的时候一样。有一次,我不幸正好坐在他正对面,他嘴里的食物残渣和唾沫星子喷得满桌都是,连我的食物和衣服都未能幸免。这简直太恶心了。我根本吃不下饭,只能在中途就起身离开了。

不仅如此,杜邦还在赛场上指手画脚。在一次对抗赛上,他跟我并排坐在场边的长凳上。我朝场上的摔跤手大喊,告诉他们应该采用什么样的招数。这时杜邦就在休息区当众反对我,叫我按照他的指示来指导场上的选手应该如何出招。我瞪着他,用眼神告诉他:你就是个笨蛋。

只要有杜邦在,就不会有什么好事儿。

有一次我们正在庄园上训练,杜邦来到训练场,一身警察装扮,一出现就挥舞着手里那把枪。摔跤手们赶紧四散走开。我就站在那儿,看着他。他只是想要要威风,没人相信他会开枪,更别说杀人了。像他这么有钱有势又有影响力的人何必冒被关进监狱的风险去杀人呢?杜邦的确有些喜怒无常，但他并没有疯。

更让人心烦的是，他声称自己发明了一个摔跤招式，起名“狐狸猎手五指抓”，其实就是用五个手指一把抓住别人的生殖器。

他之所以会想出这个招式，是因为听我讲过我在大学时跟唐·舒勒摔跤的往事。我和唐一共较量过五次。在1984年奥运会代表队选拔赛中，我在决赛时打败了唐，最终入选奥运会代表队。在大学里很少有人能够把我摔得仰面朝天，而唐就是这少数人之一。我觉得，他也是在俄克拉荷马大学校内的比赛中唯一从来没有输给我的选手。

我们俩的第一次较量就是在大学校内。比赛进行到第三局的时候，我以4比0领先。这时唐反击，将我压在地上，想要制服我。由于反击成功，并且将我仰面压制在地，他获得了2分。如果能将对手仰面压制在地保持两秒钟的话就能得2分，保持五秒钟的话就能得3分。

被他压在身下的我拼命挣扎，想摆脱他的控制，因为如果他得到3分的话，他就赢了。他死死地压住我，我感觉他的腹股沟紧压在我的手掌上，我的手就这样被压在垫子上动弹不了。我必须先把手挣脱出来，否则就彻底输了。于是我就狠狠地快速捏了一把唐的生殖器，他大喊了一声，然后就像个香槟软木塞一样从我身上弹起来。我马上趁机翻过身来。唐向裁判提出抗议，但裁判并没有发现我刚刚捏一把的动作，命令他“继续比赛”。最后比赛以4比

4平局结束。

杜邦一直都不太关注别人的经历，我的这次经历却给他留下深刻的印象。就是从这个故事里，他得到了灵感，想出了“狐狸猎手五指抓”这一招。他对这个招式特别自豪，逢人就炫耀一番，连女士也不例外。每次讲到这个招式的时候，他都会大笑不已，把它当成一个段子来说。

在维拉诺瓦大学组织夏季训练营的时候，有一次我正坐在台上，他来到我旁边，伸出一只手来，说道：“狐狸猎手五指抓——”然后就把手伸向我的生殖器。我瞪着他，那意思就是对他说：“你要是敢碰我，你就死定了。”他没敢动我，却对维拉诺瓦大学其他摔跤教练和摔跤手使出了这一招。

有一个摔跤手跑来告诉我说杜邦对他使出了这一招。他跟我投诉的时候有些紧张，半开玩笑式地说道：“嗯，狐狸猎手五指抓。杜邦打败我了。呵呵。”

我当时真该向体育部门主管告发杜邦。这是我在维拉诺瓦大学“应该做而没做”的众多事情之一。几年前关于宾夕法尼亚州立大学橄榄球教练一则性骚扰的丑闻，已经在很大程度上改变了人们对举报以及惩治此类行为的态度。我不知道如果我向体育部门主管告发杜邦，结果会怎样。如果类似的事情发生在宾夕法尼亚州立大学丑闻事件之后的今天，杜邦一定会被维拉诺瓦大学扫地出门，他的名字也会被从各个大楼上撤掉，这一来就得轮到大学校长质问他:“你明白我的意思吗?”

这样便能结束杜邦对大学的控制;也许还有其他很多我们意想不到的结果。

我准备在我的公寓里举办一场聚会。

我们成立了一个女生社团,名字叫做“赛场之猫”。(因为维拉诺瓦大学摔跤队的昵称是“野猫”。)大学里的摔跤队以及其他运动队都有这样的啦啦队。她们的基本职能就是协助运动队,为队员加油助威。她们在比赛期间帮忙记录分数,统计数据,给运动员送水,为他们欢呼,等等。

我们在大学校园里招募来七个非常漂亮的女孩子,带她们去商场,给她们每人买一件背后印着野猫图案的女衬衫、阿玛尼T恤衫、尼龙长袜、鞋子、短袜、耳环、手链、香水,以及其他能让她们看起来更漂亮的东西。学员们去各个学校考察的时候都非常喜欢看到像“赛场之猫”这样精神抖擞的啦啦队,所以她们也帮我们招到更多的学员。

我举办聚会是为了庆祝一个朋友的生日,祝贺我夺得世界冠军,同时也为了欢迎我们刚招募来的一批学员,还有其他几个我已经不太记得的原因。其实,我们就是想来一次聚会而已。“赛场之猫”啦啦队也得到了邀请。聚会的消息传开了,一些未成年的摔跤手也来参加。聚会上有酒水,但是我并没有打算把那些未成年的摔跤手给赶出去。

这只是次普通的大学生聚会,并不是什么大问题,安德烈却偏要小题大做。

第二天,我和唐一起走进巴特勒配楼。杜邦和安德烈正在训诫队员,安德烈责备队员说他们本不应参加我们的聚会。我在一旁听着的时候,杜邦一直傻笑着,看着我和唐。

杜邦走了出去,我和唐也追了过去。我拉住杜邦的胳膊,对他说:"你究竟知不知道你在干什么?"

杜邦也反过来冲我喊道:"你要是站在我这一边,我就站在你那一边!"

"够了!"唐也喊道,"我要走了!"

唐正要离开,我抓住他的手腕,又抓住杜邦的手腕,把他们俩拉到一个更衣室里,然后把杜邦训斥了一顿。

当我发泄完了之后,杜邦看着我,说道:"我要毁了你的前途。"

这一次,他说到做到了。

1987年12月,杜邦派我去俄勒冈州招募队员。我在母亲家里过圣诞节。圣诞节那天,我们正在拆礼物,杜邦给我打来了电话。

"你被开除了,"他说,"别再回学校了,因为警察正在通缉你。"然后他就挂了电话。警察并没有通缉我,杜邦只是在吓唬我,为了让我躲开一阵子。

杜邦并没有说出开除我的理由,等我回到费城,他也没有给出任何理由。

圣诞节假期过后，我回到费城，才发现杜邦已经带着摔跤队乘坐里尔直升机去波多黎各参加比赛了。这次比赛并不在我们之前计划的行程之内。而且，据后来的报道称，这次比赛也违反了全美大学生联赛的规则，因为我们的摔跤队资历尚浅，按规定还无法参加波多黎各的比赛。队员们都只在波多黎各参加了一场比赛而已。事实上，队员们都把这次出行当成一次度假，他们参加一场比赛，只是为了给这次出行找个正当理由。

罗伯和唐后来去我家里给我讲述这次出行发生的事情。他们说杜邦与何塞·贝当古对决。何塞曾入选波多黎各国家队，代表波多黎各参加 1984 年奥运会。何塞让着杜邦，让杜邦赢了比赛。这显然一下子让杜邦得意忘形起来，最后他竟然命令波多黎各的教练帮他提行李，送到飞机上，就像使唤他的贴身仆人一样。

“我不管你是谁，”那个教练恼怒地对杜邦说，“我都要好好教训一下你！”

杜邦被这句话给吓坏了，赶紧跑上飞机，并且让队里所有人都动作利索些儿。

杜邦渴望荣誉。他需要用荣誉来弥补自己得不到的东西。

1987 年，杜邦写了一本书，名为《赛场之外：成为生活中的赢家》。有一次,我无意间听到杜邦正对着录音机记录书的内容。当时他精神恍惚,烂醉如泥。那简直就是个笑话,他对着录音机所说的话根本就是胡言乱语。我听说他自己花钱来出版这本书,然后免费送给全国各所大学的摔跤教练。

他让我帮他写前言,我很不情愿地答应了,但是所写的内容当中确保不会让他把我所获得的荣誉据为己有。很多年之后,我读到了那本书里的前言。虽然最后落款是我的名字,但内容根本就不是我所写的,因为他已经把所有的成功都据为己有了。

我之前从没想过,有人会自己创立一个奖项,然后颁给自己。跟杜邦共事之后,我却发现他经常这样做。

有一次,他让我在他的颁奖宴会上致辞。我根本就不想在众人面前夸赞他,所以我站起来讲自己获得奥运金牌的经历,一直把话题集中在我身上,而不是他。我尽量用幽默诙谐的方式来讲述自己的经历,让在场的观众大笑不已。

在我之后上台致辞的是一个我根本就不认识的人,他之前一直坐在杜邦身边。很显然,杜邦已经预料到我可能会说些什么,于是就花钱请这个人来反驳我的致辞。这个人上台之后说道:“得了金牌没有什么大不了的。”当时,我真想冲上台,打他一顿。

其中最荒唐的是,杜邦创设了一个“市民与运动员基金会奖”。我们所有人都不明白这个奖创设的意义是什么,当然,除了要为杜邦举办一次盛大的颁奖晚宴以外。

就连这个基金会的名字我都不喜欢。我不是什么市民与运动员,我就是个运动员!

杜邦定制了很多印有基金会名称的钢笔、文具、袖扣以及别针。在华盛顿召开盛大颁奖晚宴的那天,他还花钱请了一位专业的橄榄球运动员来发表主题演讲。

有头有脸的人被安排坐在前面。维拉诺瓦大学的摔跤手和教练坐在挨着狭窄过道的后排。实际上,我们根本就不算坐在宴会厅里。但我们还是可以看见那位橄榄球运动员发表致辞,听着他从一个故事跳到另一个故事,极力想使自己的发言契合一个原本就模糊不清的主题,实在让人忍俊不禁。

我们感觉,那个橄榄球运动员站在台上发表的演讲,就跟给我们念麦片包装盒子上的说明没什么两样。我猜想,当时他脑子里大概也只有一个念头:“赶紧结束,然后我就能拿钱走人了。”不过这些都无关紧要。整个活动的目的只不过是为了让杜邦再给自己颁一个奖项,以扩大他的公众影响力。

那位橄榄球运动员结束致辞后,另一个人上台给杜邦颁奖。我自己从来没有过这种经历,但我觉得,要故作严肃地夸赞一个设立奖项自我表扬的人,也是一件非常难以办到的事情。颁奖的那个人非常努力地编出一套颁奖词,看起来就很不容易。

当杜邦接过奖杯的时候，我并没有拍手。我就坐在那里，看着眼前的这幕闹剧。杜邦感谢了很多大家根本就没有听说过的名字，而且尽力使自己听起来像个专业的摔跤运动员。

在获奖感言的最后，他提到了坐在后排的我们这群人。他显然有些喝醉了，讲话中间还故意停顿下来，为了创造一种庄重的气氛。然后他突然说道："明天早上七点整训练！"当然，他肯定不会到场的。他从来都不会早起参加训练。

颁奖仪式过后，他开始踉踉跄跄地在大厅里招呼客人，一个接一个地打照面，口沫横飞。只有这样，他才能得到那些跟他刚拿到的奖杯一样虚假的祝贺。

第 14 章

奥运会上的抗议

搬到维拉诺瓦本该能让我过上大学毕业之后一直苦苦追寻的那种稳定的生活。如今我却丢掉了工作,而且杜邦的摆布让我逐渐失去了斗志。要想在汉城奥运会上夺得金牌,我就必须摆脱杜邦的控制。可是,由于经济上的原因和训练的需要,我还是无法摆脱杜邦。我的状态越来越差,就连矫正视力这样的日常小事都弄得一团糟。

眼睛近视也是造成我痛失 1986 年世界冠军锦标赛的原因之一,因为国际摔跤联合会调整了场上记分牌的位置之后,我就看不清比分了。我曾考虑过做视力矫正手术,杜邦说我被开除了之后,我正好利用这个时机去做了矫正手术。

但是那次手术并不成功,我仍然是近视眼,而且还因此在眼睛里留下裂痕,疼痛难忍,我必须得吃止痛药来缓解疼痛。与此同时,我必须要为自己的将来打算。当时再想去其他大学找份工作是不可能的。而且,离世界冠军锦标赛的选拔赛只有几个月时间了。我的状态也很好,可能比以往任何时候都更有自信。我不能错失这个机会。

这时候我又想到了去参军，但是整个选拔赛期间我都得进行基础训练，部队不会允许我经常请假去参加比赛的。而且，我的积蓄根本不足以支撑我在没有收入的情况下完成训练。

我去杜邦家里找他。他喝得酩酊大醉，先是不停地胡言乱语，突然就情绪崩溃了，开始大喊大叫。我不知道他为什么心情这么差，但是他不断发问："你明白我的意思吗？"

我告诉杜邦，能不能继续在维拉诺瓦大学任教对我来说已经无所谓了，我只想继续跟丹·查得一起训练。杜邦说他会考虑一下，然后我就回家去了。

接着杜邦就每天给我打电话。

"你可以继续留下来，"他说，"但是你必须搬到庄园来住。"

这根本没道理。他先是把我从维拉诺瓦大学开除了，现在却要我搬到他的庄园上去住，还分文不收？

但是他执意这样要求，甚至还说，如果我愿意，可以把我的科迈罗以旧换新，他给我一辆林肯大侯爵。从经济方面考虑，我别无选择。不用付房租的话就能给我解决很大的经济负担。于是，就在我被开除的三到四周之后，我搬出了自己的公寓，搬进了杜邦庄园上的小别墅。杜邦的母亲住在大宅子里，而杜邦在大宅子和小别墅里都有卧室，不过他主要还是待在大宅子。我原以为——也希望——

等我搬进小别墅后，他能更多地待在大宅子里，事实上并不是如此。

大宅子年代已久，有些地方需要整修。而小别墅是新修的。钢制的百叶窗使整个别墅看起来像个堡垒，厨房里的设备都是最先进的，小酒吧里摆满了酒，客厅里还有一架非常名贵的钢琴。浴室里带有按摩浴缸，房间的两头都有卧室。而我的卧室却出人意料地有点儿小，床垫子特别软，睡在上面就像睡在吊床上一样。这也难怪，因为我在这座大房子里从来没有自在过。小别墅看起来阔气多了，但还是我之前的公寓住着更舒服。

搬家的时候我带过去的东西很少，以备必要的时候迅速搬出来。除了必备衣物之外，我只带了两包训练服和一套徽章。这是我在1987年获得世界锦标赛冠军之后获得的一套徽章，里面包含了那次比赛中所有参赛国家的徽章。我租了一个储物间来储存我其余的东西，包括我获得的所有奖牌和奖杯。我不会把杜邦的别墅看成是我自己的家，我也不想让杜邦看见我获得的各种奖章，因为我不希望他看着这些奖章，感觉其中有他很大的功劳。

这么多年以来，我对当时各种事情所发生的具体时间已经记忆模糊，但是我记得在我离开维拉诺瓦大学搬进庄园之后，安德烈和杜邦闹翻了。那段时间，我有一次和我的好朋友哈尔·迈尔斯通电话，他当时是弗吉尼亚州立大学摔跤队的主教练。我告诉哈尔，杜邦当初应该设立一个自由式摔跤项目，而不是全美大学生联赛项目，因为自由式摔跤不需要遵守全美大学生联赛的规则。

我刚挂了电话，杜邦就进来了，这时我才知道杜邦刚刚听到了我跟哈尔最后的那段对话。

“我们是不是应该放弃这个项目？”杜邦问。

“说实话，”我告诉他说，“我们一开始就不应该设立这个项目。”

“好吧，”杜邦说，“那我们就放弃。”

安德烈在一二月份的时候离开了摔跤队。我也不再是摔跤队的成员了，只是会去维拉诺瓦大学挑一些摔跤手，跟我去庄园上的摔跤训练场地一起训练。

赛季过后，大学方面的负责人宣布，摔跤项目由于设施问题——缺少专门的训练场地——而取消了。自从被开除之后，我就很少去维拉诺瓦大学摔跤队，所以我并不清楚在取消摔跤项目的这个问题上大学究竟是什么立场。但是我知道，杜邦在无意间听到我的那通电话之后，就决定取消摔跤项目。

取消这个摔跤项目其实让大家都得到了解脱。一开始这就不是个合法的项目。只不过是杜邦用钱堆砌起来的，仅此而已。

维拉诺瓦大学的管理层需要杜邦出钱，为了得到杜邦的资助，他们愿意忍受杜邦的各种行为。杜邦要在那里成立一支摔跤队，他们就给他找一间办公室，告诉他可以成立一支摔跤队。这个摔跤项目从一开始就注定要失败,因为大学方面从来都没有给我们提供一个专门的训练场地。如果他们有意要设立一个摔跤项目的话,就会把巴特勒配楼完全交给摔跤队使用了。与他们从杜邦那里得到的资助相比,这只是一个很小的代价。不过大学方面并不想要在大学里设立摔跤项目,他们也不想让杜邦出现在大学校园里。谁想呢?杜邦简直就是一个灾难。

我明白,生在富人家庭,从小到大肯定也挺不容易的,因为你不知道别人跟你做朋友到底是因为你的钱,还是因为喜欢你这个人。维拉诺瓦大学里似乎没有人肯花工夫来管理或监督这个摔跤项目。摔跤队在招募队员的时候违反了全美大学生联赛的规定。大学根本就不管杜邦,而他也乐得自在。

我很同情队里的摔跤手们。我还记得进入加州大学洛杉矶分校的第一年,摔跤队里风波不断。如今维拉诺瓦大学摔跤队里的混乱情形,远比我在加州大学洛杉矶分校经历的还要糟糕。想必那些摔跤手们都承受了很大的压力,先是经历了这些糟心的事情,然后连自己的摔跤事业都搭进去了。

我已经记不起摔跤队的成绩纪录了。不过最近我偶然看到一份旧报纸上的文章,说我们摔跤队在成立到解散的两年时间里经历了 30 场比赛,只打赢了 8 场。哪怕这样的成绩,在我看来已经是出奇地好了。

第二年,我们的确招来一些优秀的摔跤手。汤姆·罗杰斯在我们第二次联盟赛中排名第三位。林登·坎贝尔在维拉诺瓦大学摔跤队解散之后,进入加州富乐敦州立大学摔跤队,并且在那里三次获得参加全美大学生联赛的资格。就算是有优秀的摔跤手,由于摔跤队的管理情况太糟糕,注定要失败。据我所知,其余摔跤手的摔跤生涯也随着摔跤队的解散而彻底结束了。幸运的是,他们还能继续在维拉诺瓦大学读书,因为大学承诺过为他们提供四年的奖学金。

维拉诺瓦大学摔跤队解散之后,杜邦将自己的注意力转投到业余摔跤上。那一年,他第一次为美国摔跤联盟提供了10万美元的资助。第二年,他同样又资助了10万美元。从1989年到1995年,他每年都为美国摔跤联盟提供40万美元的资助。

杜邦后来成为美国摔跤联盟委员会的代表委员。他的名字也开始在美国自由式摔跤冠军赛以及世界锦标赛代表队选拔赛的组委会名单上出现。摔跤队在做准备活动时穿的运动服也印着他的名字。

如果杜邦的目的是要用钱换来关注和权势,他的目的已经达到了。

搬到庄园上去之后,我的第一项任务就是改变一下杜邦的发型。那时他还留着跟我第一次见他时一样的发型——中分的中长发,发根灰白,发根之上到发梢处都被染成麦当劳叔叔的那种红色。

我一直是剃成短发,因此也主动提出帮他剃一个跟我一样的发型。我之所以这么做并不是为了杜邦,而是为了我自己。我觉得他根本就不在乎自己的外表,但我实在无法再看他那丑陋的发型了。

他同意让我帮他剃头。新发型确实看起来不赖,让他整个人精神了不少。不过只要他继续酗酒、嗑药,他还是看起来像个胡言乱语的傻瓜。

杜邦经历过很多次膝盖手术,除了酗酒之外,他还对处方药物上瘾。有时候他会跌跌撞撞地来到维拉诺瓦大学,然后抱怨说是因为吃了止痛药才让自己走路不稳当。他吃止痛药是因为他的两腿膝盖和后背都做过手术。他还抱怨说,自己使用的膝部支具让他无法保持身体平衡。不过他总是既喝得醉醺醺的,又因为嗑药而精神恍惚。我不知道他是从什么时候开始使用可卡因的,不过等我搬到庄园之后,我发现他最偏爱的药物就是可卡因。

尽管这听起来有些奇怪,但是开始吸食可卡因之后,杜邦的状态反而更好了。就像丹泽尔·华盛顿在电影《迫降航班》中饰演的那个角色一样,喝醉酒之后吸点儿可卡因就能清醒过来。这在杜邦身上同样奏效。吸食了一段时间的可卡因之后,他比以前更清醒了。

在我住在庄园之后——不是我在维拉诺瓦大学执教

的时候——杜邦问我知不知道在哪儿能弄到可卡因。我在搬到维拉诺瓦之前，曾在聚会上吸过一两次可卡因，都是别人给我的。（可卡因太贵了，我买不起。）我告诉杜邦说我认识一个可以弄到可卡因的人。于是杜邦就给了我1 500 美元，让我去找那个人买可卡因。我弄来一些，我们俩一起吸过两三次。我最后一次吸食可卡因是在1989 年。那一次我吸得太多了，结果两腿发颤，心脏狂跳。我吓坏了，之后就再也不吸了。

有一天晚上，杜邦打开梳妆台上的一个抽屉给我看，里面有大概一公斤的可卡因。由于杜邦给当地警察局提供了不少资助，所以他拿到了一个警察徽章。我曾经有一次亲眼看到他利用这个警察徽章进入宾夕法尼亚州摔跤冠军赛的比赛现场。他根本就没买票，虽然他很有钱，却还是不愿意花钱买票，所以他就亮出自己的警察徽章，然后大摇大摆地走了进去。

我猜，他应该是利用这枚警察徽章进入了警局的证据库，拿到了这包可卡因，因为袋子上面用亮橘黄色写着“证据”两个字。杜邦把一根吸管插进袋子里，然后猛地吸了一大口，我从来没有见过有人一次吸这么多可卡因。他吸得太多了，我当时都害怕他会发生什么不测。

“你要有什么不测，我该怎么做，打911？”以防万一，我这样问他。

“不，”他说，“打电话给我的律师。”

每一次我见到杜邦,他都精神恍惚,要么是因为喝醉了,要么是因为吃药的缘故,要么是因为吸食了可卡因。

在大卫被杜邦杀害了之后,杜邦母亲在他成长过程中扮演的角色引起了公众的广泛关注。杜邦似乎一直是个听妈妈话的乖儿子。杜邦的父亲一共有四个孩子,而杜邦是唯一没有离开农庄去建立自己家庭的孩子。我并没有很多机会与杜邦的母亲交流,所以对她这个人了解甚少。

1988年8月中旬,杜邦的母亲去世,享年91岁。杜邦继而成为庄园上的决策者,而他似乎将得到的这份权力运用得非常自如。他将庄园的名字由"李斯特大厅"改为"狐狸猎手"。我从没听见别人用官方正式的名字来称呼这个地方。大家都叫这里是"狐狸猎手"庄园,或者仅仅是"庄园"。

在她母亲的葬礼结束之后,杜邦重新改变了大宅子里的室内布局,将他自己的各种"奖项",例如奖杯、体育海报,以及他与名人的合影,都摆在比他母亲的纪念品更加重要的地方。

外界常常说,杜邦母亲的去世是杜邦生命中的转折点。他的家人也说,在杜邦的母亲去世之后,杜邦的精神状态开始急剧下滑。那年9月份,我前去参加奥运会,奥运会结束之后,我又继续在庄园上住了大约两个月。这并不是很长的一段时间。但是在他母亲去世之后,我没有发现杜邦的精神状态立刻出现任何改变。

我没有看出杜邦有任何异常的表现。他不曾跟我谈太多关于他母亲去世的事情。从我当时与他交往的经历来看,我感觉杜邦的表现就跟他母亲去世之前一样。

那年的汉城奥运会马上就要在九月中旬开幕了。而我已经打算在那之前就退役,因为跟杜邦交往的过程中已经耗尽了我的动力,我感到身心俱疲。唯一的解决办法就是放弃摔跤运动,但是我没办法放弃。

我是1987年世界冠军锦标赛的冠军得主,而且被认为是最有可能在汉城奥运会上斩获金牌的选手,并且成为继乔治·梅内特之后第一个获得两枚奥运会金牌的摔跤选手。乔治·梅内特分别在1904年奥运会与1908年奥运会上获得一枚金牌。1904年夏季奥运会上,自由式摔跤首次被纳入奥运会比赛项目,而且那一年只有美国代表队参加了比赛。

我所背负的期望过高了。如果那些抱有这种期许的人能和我一起被杜邦影响几天的话,他们肯定就会明白,他们对我的这种信心实在是太不现实了。

一方面,我隐隐感觉,杜邦并不想让我赢,因为他自己从来没有赢过,所以也不希望我成为赢家。而另一方面,我又感觉杜邦想让我赢,这样的话他就能把我的成功据为己有了。不管他真正的动机是什么,他都一直在我身旁干扰。

我让他不要来叨扰我,让我一个人集中精力训练。

可他根本就办不到。

我跟他说,我要去定做一件T恤衫,上面写着“闭嘴,走开”。他很快就拿着一个箱子来找我了,箱子里面装着两件我说的那种T恤衫。一件给我,另一件给他。这句话本来是我想对他说的,结果他却把这变成我们俩向其他人传达的信息。这件事情说明了杜邦是如何看待他自己的:独一无二,高高在上。在他的概念当中,他不受任何规则的束缚,他就是王权,可以随心所欲。

五月中旬,我去堪萨斯州的托贝卡参加奥运会预选赛,这是我有生以来最没有斗志的一次。迈克·希茨在决赛时以一招防守制服将我打败,这是五年来,我第一次败给一位美国选手。

六月份的时候,每个重量级排名前六位的选手都要去佛罗里达州潘瑟可拉市进行最后的角逐,我是排在希茨之后的二号种子选手。

前三甲角逐的第一场比赛中,我起初以5比0领先曾经获得全美大学生联赛冠军的里克·希巴瑞里,但是在心理上,我已经放弃了。里克后来反击,以16比8让我输得很惨。可是我根本就无所谓。我已经放弃了,准备要退役。如果我必须依附约翰·杜邦这样的人才能继续参加比赛,那我再也坚持不下去了。回到酒店房间之后,我决定要退出比赛,同时还让服务员送来一大堆食物。

哈尔·迈尔斯来到我的房间。他是唯独一个专门到佛罗里达州来看我的人。我们俩非常严肃地谈了很长时间。他告诉我说,不要去在意裁判的看法。裁判们都不喜欢我的摔跤风格。我的防守技术几乎无懈可击,向对手的攻击具有强烈的爆发力。但是不知道为什么,裁判总是因此而责难我。那天晚上我特别愤怒,也特别沮丧,哈尔耐心地听我倾诉了一番。他让我感觉到,无论我是输是赢,他都会支持我,这种感觉胜过千言万语,正是他的这种支持让我终于想通了。

除了哈尔,当时还没有其他人知道我有退役的打算,所以在告诉大家之前,我又打消了这个念头。但是,已经输给了里克一场,要想有机会跟希茨对决,争夺进入奥运代表队的资格,唯一的办法就是在第二天晚上的两场比赛上都要战胜里克。在那几场比赛中,我彻底改变了自己之前的摔跤理念。如果这即将是我在国内参加的最后一次比赛,那我就要第一次按照自己的想法去摔跤,随便那些裁判怎么想。就算有些裁判可能会因此对我进行判罚,我还是会攻击对手的腹股沟,将每一场比赛都变成殊死搏斗。

我想,如果可以选择一种方式被美国观众记住的话,我宁愿他们因为我的摔跤招式和竞技能力而记住我。

我在两场比赛上都制服了里克,有一次是在距离比赛结束仅剩下一秒钟的时候。然后我就去称量体重。

我超重12磅!

之前打算退役的时候,我在酒店房间里吃了太多东西。只剩下90分钟的时间来减重了。希茨也来称量体重,结果他合格了,他当时一定觉得自己可以因为我弃权而直接进入奥运代表队。

我先是靠催吐减轻了1.5磅,然后穿上四层卫衣,在接下来的90分钟里,发了疯似地蹬健身自行车。大卫一直陪在我身边,鼓励我,让我坚持下去。我不能摄入任何液体,所以大卫就把冰块放在我的鼻孔下来帮我给呼吸道降温。

离称量体重结束还有10秒钟的时候,我站到了体重计上。有人后来告诉我,当时他们看见希茨正在餐厅里吃饭,听说我体重合格的消息之后,他马上吐出了嘴里的食物。那次是我在短时间内减重最快的一次。

第二天,我以6比2和13比1的成绩让迈克输得一败涂地。决赛的比分向我自己,也向整个摔跤队证明,我已经变成一个非常优秀的摔跤手了。大卫在163磅重量级比赛的决赛中输给了肯尼·蒙戴。蒙戴曾经三次在俄克拉荷马州获得全美最佳选手称号,而且他后来也在1988年奥运会上夺得了冠军。安德烈在149.5磅重量级比赛中不敌来自艾奥瓦州的三次全美大学生联赛冠军选手奈特·卡尔,卡尔最后在汉城奥运会上摘得铜牌。

我和布鲁斯·鲍姆加特纳是1988年奥运会代表队中仅有的参加过1984年奥运会的老将。教练吉米·汉弗莱说,如果我们不能在汉城奥运会上摘得五枚金牌,那就是失败。他觉得我应该能为美国队夺回一枚金牌。结果,美国队只获得两枚金牌,而我仅仅排名第六位。那届奥运会之后我就退役了,其实在奥运会结束之前我就已经放弃。

前五场比赛,我都打赢了,其中包括战胜了上一届世界冠军锦标赛的第二名、第四名和第五名选手。

我首场对阵亚历山大·南耶夫,之前在杜邦安排的那次荒谬的对决赛上我们俩也曾经较量过。这次尽管我的右膝在比赛中受了伤,我还是以 4 比 0 战胜了南耶夫。接着我又打败了赖纳·特里克,我们俩的比赛在离结束还有一分多钟的时候就中止了,当时我以 16 比 1 领先。

第二天,我遇到了波兰选手安杰伊·拉多姆斯基,我们俩在第一局打成了平手,但是后来我逐渐领先,最后以 8 比 1 打败了他。接着我在比赛开始 1 分 41 秒的时候制服了尼日利亚选手维克多·科戴。我先是 5 比 0 大比分领先,然后直接制服了他。同一天晚上,我又 5 比 0 的领先优势在开赛 2 分 02 秒的时候制服了东德选手汉斯·葛斯特纳。

在 1988 年奥运会结束的倒数第二天,也是我摔跤生涯的最后一天,我以 3 比 7 输给了苏联选手亚历山大·塔波茨耶夫。半决赛时,我的对手将是来自土耳其的内吉米·珍卡尔。当时我只输掉了一场比赛,还是有机会夺得金牌的。

但是我无法做到了,我不再想去争夺金牌。

我之前一直说,一定要用辉煌的胜利来结束我的摔跤生涯。这就是为什么在俄克拉荷马大学读大四时,我必须要在自己大学生涯的最后一年里夺得全美大学生联赛的冠军。但是那一天,我思考了很久,如果我这次不能获得冠军,该如何面对今后的生活?作为两次世界冠军的获得者,我发现只有一种情况比输掉比赛更糟糕。

那就是获得冠军。

曾几何时,为了夺冠,甚至只是为了得到夺冠的机会,我连性命都可以舍弃。

“决一死战”,对吧?

长久以来,我在毫无支援的情况下孤军奋战。而如今我找到了能为我提供支持的那个人,他却以此为代价夺走了我所珍视的一切。

这真的是得不偿失。

我不能为“狐狸猎手”运动队夺冠。我不能让杜邦因为自己队里培养出来一个奥运冠军而居功自傲。我不能再让他利用我了。

那个土耳其选手 14 比 0 战胜了我。我把胜利拱手让给了他。比赛过程中有很多次机会我都可以得分,但我直接就放弃了。我已经无所谓。这场比赛开始之前,我就已经放弃了。接下来我直接放弃了那场决出第五名和第六名的比赛,乘坐最早的航班飞回了美国。

媒体报道说,我是由于膝盖受伤而退出了比赛。我的膝盖的确是受了伤。但事实上,我的退出是为了表达抗议,对美国摔跤联盟的抗议,对整个体制的抗议。退出比赛,以及以0比14这样丢脸的大比分输掉比赛,就是我的抗议方式:这就是你们不支持我们的后果。这就是如今摔跤界的现状。

在我整个运动生涯当中,我都在思考如何能打败这世界上的所有摔跤手——在每一场比赛中创造"奇迹"。可当我站在世界之巅的时候,我才发现成为世界冠军与名列第二位之间其实根本就没有什么差别。我绝对不是一个心理脆弱的摔跤手,但我有个弱点:如果训练计划被打乱了,我就会变得不堪一击。我渴望一种稳定的生活,这是我取得成功的关键。我的父亲和大卫给我提供了这种稳定的生活。在加州大学洛杉矶分校训练的那段时间并不稳定。在俄克拉荷马大学的那段时间还算稳定。被斯坦福大学开除之后,我的稳定生活就被打乱了,因此我只能搬去了维拉诺瓦。

杜邦和"狐狸猎手"运动队都不是我所需要的稳定因素。如果我能在一个更加稳定的摔跤队里任职的话,我也许还会多拿两三个世界冠军。如果美国摔跤联盟每年能为我提供1万美元的补助,我就至少可以再战斗5年。我本来是可以做到的。我之前就做到了。

然而,像我这样优秀、有潜力、有斗志的摔跤手,却不得不沦落到要投靠杜邦之流来维持生计。"狐狸猎手"摔跤队几乎成了那些想要继续参加比赛的摔跤手们维持生计的唯一去处。只要杜邦能得到他渴求的虚名,只要美国摔跤联盟能得到急需的资金,我们所有的摔跤手都不会得到我们应得的东西:尊重,以及生存的平等机遇。

杜邦一直以我的名义在摔跤界赚取权力和荣誉。如果我获得了金牌,他在摔跤界的地位就更稳固了,大家也只会相信他就是个大慈善家。那样就是在撒谎。

杜邦曾经说,他会帮我解决所有经济上的难题,我只要集中精力摔跤就可以了。可他当时并没有告诉我,清除所有的经济障碍之后,取而代之的会是一个更大、更难以逾越的障碍——他本人。我受不了大家将杜邦看做表率,看做一个优秀的领导者。他两者都不是。他之所以要花钱让别人对他作出他极度渴求的高度评价,这背后肯定是有原因的。

那天他在更衣室里威胁我,要毁掉我的摔跤事业。他最后真的做到了,这个混蛋。

我不能再给予他极其渴望的荣誉了。我不能再这样做。我已经受不了了。

我为了如今的成就奋斗拼搏了 27 年,眼下,我回击的唯一方式,就是放弃自己无懈可击的防守,举手投降。

第15章

新的家乡,新的生活

我后来再也没有参加过摔跤比赛。我获得过一次奥运冠军和两次世界冠军。再也没有其他美国选手取得过如此辉煌的成绩。我拿到四次美国公开赛的冠军,三次全美大学生联赛的冠军。但尽管如此,我还是感觉自己的潜能没有充分发挥出来。

我真希望自己是个苏联人,因为苏联的优秀摔跤手们都是拿着薪酬进行训练和比赛的。他们不用为了生计而奔波,因此可以专注于自身的发展。他们当然也不用依附于像杜邦这样的人。

大卫那时仍然在威斯康星大学,他也退役一年,前去担任美国摔跤联盟国家队教练。国家队教练是一个没有薪酬的职位,通常任期只有一年,这样让更多的教练有机会在国家队执教。不过,我觉得大卫任职一年之后想要继续留任的话,他还是有足够的影响力促使美国摔跤联盟留用他。

奥运会后,我一直打算要离开"狐狸猎手"庄园,但是从汉城回来之后,"狐狸猎手"庄园确实给了我一件宝贵的东西:一个藏身之所。一想到自己的摔跤生涯就这样结束了,而且还并没有充分发挥出自己的潜能,我就特别沮丧。我想要离开"狐狸猎手"庄园,远离杜邦这个人。但与此同时,我又想去一个不需要面对任何关于 1988 年汉城奥运会问题的地方。在经历过重大的比赛失利之后,我一般都会躲着不见人。在我人生最大的失败之后——我也知道这是我最后的一次比赛失败——我都不知道自己到底想藏匿多久。我让我的女朋友到庄园上来陪我一段时间。

杜邦有我住所的钥匙,经常不请自来。我根本就没有什么隐私。我女朋友搬来大约一周后的一天,杜邦不知道为什么突然又情绪激动起来,他拿着一把枪就冲进了我的房间,用枪口指着我们俩。我女朋友吓坏了,我跑过去护住她。我不害怕杜邦,也从来不会被他的威胁吓倒。他只是一个非常懦弱的人,不断挣扎着想要寻求自信和自尊。

后来杜邦离开了,不久又拿了一盘录影带回来。

"我有东西要给你看。"他说着就把录影带插进了录像机里。

画面里是一辆监控车,这辆车可以向窗户上发射一束激光,然后通过窗户的震动,监听屋内人们的谈话。我和我的女朋友就坐在那里看着。这真是太奇怪了,杜邦好像是想用这种方式来警告我,不仅我们在庄园上没有隐私、没有安全、没有自主权,而且我们俩也去不了别的地方。不过我知道,这又是这个懦夫发出的一个空洞的威胁而已。

当时我就决定要赶快在年底之前搬出去。

有一次，我去大办公室的时候，看到有一位杜邦的亲人在那里。我觉得那应该是杜邦的姐姐。我正和她聊天，杜邦走了进来。杜邦对他的姐姐非常殷勤，好像还给她拿来一些吃的。她却狠狠地瞪了他一眼，毫不客气地说道："算了吧，杜邦，你收买不了我的。"

我觉得她是想提醒我，杜邦是个善于用钱收买人心的人。

杜邦一直都想把自己打造成一个慈善家的形象，但事实上，他花钱给别人买东西都是为了他自己。他之所以愿意掏腰包，一般都是因为这能够给他带来名誉或者赞许罢了。他极其自负，总是想不劳而获。

他让维拉诺瓦大学用他的名字来命名体育馆和游泳中心，虽然他根本就没有遵守要给予全资赞助的承诺。他给附近的克洛泽·彻斯特医疗中心捐了一笔钱，于是那里的急救中心就以约翰·E.杜邦的名字命名，他的名字也因此被醒目地挂在中心大门口。这样公众就知道他做出了这些捐助。

但是我记得，有一次，一位女士私下里问杜邦，她能否带一群孤儿到庄园上的游泳池里活动。杜邦拒绝了，他说："我们不能让生来什么都没有的人到这里来看有钱人是怎么生活的。"

我住在庄园上的最后一段时间里,庄园上的气氛越来越僵,情况也越来越糟糕。当印着我的照片的"狐狸猎手"摔跤队海报制作出来之后,杜邦让我在一张海报上签上名字,然后把它挂在厨房的墙上。我在上面写了几句夸赞杜邦的话,可我觉得他根本就不配。后来有一天,我把这张海报从相框中拿了出来,换上了一张没有签名写字的海报。杜邦告诉我,他早就发现我换过海报了,但他什么也没有说,因为他知道我为什么要这么做。然后他把这张海报也从墙上摘了下来,放在厨房的桌子上,让我在上面写:献给我的导师和教练。

我拒绝了。这真是天大的谎言。我宁愿在那张海报上写上一大长串我讨厌的人的名字——至少这都是真话——我也不愿意撒谎,把他称作我的导师和教练。

同时,在我和杜邦的一次交谈当中,他给我讲了一件我之前从来没有听说过的事情。

当时我们俩都在厨房,杜邦主动提出要给我做一个三明治。

"好的。"我说。

"我要给你做个三明治。"他说。

他一边在厨房里忙活着弄三明治,一边不断重复说他要给我做个三明治,好像这是件很了不起的事情。

在我吃三明治的时候,杜邦说:"你知道吗,马克,在我小的时候,我有一次去骑马,那匹马把我摔了出去,我一下子跨坐在围墙上。我的睾丸因此受了感染,医生最后只能把睾丸切除。我现在是植入塑料的假睾丸,而且每天还要注射睾丸素。有时候我会忘了注射。”

在杜邦讲述这件事的时候,我一直盯着他的眼睛。很罕见的是,那次我在他的眼神里并没有发现欺骗或者是别有用心的眼神。我能看出来,跟别人谈起这件事情让他感到非常痛苦。在某种程度上,我觉得自己很荣幸,因为他肯跟我谈起这件事情。

我相信这件事情是真实的,因为这样我就一下子理解了此前杜邦的所作所为。在他身上,既可以看到男性特征,也可以看到女性特征。而且他有时候的行为也有些女性化。他的头发非常浓密,性格非常情绪化,而且缺乏自信心。也许这就是为什么他会酗酒。我想这一定是个让人很难接受的事实。第一次,我真的非常同情杜邦。

那时候,有传言说杜邦是同性恋,而且这种传言在大卫遇害之后更甚。我也曾怀疑过,但是在维拉诺瓦大学任职期间以及住在庄园上的那段时间里,我从来没有发现任何杜邦是同性恋的证据。据我所知,他并没有跟任何男性有过亲密的关系。

不过,杜邦身边也没有太多女人。我记得他有过一个女朋友,此人平日里的行为举止,给人感觉是想要利用杜邦的财力来让自己成为一个电影明星。她非常高兴杜邦对摔跤有兴趣,这样周围就都是那些体格健美的男性。除此之外，我从来没有发现杜邦跟哪个女人来往密切。

他曾经告诉过我，他结过婚，然后又离婚了。

1983 年，杜邦曾经与一个职业理疗师有过一段短暂的婚姻。女方并不像杜邦那样有钱有势。他们的婚礼安排从头到尾都是杜邦的风格，到场宾客有 500 人，请来了整齐划一的鼓乐队，还有焰火表演。但是这段婚姻仅仅维持了几个月。

虽然女方在婚前签署了婚前协议，她还是把杜邦告上了法庭。最后庭审达成的协议并没有公开，但是那次离婚案件揭露出来的一条令人关注的信息是，杜邦的身家估计为 4 620 万美元。这听起来已经很多了，但是 1987 年《福布斯》杂志刊文披露杜邦的身家是 2 亿美元。

多年以后，他的这位前妻披露了很多她与杜邦一起生活的那段时间里，杜邦的一些奇怪的行为和虐待她的行为，包括杜邦严重酗酒，把她扔进壁炉里，差点儿把她从汽车上推下去，还拿刀威胁说要杀了她。她说有一次，杜邦拿枪指着她的脑袋，说她是苏联间谍，还说苏联间谍都要被枪毙。

当我决定要搬走之后，我给大卫打电话，问他能否到宾夕法尼亚州来帮我打包，并且收拾一下我寄存的东西。那天下午晚些时候，当我站在门廊上的时候，杜邦走了过来。

“大卫要来了。”我告诉他。

杜邦突然莫名其妙地变得非常愤怒。

“你们两个现在要合伙来对付我一个人了，是吗？”他朝我大喊。

“不是的，我只是想见见大卫。”

“好吧，小子，”他说，“这么说来就你一个人对我了。”

我还真希望有这样的可能。

“你要跟我单挑吗？”我问道，“来吧，我会让你脑袋开花的。”

杜邦马上就被吓跑了，不一会儿又回来跟我说：“你刚刚给我上了一课。谢谢。”说完又马上转身离开了。

我不知道我让他明白了什么。但是我就这样站在门廊，感觉心情很低落，因为一开始决定加入“狐狸猎手”运动队就是个极大的错误。

第二天，大卫来了。杜邦和他的律师马上叫大卫去大宅子那边去见他们，而且不让我陪着。我很气愤，因为杜邦和他的律师在我还没有来得及跟大卫说话之前就把大卫叫走了。

从大宅子里回来之后，大卫就显得有些心神不宁。他告诉我，他不想让我离开杜邦，因为他还在从杜邦那里领薪酬。根据之前我和杜邦之间的协定，只要我们两个人当中有一个人在他的运动队里效力，他就会给我和大卫支付同等的薪酬。然后大卫又建议我在离开之前，给杜邦签一张海报。我很不愿意这样做，但还是为了大卫而屈服了。我已经不记得我当时在海报上写了些什么。

那天晚上在小屋里，大卫想跟我谈谈，但杜邦要求大家都必须睡觉。第二天早上，我的钱包不见了。当我把所有的信用卡都挂失了之后，杜邦拿着我的钱包出现了，他说是他的秘书维克多在一个房间的地板上发现的。可他所说的那个房间我已经彻底检查过了。我觉得是杜邦故意给藏了起来，就是为了不让我按时离开，或者想要看看我在离开之前打算做些什么。

大卫回威斯康星州去了，我也把最后的行李都打包完毕。杜邦让他的保安主管看着我打包离开，以防我偷拿任何东西。当时是 1988 年 12 月，在庄园上住了一年之后，我想要赶快离开宾夕法尼亚州，赶快离开约翰・杜邦，永远不再回来。

杜邦这个魔头夺走了我的一切，包括我小时候曾经失去、后来辛辛苦苦努力争取来的幸福。我坐上车，猛踩油门，疾驰而去，在他别墅前的草坪上留下一道长长的车辙。

离开“狐狸猎手”庄园之后，我也不知道接下来该去哪儿。在我开车西行的途中，我很想去找韦恩・鲍曼，因此就想去科罗拉多州的斯普林斯。当时我跟鲍曼还不是很熟，但我对他已经是久仰大名。所有优秀的摔跤手都知道韦恩・鲍曼这个人。

他是科罗拉多州斯普林斯美国空军学院摔跤队的主教练。同时斯普林斯也是美国摔跤联盟、美国奥林匹克训练中心,以及国家柔道协会的所在地。因此,这个城市似乎是个很适合我的地方。

在我出生的那一年,韦恩就在俄克拉荷马大学摔跤队训练了。他获得过一次全美大学生联赛冠军,三次被评选为全美最佳选手。作为一名业余摔跤手,他获得了16次全国冠军,在他参加的25次全国比赛中,排名一直都是前三位。他还参加了三届奥运会和八届世界冠军锦标赛。

不到一年之前,韦恩接管了美国空军学院的摔跤项目。他还是个非常厉害的长跑运动员,每天早上都要慢跑五英里,他还参加了几次一百英里长跑比赛。

韦恩当时正好刚写了一本书,题目是《赛场内外的摔跤世界》,与杜邦那本书的题目非常相像。但是拿韦恩的书与杜邦的书比较,就像是拿韦恩的个人品质与杜邦的人品比较:前者都要强出百倍,而且两者截然不同。韦恩是一个充满力量和阳刚气息的人。

当被问及对韦恩的看法时,我第一个想到的词就是"敬重"。几乎摔跤界里的所有人都很敬重韦恩,将他看做是正直的典范。

我主动提出要在美国空军学院给韦恩当助手,并且从他那里买下一栋小房子。韦恩永远都不知道,正是因为他允许我留下担任他的助理,才帮助我慢慢地恢复过来,回到了离开帕洛阿尔托去维拉诺瓦大学任职之前的精神状态。在科罗拉多州斯普林斯市，我终于过上了正常的生活，这也让我进一步认识到杜邦之前是如何把人玩弄于股掌之上。我感觉自己仿佛是从可怕的邪教当中逃出来一样。

有一天，我在家看电视，探索频道正好在播出杜邦花钱来给自己量身打造的纪录片。镜头里都是杜邦在做各种教练的常规动作，比如教小孩子一些简单的摔跤动作，或者在运动员们训练的时候吹哨子。纪录片的最后，是我站在 1987 年世界冠军锦标赛的领奖台上，弯腰接受被戴在我脖子上的金牌的画面。画面里，就在我站直身子的那一个瞬间，"约翰 · 杜邦传"这几个字就醒目地出现在屏幕上，正好盖住了我，仿佛他才是我获得金牌的原因。这几个字特别大，我根本就看不见自己的脸。看见这一幕，我感觉非常恶心。

他终于把一切都占尽了，我想，他毁了我的事业，然后爬上了美国摔跤联盟的顶端。

但是他不会在那个位置上待很久的。我相信，摔跤界的所有人都知道，杜邦根本就不属于这项运动。他除了钱，什么都没有，不过他的钱帮他买来了时间，他可以一步一步地爬上美国摔跤联盟和国际摔跤联合会的政治阶梯。尽管美国摔跤联盟和《业余摔跤新闻》将"年度先生"奖项颁给了杜邦，大部分的摔跤手却非常鄙视他。如果不是他自己慢慢对这项运动失去了兴趣,他们肯定会把他赶出去的。就算是杜邦自己也不想在一个所有人都厌弃自己的运动圈子里继续待下去。奇怪的事情是,我觉得摔跤界已经是对他最包容的一个圈子了。

我内心对杜邦的憎恶极其强烈,加上看到那部纪录片的缘故,我竟然在 1989 年产生过杀死他的念头。从小到大,我所接受的教育是,在通往成功的道路上,我们要努力工作、做出牺牲、忍受痛苦、诚实坦然,不要走捷径。而看着杜邦在摔跤界越来越有权势,我意识到之前接受的那些教育都是骗人的。摔跤界的人伸手接受杜邦的资助,代价就是满足杜邦的所有要求。杜邦最大的能力就是他能够满足每一个人的要价。当我看到在他自己花钱制作并播出的纪录片里,他的名字遮住了我的影像时,我的情绪低落到极点。这最后一次提醒我,他利用我的痛苦和不幸来获取名誉与权势,然后又毁掉了我的事业。我要报仇。

我买了一个小型的十字弩,然后在一根棍子上放置了一个塑料牛奶瓶,把这个牛奶瓶想象成杜邦的脑袋。我不断地练习,最后在离目标有 50 英尺的地方,我都能打中。我知道,躲在杜邦大宅子前的几丛灌木后面,到他经常拾级而上的私人车道,差不多就是 50 英尺。

我打算卖掉一些身家,退出摔跤队,开车去纽顿广场,为了不留下住旅店的收据,不被别人看见,就在车里睡一夜。然后跑去躲在大宅子外面的灌木丛里,等着杜邦出现。

等着他上阶梯的时候,我就一箭射中他的脑袋。当他倒在台阶上的时候,我就会镇定地走到他身边,让他在临死之前知道,是我杀死了他。但我也要小心,不能走得离他太近,以免粘上他的血迹。看见我抓住另一支箭,他就会为了活命而跟我求饶。他会非常诚恳地向我道歉:“对不起,一切都是我的错!求求你!兄弟!不要杀我!不要杀我!求……”

去死吧!

他每次求饶,我都会再射他一箭,直到最后一箭要么直接插入咽喉,要么插入一只眼睛里。

如果我被逮捕去接受审问,我就说我去组织摔跤训练营了,以此来作为我的不在场证明。然后我会开车一路逃到巴西,改名换姓,找个巴西女人结婚生子。这样,作为一个巴西人的父亲,我就可以不被遣返了。

我和大卫一直保持着联系。他决定退役一段时间,在我来到科罗拉多州斯普林斯市几个月之后,大卫打电话告诉我,他打算要辞掉在威斯康星大学的助理教练职位。

“杜邦给我打电话,提出让我去‘狐狸猎手’运动队当教练,”他告诉我,“我认为我应该接受这份工作,并且重新准备开始参加比赛。”

“好啊,”我说,“但我觉得你根本就没意识到这是自找麻烦。既然你已经决定要这么做了,那就一定要把你和杜邦之间的约定白纸黑字写下来，尤其是你的工作职责以及你在整个指挥链条当中的地位，一定要详细地写下来。否则你就完蛋了。”

就在我和大卫谈过之后不久，杜邦打来电话告诉我，大卫已经接受了这份工作，而且他不会违背之前我和他之间的协定。

“我会给你支付跟大卫一样的薪酬——不多不少。”杜邦告诉我，“你们俩的职权也是一样的，都是‘狐狸猎手’运动队的教练。”

所以，尽管我已经离开了，杜邦每年还是会给我支付4万美元的薪酬。更重要的是，我还能享受到医疗保险。

我担心大卫搬到“狐狸猎手”庄园后就会像我之前一样遭到杜邦对他事业上的打击。实际上，对大卫来说，住在庄园上并不像我所说的那么难受，因为他有我之前所不具备的两大优势。

首先，大卫已经成家，有家人在身边支持他。当时，大卫和南希不仅生育了儿子亚历山大（以苏联摔跤界传奇人物亚历山大·梅德夫的名字来命名），还有了一个女儿，取名丹尼尔（用丹·查得的名字来命名）。

第二大优势是，大卫搬到庄园上去的时候，已经有很多其他摔跤手都在“狐狸猎手”庄园居住、训练了。杜邦利用我的名气和成就为摔跤队打响了名号，吸引了很多优秀的摔跤手，壮大了摔跤队伍，其中就包括像大卫、查得、罗伯·卡拉布雷泽、大卫·李、瓦伦廷·乔丹诺夫这样的顶级摔跤手，以及格雷格·斯特罗贝尔和吉米·汉弗莱这样优秀的教练。

至少对大卫来说，庄园上有这么多其他的摔跤手，就可以分散杜邦的注意力了。大卫只有在杜邦来观看队员们训练的时候才用跟他打交道，而杜邦也不是每天都会到训练场上来。

在“狐狸猎手”庄园，大卫可以有很多的训练伙伴，例如凯文·杰克逊（之后曾获得过奥运金牌）和罗西·阿尔杰（曾两次获得过全美大学生联赛的冠军）。除此之外，他还经常与新来的摔跤手们较量，总之，他随时可以找到训练对手。

1989 年，我曾去庄园上看过大卫。他似乎过得很不错。他和南希以及两个孩子住在一座三层的房子里——大概有 2 500 平方英尺——离大宅子比较远，足足有 1 英里的距离。一整片 800 英亩的庄园一隅事实上就成了他们自己的后院。附近还有一片森林，大卫可以去打猎。大卫特别喜欢枪，也很擅长处理打猎捕杀回来的鹿，制成肉排和肉干。

杜邦在练习五项全能运动的时候就已经在庄园上修建了一座体育馆，里面有一个奥运会标准尺寸的游泳池，周围是杜邦参加五项全能比赛画面的陶瓷壁饰。就在这座体育馆的旁边，杜邦又修建了全国最大的摔跤场地。“狐狸猎手”国家训练中心占地 14 000 平方英尺，耗资 60 万美元建成。整片摔跤场地上铺着三块最大号的“萨内基”牌垫子——与奥运会上使用的垫子品牌相同。里面还有教练办公室、浴室、更衣室、训练室以及一个观影室。我从来没有见过设备如此先进且完善的摔跤体育馆。

杜邦的办公室在场馆的另一端，与其他办公室距离较远。办公室大门上有一块饰板，上面刻着“鹰巢”这两个字。办公室里面有一张桌子和一张很大的圆床。圆床下方都是木条，让这张床（巢）看起来就像是由鹰筑起来的。杜邦喜欢别人叫他“鹰”，因为他总是把自己称作“美国金鹰”。

尽管与韦恩·鲍曼一起共事使我恢复了比较好的精神状态，但是科罗拉多州斯林普斯市并没能为我提供我所希望的那种稳定的环境。在那儿待了一年之后，美国空军学院还是没有像我之前所期待的那样聘请我为全职教练。每天我都是在义务工作，自己的积蓄也快要花光了，而且每天上下班路途远，耗时多。美国摔跤联盟也不想聘请我到总部去工作。

当时我感觉很孤独，于是就为了一个女人搬去了阿什兰。

这个女人名叫克里斯蒂。1985 年世界冠军锦标赛结束之后，我去阿什兰的一家酒吧，在那里认识了克里斯蒂。在我们认识之前，我仅仅从朋友们那里得知，她是南俄勒冈的一名摔跤助理教练。不过他们还为我描述了一番她的外貌特征，我也特别想见见她。当时我没有钱和她结婚，只能离开她，回到斯坦福大学继续工作、训练。

1989 年，我和克里斯蒂结婚了。我们买了一辆房车，装上所有的家当，开车去了犹他州。因为我看到消息说，犹他州帕克城有最棒的垂直坡度滑雪场。我们在那里的滑雪场玩了几周，然后开车向南，来到大约一个小时车程之外的普洛佛。这个干净的小镇立刻就把我们俩给吸引住了。我们在那儿停了下来，遇到的人也都非常友好。我们把房车停在舒伯科停车场，然后去了杨百翰大学。

在大学校园里停下来之后，我被眼前群山高耸的风景给震惊了。这是在俄克拉荷马大学绝对看不到的美景！大学校园里比市镇上还要干净整洁。在我踏入大学校园的那一刻，我就决定要在普洛佛定居下来。

我跟迎面走来的第一个人打听体育馆的方位。问好路之后，我又问他为什么到杨百翰大学来读书。

“其实，我是来练习摔跤的。”他说。

一开始，他极力地想向我夸耀自己，说话的口气就跟自己真的是杨百翰大学摔跤队的成员一样。后来我跟他介绍了我自己。一听说我就是要去摔跤训练场，他似乎有些难为情了。后来我在摔跤训练场看到他参加校内的摔跤比赛。

摔跤训练场位于史密斯室内运动场，在去那儿的路上，我在运动场和理查德大楼之间发现了一头黑尾鹿。

“这是世界上最棒的大学校园了！”我心想。

此后，在我任职于杨百翰大学的 11 年里，我再也没有在校园里见过黑尾鹿了。

那天，我突然想到了一个好主意，在校园里找到一本介绍摔跤队的小册子，翻看里面的图片和教练艾伦·阿尔布莱特的相关信息，了解一下他那里最优秀的摔跤手有谁。这样等我见到他的时候，就可以像老朋友似地跟他说，“嗨，艾伦，瑞克·伊万斯最近怎么样？”

当时摔跤队出去旅行了，等他们回来之后，我终于见到了艾伦，并表达了我想在那儿训练的愿望。他不仅同意让我在那儿训练，还给我找了一个储物柜和一套训练服，并允许我使用称重室。我和艾伦一见如故，成了一辈子的好朋友。

我在那儿训练了几次之后，艾伦对我说，他打算过几年就辞去大学教练的职位。他说他可以帮我树立威信，等他离开后，由我接手他的工作。想到自己有可能成为一级摔跤项目的主教练，我感觉自己的梦想就要成真了。

1991 年，我正式成为助理教练。1994 年，艾伦从大学里辞职，转而去普洛佛南部的一所高中当教练，于是我就成了主教练。

犹他州同时也见证了我人生中四个非常重大的场合。我的儿子和两个女儿先后在这里出生。而且,我是在这里正式成为摩门教徒。

在来到普洛佛之前,我对摩门教有先入为主的偏见。但是阿尔布莱特教练并没有对我进行说教,而是用他行事做人的实际行动来向我证明我思想上的错误。

之前,我曾经参加过拿撒勒会教堂仪式,但是并没有留下什么好的印象。自那之后,我就不属于任何一个宗教派别,并下决心与任何声称自己才是正统教徒的人势不两立。我并不相信所有的教派都是正统教派,因为他们相互之间有些信条都是矛盾的。

在我来到杨百翰大学一段时间之后,艾伦告诉我,摩门经是耶稣基督后期圣徒教会的奠基石。他说摩门经上所说的都是真理,然后我就会反驳他,而艾伦每次都能对我的质疑作出回应。

我会对艾伦和杨百翰大学摔跤队另外一名助理教练科里·维奇提问发难。我的一个朋友给我找来一些批判摩门教的文学作品,而艾伦和杨百翰大学的一位英语系教授皮特·索伦森就给我指出这些文学作品中的荒诞之处。

我所有的疑问都得到了解答,而我所听闻的诟病摩门教的传言也被一一否定了。然后有一天,艾伦告诉我说,耶稣基督后期圣徒运动的发起人约瑟夫·史密斯是一位摔跤运动员。我心想,如果这是真的话,我倒想读一读摩门经。我研究了相关资料,发现这的确是真的。而且在我的研究过程中,我发现他在比赛中从来没有输给任何人。

1991 年 9 月 22 日,艾伦为我做了洗礼,我成了摩门教徒。

1993 年的一天,我正坐在普洛佛的家中,一个陌生男人打来电话:"世界上最优秀的柔道运动员到镇上来了。你想要跟他较量一下吗?"

我听说过柔道,但是却一点儿也不懂这项运动。我以为这通电话是有人在跟我开玩笑。

"比赛规则是什么?"我问。

"没有规则!"他说。

我意识到这个人不是在开玩笑。我想:"如果没有规则的话,我们岂不是要把对方往死里摔?这难道是一场生死搏斗吗?"

我不能在这个挑战面前退缩。

当时正值 1993 年全美大学生联赛前夕,我只能在我们摔跤队比赛结束后才能见到这位柔道运动员。

"让他下周四到杨百翰大学摔跤训练场上来。"我告诉打电话来的那个人。

接下来那一周我一直很紧张。当时我正在攻读硕士研究生,却根本没有办法集中精力完成作业。我没有把这件事情告诉其他人,但是到了比赛那天,训练场上却集聚了一小拨人,有些人手里还拿着摄像机。

我最先看到的是艾伦正在垫子上跟一个人摔跤。那个人看起来就像是电影《对决》中走出来的角色,他把脑袋前半部分都剃光了,后面的头发则很长,编成了一个小辫儿。当时艾伦抓住了他的双脚,而他则抓住了艾伦的臀部,脚下与艾伦不停地周旋,想要用脚绊倒艾伦。

我心想:"如果就是这种招式的话,也没有什么了不起的。"

当大家看到我走了进来,场上的较量就马上结束了。

那个人站起身,朝我走过来,介绍自己名叫雷克森·格雷西。

"你就是要跟我较量的那个人?"他问道。

"是的,就是我。就是跟你过招,是吗?"

"是的,就是我。"他说。

这样我们彼此都确定了对方就是"那个人"。

雷克森是一位巴西柔术专家,有着摔跤运动员特有的那种开花耳朵。看到他的耳朵,我就知道他一定很厉害。

他解释说:"我一般都是靠手肘、膝盖、拳打、脚踢来战胜对手的,但是今天这些招式我们都不用。我们要抓住对方,把对方制服,掐住对方的脖子,直到其中一个人认输为止。"

"哦,太好了,今天不会出人命了。"我心想。

我很满意这种规则。

雷克森站在我面前，并没有摆出任何姿势。

“来啊。”他说。

我马上发起攻击，将他击倒，实施摇篮式抱摔，并大概保持了 20 分钟。我很好奇，他怎么肯就这样让我给打倒了。

我并不知道任何柔术制服招式，只能临场发挥了。当我住在科罗拉多州斯普林斯市的时候，我曾经与美国国家柔道队一起训练了两周。据此，我知道在柔术中要收紧自己的下巴和手肘。不过我也就知道这些，因为柔术中的制服手段都是摔跤比赛中禁用的。

我的手臂没有力气了，雷克森趁机摆脱了控制，并对我实施了各种窒息以及锁臂招式。接着，他使出了摔跤中称为“三角形”或“4 字抓摔”的招式，我没办法脱身，当他切断我的氧气供应之后，我只能认输。

坐在赛场边观看比赛的摔跤手们都在嘲笑我。如果不是我刚刚缓过气来，我早就冲到赛场边教训他们了。

“我们能再来一次吗？”我问雷克森。

这一次，我又是在前 20 分钟里占据上风，把他压在身下。但是这段时间非常耗体力，我渐渐体力不支了，让雷克森又一次反击成功。作为一个摔跤手，我的第一反应就是俯身倒下去，这样我就不会被彻底制服。他立刻抬起我的下巴，使出一招“后方赤裸阻”，又一次让我窒息认输。

雷克森告诉我，我是他所遇到的最厉害的对手了。他还开玩笑说，如果我去学习柔术的话，他就可以退休了。

那天，虽然感觉很丢脸，但我还是学到了很重要的一课。由于柔术制服招式是违背全美大学生联赛和奥运会比赛规则的，因此我也从来没有练习过。摔跤运动的比赛规则使我专注于健身及压制对手，却没有给我提供动机去学习使对手屈服的招式。我选择摔跤运动并不是为了去打赢各种比赛。我选择摔跤运动是因为我相信这是最厉害的武术。而雷克森让我意识到，还有很多更厉害的打架招式，我必须要去学习。

当时自汉城奥运会结束已经有五年了，而这五年里，我一直都心情抑郁。我的生活需要改一改方向了，而柔术就是一条不错的道路。摔跤运动中的压制和健身是任何其他武术望尘莫及的，如果将摔跤与柔术中的制服技术结合起来，那就会创造一种比这两种武术都更厉害的武术形式。

佩德罗·萨奥尔是雷克森的一个学生，他在普洛佛开设了一家巴西柔术俱乐部，雷克森就是为此俱乐部而来的。佩德罗很聪明，很灵活，技术也无可挑剔。对我来说，他就是最完美的教练人选。

第 16 章

“狐狸猎手”庄园上的风波

当我在犹他州经历那些改变命运的重大时刻，大卫的摔跤事业却充满了失望、伤痛以及痛定思痛。

1988 年奥运代表队选拔赛中，大卫败给了肯尼·蒙戴。之后，大卫暂停比赛一年，去担任美国国家队的教练。1989 年赛季，大卫又重新出战，当时肯尼在自由式摔跤领域的事业正是如日中天。

大卫与肯尼在赛场上都把对方看成是非常强劲的对手，但同时他们也都非常尊敬彼此。当肯尼获得汉城奥运会金牌的时候，大卫把他举到肩上，带着他绕场一周，庆祝胜利。

也许 1991 年第比利斯赛最能显现出大卫在国际上的知名度。他曾在 1987 年获得第比利斯赛的冠军，从来没有美国选手获得过两次第比利斯赛冠军。

苏联的摔跤观众都特别喜欢大卫。美国自由式摔跤国家队现任教练齐克·琼斯在 1991 年的时候担任第比利斯赛美国队的教练。他告诉我，大卫在最后的决赛中与一名苏联选手打成了平局，但是裁判把冠军判给了那名苏联选手,因为大卫由于肩膀受伤,在比赛中一直处于被动防守的状态。

得知这一结果之后,观众们愤怒了,纷纷朝赛场上扔东西起哄。举办方花了好几分钟才控制住了局面。裁判们只能再次协商重判,最后宣布他们两个人都是冠军。尽管一开始赢得冠军的是他们自己的同胞,苏联观众还是对这个决定大声欢呼起来。齐克说他感觉自己眼前就是《阴阳魔界》中的场景。我后来得知,这是第比利斯赛唯一一次同时给同一个重量级别的两位选手颁发并列冠军。

在 1991 年世界冠军锦标赛代表队的选拔赛中,肯尼再一次打败了大卫。那次比赛失利之后,不想再经历减重折磨的大卫决定上调一个重量级别,参加 180.5 磅重量级比赛,并决定再次出征奥运会。更换了比赛的重量级别之后,大卫就不断地在训练中受伤,而且新的重量级别是美国队实力最强的级别之一,其中选手包括卫冕世界冠军凯文·杰克逊、罗伊斯·阿尔杰,以及梅尔文·道格拉斯。道格拉斯在那一年之后,连续获得了四次美国全国比赛的冠军。上面所说的这四个人都有可能在即将到来的奥运会上夺得奖牌。

大卫打赢了第一场比赛,但是却输给了道格拉斯,无缘前三强。最后杰克逊进入了美国代表队,并且在巴塞罗那奥运会上获得了金牌。

1992 年夏天,大卫已经 33 岁。他并不是那种在职业生涯中错过很多东西的摔跤手，但是对于这个年龄段的摔跤手来说，公众还是认为大卫已经没有机会再参加奥运会了。

然而，大卫的决心反而更坚定了。他把目标瞄准了1996年在佐治亚州亚特兰大举办的奥运会。大卫减重又回到了163磅重量级别，肯尼·蒙戴已经退役了，大卫成为美国顶级的摔跤手。他获得了全国比赛总冠军，并在世界冠军锦标赛中名列第二。1994年，他又获得全国比赛冠军以及世界杯冠军，并且在友好运动会上位居第二。1995年，他连续第三次获得全国比赛总冠军，这已经是他第七次拿到全国冠军了。那年，他还获得了他的第五个世界杯冠军。

大卫的东山再起至今还被人津津乐道。36岁的时候，大卫的表现还是很好，公众都认为他很有可能在距离洛杉矶奥运会上兄弟俩各摘一枚金牌12年之后，再一次获得奥运会奖牌。

就在大卫的职业生涯蒸蒸日上的时候，"狐狸猎手"庄园的气氛却越来越古怪。我从大卫、我的好朋友丹·查得以及庄园上其他摔跤手那里听来的故事越来越让人摸不着头脑了。大卫被枪杀了之后，媒体开始关注杜邦过去的种种行为。于是我听到了更多古怪的事情，非常详细地描述出大卫的行为已经变得极度异常了。

杜邦坚信大宅子里有鬼怪和间谍,于是找来一个巫师,要让宅子里的鬼怪现形。他感觉房子里到处都有间谍在监视他,所以让工人把墙壁和地板都仔仔细细地查了一遍。根本就没有间谍的踪影,杜邦还是一口咬定有间谍,于是就把大宅子里所有的柱子和墙壁都用X光检查了一番。

他还称自己看见过纳粹间谍藏在树顶上,于是就让一群摔跤手去树顶搜寻。他还坚信敌人要通过大宅子的地下通道来害死他。

杜邦下令把训练中心的跑步机都搬走,因为他相信跑步机上面的时钟会把他送回到过去。他命令一个摔跤手摘掉头上的棒球帽,因为他坚信那顶帽子正在向外输送某种信号。他把台球桌上的所有球都送去检查,因为他怀疑球里面藏着某种信号传输工具。

杜邦的一位亲属说,杜邦把自己称为“美国的达赖喇嘛”,如果谁不这样称呼他,他就不理会那个人。有时候,他还自称是保加利亚和苏联的主席。

他认为自己能和岩石交流,他告诉别人,大宅子里有一种装置,可以向人身上喷洒一种特殊的油脂,让此人立刻消失。他用枪疯狂地打死了一群鹅,因为他坚持说这些鹅要对他施魔法。

更早发生的一些事情也一一被曝光了。

20世纪80年代中期,杜邦曾经用炸药炸毁一窝新生的小狐狸,没有人知道他究竟是为了什么。1990 年,有人曾看见他双腿淌满了鲜血,问他出什么事了之后,他解释说自己看见有虫子钻进他的腿里,于是他就要把虫子挖出来,顺带着扯下大块的皮肉。

杜邦有一辆坦克,上面并没有装载任何武器。他很喜欢开着这辆坦克在庄园里到处转悠。1984 年圣诞节期间的某天晚上,他开着坦克来到庄园上一个警察和他妻子的住所。途中他开过一小片树林,头部被树杈给划破了,血迹斑斑。他就这样醉醺醺地闯入别人家里,让警察的妻子去喊她丈夫“出来玩”。

但是那些站出来讲述杜邦这些奇怪行为的人们说,他们并没有想到杜邦会伤害任何人,更别说杀人。大家看见他的所作所为,也只是会觉得“杜邦这个人就是这样”,或者将此归咎于他酗酒或嗑药。杜邦的家人说,他们曾经很担心杜邦的心理问题,还劝他去找心理医生进行治疗。但是杜邦拒绝了,而且根据宾夕法尼亚州的法律,在没有本人同意的情况下,他的家人也无能为力。

尽管这已经是十多年之前的事情了,但是最近几年却又被传得沸沸扬扬。

就在大概一年前,我听说了一件几年之前就被曝光出来的事情,尽管当时我还在维拉诺瓦大学工作,却对此事毫不知情。1987 年 12 月,杜邦开车撞上了一名指挥交通的工作人员。他当时开得并不快,但是他撞到那个人的时候冲击力特别大,那个人先是弹起来摔在了林肯高级房车的车盖上,然后又滚落到地面上。杜邦告诉这个被撞的人说,他是范德比尔特大学摔跤队的教练,然后把他拖到了人行道上。我不太相信杜邦有力气拖动那个人。一位目击者说,杜邦在那个人身边待了几分钟,警察和医护人员都还没有来,他就含含糊糊地对那个人说了句“你会没事的”,然后就开车跑掉了。

杜邦一回到庄园,就立刻与查得、卡拉布雷泽,以及一个下属乘坐直升机去了费城机场,又转乘飞机飞去了威斯康星州。大卫在那里等着他们一起去参加某个摔跤比赛。杜邦下令所有人在去机场的路上都不许说话。坐上直升机后,他把刚刚发生的那件事情告诉了随行的那个下属,还说那个交通指挥员很可能被他害死了。他们在去威斯康星州的路上,杜邦的律师已经给南希打了好几通电话,让杜邦一到那里就马上给他回电话。在大卫、南希以及其他几个随行的人面前,杜邦再一次承认他开车撞了一个人。

杜邦、丹、罗伯以及那位下属当天晚上就坐飞机飞了回去。第二天在接受警方问询的时候,杜邦说他当时感觉那个人伤得并不严重,而他之所以会离开现场是因为自己要去威斯康星州。那个交通指挥员只是受了轻伤,在医院接受了一段时间的治疗之后就出院了,并没有起诉杜邦,而且还得到了一笔保险费。杜邦也只是被判轻微交通违规,罚款42.50美元。

现在回想起来,感觉那些年里杜邦真是非常幸运,总是差一点儿就向世人暴露他的本性,最后却化险为夷。如果他招惹了某个不肯善罢甘休的人,也许就会毁掉他的一切。但是杜邦有钱财、有人脉、有权势,能够向公众隐藏其自私、专断的真实面目。

当瓦伦廷·乔丹诺夫搬到庄园上来之后,"狐狸猎手"运动队的问题就越来越多。瓦伦廷是保加利亚人,他曾经是杜邦安排的那场对抗赛中的主力摔跤手。

瓦伦廷加入"狐狸猎手"摔跤队之后,他就为杜邦安排去保加利亚参加与退役摔跤手们之间的比赛,这些摔跤手们都是50岁及50岁以上的选手。杜邦常常飞到欧州东南部,出钱让那些保加利亚人故意输给他。有些摔跤手靠这种途径赚得的钱,甚至比他们参加一年合法的比赛赚得还要多。

一次比赛中,杜邦和一个保加利亚摔跤手正在进行一场特别表演赛。之前已经商定好最后要让杜邦获胜,但是那名保加利亚选手却在开赛之后的第一分钟里就大比分领先。而杜邦根本就没有办法从对手身上得分。后来这个保加利亚选手意识到自己很可能会赢,于是就自己面朝天倒了下去,自己制服了自己。裁判立刻吹哨,不知为什么,在场的突尼斯摔跤手都开始跟杜邦一起庆祝,用肩膀把他扛起来，带着他绕场宣告胜利。天知道，他也许还花钱收买了那些突尼斯人来跟他一起庆祝。

我之前从来没有听说国内有退役摔跤手比赛。我观看过一场退役摔跤手比赛，对当时场上的两个选手都深感同情，因为他们的动作已经非常缓慢而且不协调。我觉得杜邦是利用自己的影响力，在国内也举办了退役摔跤手比赛。而且听说他开始给退役运动员捐钱，我一点儿也不惊讶。这类比赛开始流行起来，越来越多的退役摔跤手又重新回到赛场。我在加州大学洛杉矶分校时候的教练大卫·奥博就获得了退役摔跤手世界冠军。

据我所知，杜邦非常想获得退役摔跤手世界冠军。他参加了几次比赛，但是都失败了。退役摔跤手比赛中时常有些重量级别是没有参赛选手的，为了获得世界冠军，杜邦就开始去参加比赛，专门报名那些没有选手参加的重量级别比赛，不管自己的体重是否符合标准。主办方从来不会阻止他这种行为，因为毕竟是杜邦出钱赞助他们举办这些比赛的。

约瑟·贝当古曾经邀请杜邦率领维拉诺瓦大学摔跤队去波多黎各参加比赛。后来杜邦与他成了朋友。约瑟曾与杜邦进行了一场暗箱操作的比赛，我觉得那次杜邦并不知道结果已经提前内定好了。杜邦最后好像以14比13的比分战胜了约瑟。大卫告诉我，约瑟简直就是他的英雄，因为约瑟有办法取悦杜邦。而只要杜邦高兴，庄园上每一个人的生活就会好过一些。

查得告诉了我一件在马里奥·萨勒诺搬到庄园后发生的事情,这件事情也被详细地报道过。当时,马里奥住在庄园新翻修出来的"老校舍"。马里奥是国际摔跤联合会最高级别官员。他是说服杜邦给国际摔跤联合会提供赞助的关键人物。同时,他也是奥运会摔跤比赛和世界冠军锦标赛上的首脑官员。1984年奥运会,在大卫摔伤南斯拉夫选手,而我弄伤土耳其选手的手肘之后,他曾经作为第四官员来监督我们俩之后的比赛。

马里奥搬到"狐狸猎手"庄园的决定让我尤为震惊。我到现在也不明白他为什么要搬到那里去住。马里奥是摔跤界最有权势的官员,却选择把自己置身于腐败的危险当中。杜邦喜欢用钱来试探别人是否愿意为了钱而放弃自己的原则,他以此为乐。对他来说这就像是个游戏一样。他坚信每个人都会为了钱而出卖自己。现在轮到马里奥接受考验了。

过了一段时间,杜邦发现,马里奥不仅想从他身上得到更多的钱来赞助国际摔跤联合会,也是为了一己私利。于是杜邦就决定不想让马里奥再待在身边了。

冬天的时候,杜邦不知为何开着一辆新的林肯大陆汽车冲进了庄园里的一个池塘。几天之后,杜邦开着另一辆林肯大陆在前门遇见了马里奥。马里奥说,他从摔跤手们那里得知杜邦开车冲进了一个池塘,还问为什么会发生这种事情。

“我来展示给你看，”杜邦告诉他，“上车，坐到后面去。”

马里奥上车后，杜邦先递给他一张回加拿大的机票，然后就一路开向那个池塘，穿过同一片树林，直冲池塘而去。就在快要开进去的时候，杜邦从车里跳出来，转身回大宅子去了，把马里奥一个人扔在后座上。后来马里奥也想办法从车里出来了，并回到了摔跤训练场。他显然是被吓坏了，把刚刚发生的事情告诉了大家。当时马里奥已经全身湿透，脱下裤子后，可以看见他的双腿因为冰冷的湖水而冻得发红。

这件事后来成为摔跤手们茶余饭后的谈资，他们会故意拿此事跟马里奥开玩笑，问他想不想去游泳。但大家再回想起这件事情，就发现杜邦是从这次以后，开始为了摆脱身边的某个人而不择手段，甚至进行人身攻击。

杜邦的一生都在执著于某一项运动或者活动——例如收集、执法、五项全能、摔跤——把它当成“玩物”来把玩，直到他厌倦了为止，然后就抛弃它，转而去寻找新的“玩物”。

在我看来，杜邦后来就对摔跤产生了厌倦。他已经在摔跤运动的管理层获得了很大的权势，而且还控制了很多优秀的摔跤手。他已经爬上了这项运动的政治阶梯，花钱为自己打造了巨大的国际影响力和知名度，比他在其他任何一个“玩物”身上得到的满足都要大。但是,不管怎样,摔跤说到底也只是他的一个“玩物”而已,到了该抛弃的时候了。

丹·查得是在1987年到维拉诺瓦大学工作的。后来他跟杜邦之间开始产生矛盾,直到最后发生了丹告诉我的这件事情。1995年10月的一天,丹正在“狐狸猎手”庄园的健身房里练习举重,突然杜邦冲了进来,手里拿着一把带有穿孔管的自动步枪。他举起枪对准丹,一副气势汹汹的样子。他说道:“别惹我,你现在就给我从庄园里滚出去。”

“杜邦,我只是想跟你做朋友,”丹回答说,“我会走的。”

杜邦这才离开了健身房,丹把这件事情告诉了其他摔跤手,他感觉杜邦已经失去理智,无法控制自己了。但是其他人都对丹说,杜邦只是很生他的气而已。

大家从来都不觉得杜邦是个危险人物,因为没有人相信他会真的把他对别人的威胁付诸行动。杜邦的确会做些疯狂的事情,但是大家都认为“杜邦不会伤害任何人的”。

在杜邦杀害了大卫之后,这次自动步枪事件也被媒体曝光了。丹说他当时就已经报警,但是警察根本就不理会他,说杜邦只是有点儿“古怪”罢了。同时警方还回击,查得当时根本就没有协助录口供,除了一句未经证实的指控之外,所以他们对此案无从下手。

丹收拾好他大部分的行李,开着他停在大卫家的一辆货车,回到了加利福尼亚的老家。几周后,他又乘飞机回到费城,取走了余下的行李,彻底离开“狐狸猎手”庄园。听说丹又回来了,杜邦很不高兴。当天晚上,他喝得醉醺醺地跑到大卫家里,到处寻找丹,但是丹那个时候已经离开了。

喝醉了的杜邦根本连站都站不稳,结果不小心滑倒了,头部撞到窗台上,划开一道大口子。

大卫和南希马上带着杜邦回到车上,准备开车送他去急诊室。上车后,南希发现杜邦车里有一把手枪,就把手枪留在了他们家里。开车前,杜邦一直嚷着要拿回自己的枪。最后,大卫只能把子弹都卸下来,然后把枪还给了他。

大卫开车一路闯红灯带着杜邦去了克洛泽·彻斯特医疗中心,那里的急救中心就是以杜邦的名字来命名的。一路上,杜邦都在告诉大卫,他要报警说查得用球棒袭击他,让大卫帮他作伪证。

到了急救中心,杜邦拒绝填写任何表格,不断喊道:“我是约翰·杜邦!我不用排队!马上就给我找个医生来!”护士们围着他转来转去,想要让他镇静下来,把必要的表格都填好。但杜邦就是一直在发号施令,还问道:“你们都不认识我吗?”最后,他的伤口需要缝合。

杜邦一口咬定是丹用球棒袭击了他。大卫和南希跟警方说明了真实情况。当杜邦得知大卫和南希并没有帮他作伪证的时候,他要求要复印一份警方的口供记录。

虽然没有得到证实,但是我后来听说,警方因为杜邦谋杀大卫而逮捕了他之后,在他大宅子里的桌子上找到了当时那份警方口供记录的复印件。直到大卫遇害之后,随着媒体的曝光以及后来司法审判过程中的信息披露,人们才把这些片段性的事件一点一点地联系起来。

很显然,杜邦逐渐对刚搬到庄园时甚得他欢心的大卫产生了敌意。随着时间的推移,瓦伦廷·乔丹诺夫——他也跟大卫一样有家有孩子——替代大卫,成了杜邦最器重的摔跤手。

我觉得瓦伦廷是庄园上唯一能够忍受杜邦种种行为的摔跤手,而这仅仅是因为当时瓦伦廷的英语还不太好。瓦伦廷搬来之后,我第一次见到他的时候,就告诉他:"如果你想继续留在'狐狸猎手'庄园,那就不要去学英语。否则他会喋喋不休地烦死你,然后你就会厌恶这里的。"

奇怪的是,大卫和瓦伦廷是非常要好的朋友。他们的友谊是在杜邦安排的那场"狐狸猎手"摔跤队和保加利亚队之间的对抗赛上建立起来的。

1994 年新年聚会之后,杜邦开除了大卫,因为在聚会上,大卫为了逗趣他的保加利亚朋友,把自己打扮成一个俄国大兵的模样。杜邦也很喜欢保加利亚,还编造出很多他的母亲跟一个保加利亚大兵发生关系的奇怪故事来,其意思是为了说他和瓦伦廷一样都是保加利亚人。杜邦一定是妒忌大卫跟瓦伦廷之间的友谊,感觉大卫是一个威胁。

第二天,杜邦把大卫叫到大宅子里,开除了他。乔丹诺夫和卡拉布雷泽都告诉杜邦,如果要开除大卫的话,他们也会离开摔跤队。杜邦这才让步,向大卫道歉。

1995 年“狐狸猎手”摔跤队主教练格雷格·斯特罗贝尔的任期结束了,他接受了利哈伊大学摔跤队的邀请,前去担任主教练。格雷格向杜邦推荐由大卫来接任主教练一职。杜邦最后选择了乔丹诺夫而不是大卫,虽然相比之下大卫更有资历。瓦伦廷上任之后,对主教练一职的薪酬很不满意,是大卫替瓦伦廷去找杜邦,说服他给瓦伦廷加薪。

在“狐狸猎手”庄园,大家如果跟杜邦产生矛盾,都会去找大卫寻求帮助。在所有的摔跤手当中,大卫是唯一一个敢于勇敢面对杜邦的人,大卫可以让杜邦冷静下来,大部分时候都能说服他去做理智的选择。大卫不是一个唯唯诺诺的人,他也不害怕在杜邦行事荒谬的时候站出来指出其错误。他以为自己可以帮助杜邦。

在“狐狸猎手”庄园,杜邦也最听大卫的话。不过,后来瓦伦廷成为杜邦最想取悦的人。

那年 11 月,美国摔跤联盟运动员咨询委员会召开电话会议,商议要求联盟正式断绝与杜邦的合作关系。电话会议上,摔跤手们对杜邦的投诉主要集中在两个方面。

第一,一个摔跤手称杜邦曾经在"狐狸猎手"庄园上用枪指着某个摔跤手。

第二,那年上半年,杜邦把三个黑人摔跤手赶出了庄园,理由就是他们是黑人。杜邦声称在"狐狸猎手"庄园,三 K 党说了算。被杜邦清除出去的不仅仅是黑人摔跤手,他还很害怕黑颜色,下令把庄园上所有黑色的东西要么清除掉,要么重新刷不同的颜色。

在电话会议上,大卫是最维护杜邦的摔跤手,最终咨询委员会决定不要求美国摔跤联盟做出行动。咨询委员会的成员都不相信杜邦是个种族歧视者或者对别人的人身安全构成威胁。另外,杜邦对摔跤运动的热情好像也开始减退了。他通知美国摔跤联盟,他提供的资金援助——每年大概 40 万到 50 万美元——就维持到 1996 年为止。他还说过可能会彻底放弃这项运动。

杜邦准备停止每年对美国摔跤联盟资助的消息公开之后,杜邦和联盟管理层之间就产生了隔阂。杜邦成为摔跤界的一个麻烦,但是他当时也在逐渐远离这个领域,不用美国摔跤联盟强制把他赶走。

大卫想在 1996 年奥运会期间继续住在"狐狸猎手"庄园,让自己在摔跤运动的最高舞台上华丽复出,然后等八月初奥运会结束之后,他就搬回帕洛阿尔托的老家。我最近才得知,当时他已经被邀请再次回到斯坦福大学摔跤队去任教了。当其他的摔跤手听说了大卫的打算之后,有些人收拾行李搬走了,其他人打算跟大卫一起离开,瓦伦廷就是其中一个。

1995年圣诞节期间,大卫一家到犹他州来看我。我忘记告诉他房子的安全密码是多少了,当时我正在学校里上班,大卫去了我们家,结果报警器开始响了起来,警察都来了。我们一谈起这件事情就感觉很好笑。

我带着大卫一家人去盐湖城游览圣殿广场,这是犹他州最著名的旅游景点。我跟他们讲我的信仰,以及它为我的生活带来的积极影响,还有我对摩门经正统性的看法。

我和大卫在杨百翰大学的摔跤训练场上练习了几招柔术。我告诉大卫,我为什么彻底放弃了摔跤而专攻柔术。他想要了解一下柔术招式。我仰面躺了下来,这是一个摔跤手从来都不会做的动作。我躺在那里,让大卫骑到我身上,然后我对他实施了锁臂,当时距离奥运会就只剩下七个月左右的时间了,而那次我却弄伤了大卫的手肘。在去医院的路上,我不停地责备他:“你刚才为什么不叩击呢?我告诉你要叩击的!”

医生检查之后,发现大卫的肘部之前就有骨碎片,最终只能做手术来清除。虽然不是我造成的,但我还是感觉很愧疚。

离别之前的最后一天,我带着大卫去斯诺伯德滑雪。天气预报说那天会有强烈的暴风雪,鉴于那是大卫在犹他州的最后一天,我们还是去了。暴风雪停了之后,那里简直就是滑雪的天堂,到处白雪皑皑,整座山完全属于我们了。我们俩滑了一整天,玩得非常开心。

大卫一家回到"狐狸猎手"庄园后,他给我寄来一张卡片。在卡片上,他回忆说在我第二次获得世界冠军锦标赛的冠军后,我就把自己的签名改成了"马克·舒尔茨,奥运冠军以及两次世界冠军"。没有获得世界冠军的时候,克里斯·霍培尔对我很苛刻,因此我就把这个头衔写进了签名当中。大卫觉得我这种行为很好玩。

最后他写明了给我寄这张卡片的目的:他要让我知道,他非常爱我,他因为有我这样一个兄弟而自豪。

第 17 章

为什么?

我们一直都不知道约翰·杜邦为什么要杀害我的哥哥。不过在我绞尽脑汁想弄明白原因的时候,就想到一个特别重要的日子:1996 年 1 月 26 日,瓦伦廷·乔丹诺夫的 36 岁生日。

那天上午,体育馆里举办了一个聚会,一是庆祝瓦伦廷的生日,二是为了给一群在那儿训练了一段时间,当天下午就要回国的保加利亚摔跤手送行。当天杜邦也在场。

如果要说到动机的话,我相信杜邦那天为瓦伦廷准备了一份生日礼物,想要向瓦伦廷表示自己对他深深的爱。

聚会结束了几个小时后,杜邦让他的安全专家帕特·古德尔跟他一起开车在庄园上巡视。1996 年冬天宾夕法尼亚州东南部的天气特别恶劣。不到三周前,一场大暴雪让特拉华县覆盖了大约两英尺的积雪。刚刚又下过一场雪之后,杜邦想看看这八百英亩的庄园是否遭受了严重的损坏。

杜邦在庄园上巡视的时候一般都带着一把口径为 38 毫米的手枪。但是那一天,古德尔注意到杜邦上车之前抓起一把长枪筒点44口径的左轮手枪——世界上威力最大的手枪之一。

杜邦的车当时正在修理,所以他就跳上了那辆借用的银色林肯房车的驾驶座。在白雪皑皑的庄园里巡视了一圈之后,他把车开向位于庄园一角,离大房子有一英里远的一栋两层白色小房子——大卫一家的住所。

那是一个阴冷的周五下午,大约两点四十五分的时候,大卫的孩子们还在几个街区之外的学校里读书。大卫特别爱亚历山大和丹尼尔这两个孩子,我知道他肯定是一边修理汽车收音机,一边查看着时间,迫不及待要去把亚历山大和丹尼尔接回来,开始愉快的周末生活。

就在大卫把上半身探进车里修理收音机的时候,杜邦把车开进了车道,在他身旁停了下来。大卫根本就没有想到杜邦的来意,也没有任何可以保护自己的措施。他说了句"嗨,教练",然后就朝杜邦的车走去。

第一声枪响和大卫的叫声引起南希的注意,她赶紧跑到前门来,出来的时候抓起电话拨打了911。南希还没走出屋子,就听见杜邦开了第二枪。她打开门,叫杜邦住手。杜邦马上用枪对准了她,南希只能回头躲进屋子里。之后,很快又传来第三声和最后一声枪响。

古德尔在杜邦的庭审中说,当时他从副驾驶那一侧的车门下了车,他身上有两把枪,他掏出其中一把对准了杜邦。古德尔说杜邦也转过身来面对着他,两个人就用枪相互指着对方。

南希要想办法让杜邦离开，这样才能救大卫。于是她又走出了屋子，告诉杜邦说警察马上就要赶过来了。古德尔趁机躲到一个金属桶后面，他说杜邦把手里的枪扔到车座上，然后慌忙开车离开了现场。

南希和古德尔想在医护人员赶来之前帮大卫止住血。但是空尖弹有扩散效应，比传统子弹的杀伤力更大。杜邦在枪里装上这样的子弹，就是想要大卫的命。

大卫死在了妻子的怀里。

我一直不明白古德尔在整个事件发生过程中的反应。我想知道，如果他真的是从车上跑下来为了自卫而躲在金属桶后面，然后拿枪对准了杜邦，那他可以早点对杜邦开枪，结束这一切，可事实上他并没有这样做。古德尔后来受到很多非议，因为他是当时唯一一个本可以有机会救下大卫的人。但我还是尽量对他表示理解。只有他和杜邦知道当时究竟发生了什么。

我不怪古德尔，他怎么知道会发生这样的事情呢？当时那三枪发生得太快了，比我们现在读着文字所想象的要快得多，古德尔必须一瞬间就作出决定。我到现在还时常会想，如果当时可以重新选择，可能结果就不是这样了，所以对古德尔不必过多苛责。

大约在枪击案发半个小时之内，我的父亲打电话通知了我。当时正值赛季,那天下午我跟往常一样待在办公室接听电话,收发邮件。还有一个多小时就要开始训练了。

我觉得杨百翰大学历史上从来没有人像我那样在扔掉电话之后骂出如此多脏话来。

我跌坐在墙角,不停地抽泣,后悔没有早点劝大卫离开“狐狸猎手”庄园,或者一开始就应该劝他不要搬到庄园去。在他搬过去之前,我曾经建议他把与杜邦之间的协定白纸黑字地写下来,还警告他说杜邦是个摆布旁人的高手。当查得告诉我,杜邦带着突击步枪冲进了摔跤训练场,我觉得我本该劝大卫立刻离开那里。

结果我并没有这么做。我真应该坚持最初的想法。

我一直有一个让我感觉很罪恶的想法,那就是我意识到大卫永远都不会打破我创下的世界冠军锦标赛夺冠次数纪录。我们俩一直都是竞争者。但是这么多年来,这种想法让我陷入深深的罪恶感当中。我只能从我的信仰中寻求宽恕,让信仰告诉我,上帝希望我幸福,我必须要原谅自己,不能再因为自己比大卫夺冠次数多而惩罚自己了。

我的助理教练拉里·纽金特是第一个走进我办公室的人。听到这个消息之后,他一下子跌坐在椅子上。我记得他好像开始哭了起来,不过我也不确定,因为我根本就没太注意他。我甚至都不知道我们就这样在办公室里待了多久。最后在拉里要开车送我回家的时候,我才发现手里一直抓着话筒,没有挂掉电话。我父亲一直在电话那头听着我嘶喊、咒骂、恸哭。

艾伦·阿尔布莱特和本·瓯海已经在我家等着我和拉里回去了。本·瓯海是杨百翰大学名人堂摔跤手之一，并且和艾伦一样，都是我最要好的朋友。大卫遇害一事已经成为轰动的新闻，尤其是案发不久，就有媒体曝光说嫌疑犯是杜邦家族的一位继承人。家里的电视被调到有线电视新闻台。我看了一会儿报道，忍不住躲出去恸哭不已。我记得，在我一个人躲在房间里的时候，本走过来陪着我，他也在不停地掉眼泪。

家里人接到了纽顿广场警方打来的电话，他们担心我会去找杜邦报仇，所以打电话叫我不要去宾夕法尼亚州。我的确已经打算开车过去，想要一枪打烂杜邦的脑袋。但是我知道警方已经包围了庄园，我根本就没办法接近他。

杜邦杀害了大卫之后，撇下古德尔，一个人开车回到了大宅子里，径直走进他母亲在一层修建的那个没有窗户的钢衬防空洞。这个防空洞安装了密码锁和手柄，就像是银行的金库一样。杜邦平时把它作为藏书室，也经常躲在里面吸食可卡因。人们常常看见杜邦把他花钱找来的可卡因卖家带进图书馆里，出来的时候就像完全换了一个人，鼻尖上还隐约可以看见沾染的白色粉末。

杜邦把点44口径手枪中那三个空的弹药筒都换上了新的子弹，这样手枪里就装满了子弹，然后他把枪放到一个高架子上看不见的地方。从图书馆出来后,他朝楼上的佣人大声发号施令,让他们无论如何都不能让警察进来。佣人们只得服从,以为他只是拒收法院送来的处理某件官司的传票而已。

警方当时还不确定杜邦的去向,因此就把庄园的入口包围了。最终,双方的僵持动用了来自十个警力部门的 75 名警官和 30 名特警。当地警方曾经亲眼看见杜邦家里有大量的武器,其中一些威力极大。他们也了解杜邦具有很好的射击能力,因为他之前给当地很多警察进行过射击培训,直到 1992 年的一天,他突然决定不准任何警察进入他的庄园,没有人知道这背后的原因究竟是什么。

各大媒体也开始蜂拥而至。对于这个此前用慈善行为来掩盖其古怪性格的人,这个眼下被作为谋杀嫌疑犯而受困在家里的人,记者们竭尽全力去挖任何他们可以挖到的细节。

约翰·杜邦为什么要杀害大卫?约翰·杜邦怎么会杀人呢?

这些记者在僵局被打破之前有足够的时间去弄清楚这些问题。

警察在庄园周边巡查,将雇员以及周边的居民安全地撤离出去。一个多小时之后,一个用双筒望远镜监视大宅子的警察在屋子里发现了杜邦的身影。屋子里不只有杜邦一个人。里面还有他的两个雇员,乔治亚·杜斯卡斯和芭芭拉·林顿，楼上还有一个若无其事的画家正在工作。一开始警方担心杜邦是拿杜斯卡斯和林顿当人质，但后来发现他们两个人都很自由地在宅子里行动，之前的担心都是多余的。这两个人根本不知道大卫已经被杜邦杀死了，而杜邦回到家之后也没有任何可疑的表现。

杜斯卡斯是杜邦的行政助理，杜邦让他用手机给帕特·古德尔打电话。几个月之前庄园上发生了一起火灾，大宅子里的电话线因此中断了，大卫觉得没有什么必要去修理电话线，所以手机成了接打电话的唯一方式。

杜斯卡斯联系不上古德尔。

然后杜邦让杜斯卡斯给他的律师塔拉斯·伍卓克打电话，叫伍卓克到他家里来。但是那天伍卓克提前下班了，律所必须要先联系上他。

等到伍卓克得知消息的时候，关于双方僵持的新闻已经登上了费城各大媒体头条。伍卓克立刻朝农场赶去。

宅子里的画家是第一个离开的，杜斯卡斯和林顿后来发现宅子附近有带枪的警察，但仍以为他们是来执行法院传票的。伍卓克打电话把实情告知了杜斯卡斯。

杜斯卡斯又给古德尔打了几次电话，想要联系上他，最后终于打通了。她告诉古德尔，杜邦想让他来见他。古德尔说他不能去，而且还建议杜斯卡斯和林顿赶快离开宅子。古德尔挂了电话，杜斯卡斯又给古德尔打电话，这次谈判团队的领导长官约翰·瑞恩接听了电话。

林顿在下午五点四十五分的时候从宅子里走出来,并立即被护送到安全的地方。

过了一会儿,杜邦提醒杜斯卡斯,乔丹诺夫晚上的时候会过来。杜邦让杜斯卡斯也把庄园上其他摔跤手们都叫过来。

“而且,”杜邦非常诡异地笑了一声,补充道,“把大卫也叫过来。”

于是杜斯卡斯给瑞恩打了个电话。她意识到自己必须要离开那里了,但必须得找一个杜邦没有注意到的时机。她一有机会就会逃出去,希望警方能做好准备保护她。后来杜邦叫她把咖啡杯端回到厨房的时候,杜斯卡斯就趁机逃了出来。

下午六点四十五分,杜斯卡斯逃了出来。此时大宅子里就只剩下杜邦一个人了。

大宅子里只剩下杜邦一个人了,这样警方就可以耐心守候,直到他筋疲力尽为止。不过,为了这次行动顺利,警方必须要与杜邦保持通话联系。所以,周五晚上,电话公司的工人在警方的护送下进入庄园通道修理电话线。为了减少通道中的噪音,也避免杜邦偷偷接近通道中的这些工人和警察,庄园里的加热器都被关闭了。

过了约定的时间,乔丹诺夫还是没有来找杜邦。于是杜邦开始不断地给乔丹诺夫在庄园里的住所打电话,让他的家人给乔丹诺夫捎口信，叫他到大宅子里去。但是杜邦拒绝与警方通话。夜里，古德尔终于打通了宅子里的电话。

古德尔通过警方的电话打给杜邦，想要劝杜邦投降，主动从宅子里出来。但是杜邦却无动于衷。相反，他叫瓦伦廷、伍卓克、马里奥·萨勒诺来见他。杜邦挂电话之前，还要特意提醒古德尔，要清楚自己正在跟谁讲话，杜邦告诉古德尔，他可是美国总统。

双方这种不连续的对话一直持续到风雪交加的周六，警方一直在劝说杜邦主动走出宅子，但是杜邦一直坚持要见瓦伦廷、伍卓克和马里奥。

在一次通话中，杜邦说道："你们把上帝困在这里了。"有一次，他把大宅子称为"神殿"和"紫禁城"。还有一次，他把自己称为"苏联主席"。

周六那天，杜邦每次与警方通话的时间越来越长，有时候一次通话甚至能长达12分钟，但是他仍然不肯走出宅子，也不肯承认他的庄园上发生了枪杀案。那天夜里，警方决定，让杜邦好好休息之后可能更有利于说服他，所以就中止了与他的通话，让杜邦睡一觉。

周日一大早，还没到七点钟的时候，杜邦就用手机给正在家里的伍卓克打去电话。杜邦称自己为耶稣基督，并警告说，耶稣基督的死亡将意味着世界的灭亡。然后，他叫伍卓克给他送雪茄和烟斗丝。最后，杜邦告诉伍卓克，他可以在上午十点的时候再打电话过来，然后就挂断了。

很快,警方开始给杜邦打电话,但是杜邦不接。直到上午十点,电话终于打通了。

警方允许伍卓克那天早上给杜邦打电话,但是通话结果基本上跟之前是一样的:杜邦不肯离开宅子,还要求见瓦伦廷。

杜邦开始觉得宅子里很冷。气温一夜之间下降到华氏二十几度,屋子里的壁炉根本就不足以御寒,而杜邦往壁炉里扔的是他自己写作、自己掏钱出版的第二本书,书名是《永不放弃》。

杜邦告诉他的律师,他想去通道里看一下为什么加热器不工作了。起初警方关闭加热器只是为了方便工人修理电话线,但是没想到切断给大宅子里的供暖成为结束这场僵持最重要的一步。

警方谈判专家安东尼·帕帕洛与杜邦进行了最后一次通话,在这次通话中,杜邦要求修理加热器。帕帕洛拒绝了他的这个要求。此时杜邦已经不想再挨冻了。所以他要求亲自出去,从暖房那里进入通道,查看一下加热器存在什么问题。

帕帕洛担心杜邦会突然挂断电话,于是就尽量拖延,同时专家们立刻研究对策,驻扎在宅子周围的警力也保持着高度警觉。帕帕洛与杜邦谈判让他走出来的条件。帕帕洛让杜邦一再承诺,他绝对不会带枪走出宅子。

最终,杜邦身穿一件淡蓝色"狐狸猎手"运动队汗衫,外面套一件黑色保加利亚队运动服，走出了宅子，朝暖房走去。一名特警躲在一棵树后面，等着杜邦再走远一点儿，这样他就不能转身再逃回宅子里。等到时机成熟，这名特警用枪对准杜邦，命令他停下来，举起双手。

杜邦一开始照做了，但突然放下双手，朝大宅子跑去。特警从树后面出来，再一次命令杜邦停下来。杜邦停下脚步，但立刻又开始跑。

特警追上他，把他摁倒在地。周围的警察立刻蜂拥而至，用手铐铐住杜邦。

当时，杜邦的脖子上挂着一张上一年世界冠军锦标赛的通行证，他的运动裤口袋里有一串钥匙和一本护照。杜邦遵守了承诺，并没有带枪走出宅子。

杜邦被押上了警车，在与警方对峙了 48 个小时之后，他终于被送去了监狱。

第18章

我最终的胜利

我从杨百翰大学请了假，但是仍然待在犹他州。大卫的遗体被火化了，所以我直到2月11日周日大卫举行葬礼的时候才回到费城。

大卫的葬礼在宾夕法尼亚大学的体育馆里举行，体育馆名字叫“帕莱斯特拉”（Palestra），这个词源于古希腊语，专门指角力运动员的训练场地。很多摔跤手和摔跤界的管理者都放弃了去保加利亚和土耳其参加比赛的机会，前来参加大卫的葬礼。

那天，我穿了一件长袖的条纹衫配一条牛仔裤。其他人都穿得比我隆重多了，大部分都身着正装。我是故意穿成这样的，这套衣服我从此就再也没有穿过，因为我不想留下任何能让我想起这场葬礼的衣物。

整整90分钟里，摔跤手们、朋友们和亲人们都分享着他们与大卫之间的回忆。

宾夕法尼亚大学摔跤队教练罗杰·瑞纳称大卫是“人民的英雄”。罗杰说，大卫非常令人钦佩的一点，是他既坚强不屈又善解人意，既充满童心又聪明睿智。

美国摔跤联盟主席拉里·斯卡塔诺称大卫是“摔跤界的穆罕默德·阿里、‘魔术师’约翰逊、迈克尔·乔丹”。

拉里说，大部分人有一两个真心朋友就已经很幸运了，而大卫有上万个真心朋友。“他让身边的每个人都感觉很重要，”拉里说，“和他在一起的时候，他是真的在关心你，关心你的生活，想要帮助你。”

瓦伦廷也在葬礼上致悼词。他说：“我最好的朋友永远地离开了。”瓦伦廷说，和大卫一起训练的这六年是他生命中最美好的时光。

瓦伦廷讲完，从讲台上走回座位上去的时候，我们可以看见他脸上的泪痕。亚历山大和丹尼尔看到瓦伦廷特别伤心，就跟着过去拥抱他，安慰他。我都无法想象，大卫的孩子们那时候是如何挺过来的。当时，亚历山大九岁，丹尼尔六岁。大卫对这两个孩子感到非常骄傲。在葬礼上，两个孩子用实际行动表明，他们从父亲那里学会了关心他人的重要性。

整个葬礼过程中，我都在哭。一些人在讲到大卫生前趣事的时候把大家逗笑了，但是我却笑不出来。其间在我抽泣的时候，亚历山大和丹尼尔跑过来安慰我。其实本来应该是我去安慰他们俩才对，可是葬礼上我实在是太悲痛了。

父亲在悼词中称大卫是“戴着羊毛帽的耶稣”“摔跤界的米开朗基罗”。当时离案发已经两周过去了，但是父亲说他还是不敢相信这是事实。他悲叹:“我们生活中的甜美就这样被迅速剥夺了。”

父亲弹钢琴,演唱了一首歌,名为《海边的男孩儿》。父亲写了这首歌,描述大卫小时候在旧金山半月湾玩耍时的光景。

父亲还讲了一个让我非常有感触的事情。

在我读五年级或是六年级的时候,我们都住在俄勒冈州,我曾问大卫他最早的记忆是什么。

“你先说你的。”他说。

“从奶奶家的楼梯里摔下来,”我告诉他,“那你的呢?”

“事实上,我有一段出生之前就有的记忆。”他说。

我根本就不相信,所以就不屑地回应他:“真的吗?”

大卫再也没有跟我提起过他所说的那段回忆。直到那天的葬礼上,我才听到了这个故事。

父亲回忆,在大卫四岁那一年,有一天他牵着大卫在小树林里散步。大卫问父亲说,他想不想知道一个“很大很大的秘密“。

“当然了,”父亲说,“什么秘密?”

“你不许笑话我,行不行?”大卫说。

“好,我不会笑话你的。”父亲保证。

大卫说:“在我出生之前,我站在云层里,被十二个人包围着。其中最年长的一位低头看着大地,对我说:‘你要下去接受考验了。’”

说完这个故事之后,大卫就走开了。

父亲站在那里,愣了几秒钟,然后就跑过去追上大卫。

“你通过考验了吗?”父亲问。

“嗯,我一定会通过考验的,”大卫告诉他,“不过我不会在这里待很久的。”

之后大卫便跑到一边儿玩耍去了。

轮到我致悼词了,可我没办法忍住泪水,声音也断断续续。我记得在那之前我从来没有在众人面前哭过。但是那天,我站在那里,那么多电视台的摄像机对着我,我却放声大哭。

我在悼词中说,我把大卫看做挚友、恩师、教练,他是我认识的最真诚的一个人。我跟大家讲述了他是如何努力去弥补小时候懦弱的一面,逐渐变得坚强。我说,他有着同龄人少有的一份睿智,比我认识的任何人都要坚强。

我请求所有人都为我们的家人祈祷,“直到这件谋杀案审判结束,正义最终得到伸张”。

葬礼结束之后,我把衬衫和牛仔裤换下来,扔进了垃圾桶。

O. J. 辛普森谋杀案审判结束不到四个月之后,检察院对杜邦提起了九条公诉,其中包括一级谋杀罪和三级谋杀罪。

辛普森也许是美国法院体系中知名度最高的谋杀案

被告人,而杜邦则是最有钱的谋杀嫌疑犯。案件审理过程中有两点是毫无疑问的:一是杜邦除了用精神失常作借口来为自己辩护之外,别无他法;二是杜邦家族一定会倾其财力来为杜邦辩护。

审判过程极其缓慢,让我们感到非常沮丧。媒体之前曾将辛普森的律师团队称为“梦幻律师队”,如今又把杜邦的律师团队称为“东方梦之队”。杜邦的律师们用尽各种招数来拖延审判过程的时间,我猜是为了争取更多的时间来讨论要不要用“精神失常”作为辩护策略。

谋杀案事发两周之后,杜邦接受了预审听证。杜邦的一个律师在法庭上说,杜邦还没有弄明白法官解释的他所享有的法律权利。

杜邦的律师团队让杜邦接受了神经系统的检查,希望能够为他之前古怪的行为找到生理上的原因。杜邦方面公布了要接受检查的消息,但却没有公开检查结果。原因我们可想而知。

在法庭上,杜邦基本上都是面无表情地坐在那里,眼神空洞。他不停地告诉律师,他根本就不明白法官所解释的罪名或诉讼程序。

我知道如何在赛场上拖延时间,但是比起杜邦律师团队在法庭上的拖延战术,我的简直就是雕虫小技。可他们拖延时间却不会像我那样遭到判罚。法官拒绝了他们要带杜邦去医生那里接受精神检查的请求,为此杜邦的律师团队向宾夕法尼亚州最高法院提出过两次上诉。

杜邦方面还提出要带杜邦回庄园去寻找一些对辩护有利的材料，法官驳回这一请求，杜邦的律师团队则想方设法要推翻法官的这个决定。法官做出了一个非常正确的判定，认为凭借杜邦家族的能力，杜邦存在潜逃的可能。不过，杜邦的律师团队还是成功地将杜邦的庭审推迟了，双方就杜邦是否有能力接受庭审展开了争论。

我不是什么法律专家，可就连我都知道，杜邦的律师们就是想避免或延迟庭审，同时争取时间准备材料进行精神失常辩护。虽然这令人非常恼火，但我们还是不得不承认，杜邦的财力为他在辩护过程中获得了各种优势。为此，地区检察院不得不雇用两个人来应对媒体并处理杜邦方面提出的上诉。

地区检察院还决定不会要求法庭判杜邦死刑，他们认为，如果不要求对杜邦执行死刑的话，给杜邦定罪的可能性就更大。我接受这个决定，我只想让杜邦的余生都在监狱中度过。

但是，我不希望杜邦能够进入州立医院，因为这样的生活与监狱生活相比，实在是太舒适了。杜邦享受过奢华的生活，而他还是贪得无厌，想要更安逸的生活。我希望他的余生在痛苦中度过。然而，就算是剥夺了他所有的财富，再把他扔进监狱里，还是远远无法弥补他给我们家人带来的痛苦。

一个人永远都不会忘记失去手足的痛苦。对我来说，大卫的死就像是砍下一艘小船上的船锚，从此小船就在海面上漫无目的地漂浮着。大卫一直都是我的船锚。

由于父母离异，我们俩从小到大就在父母之间奔波，所以对我来说，一直陪在我身边的就只有大卫。他总是在我身边提点我，帮我克服忧虑。我们俩就像一个两人组成的教派，他是教主，我是信徒。

杜邦杀死大卫的那一瞬间，他不仅剥夺了我的兄弟，也剥夺了我的幸福。

八年以来，结束了摔跤事业这件事一直让我耿耿于怀。韦恩·鲍曼在《赛场内外的摔跤世界》这本书中谈到了以一个胜利者的身份离开赛场的重要性。我曾特别想赢得1988年的奥运金牌，然后以奥运冠军的身份退役。杜邦毁掉了我的这个梦想。从“狐狸猎手”庄园搬出来后，我每天都会想到杜邦，想到我的梦想，想到他对我的所作所为。

而现在的每一天，除了之前的想法之外，我还会想到他对我的兄弟犯下的罪孽。

一天，我接到了我的柔术教练佩德罗·萨奥尔打来的电话。当时他正在训练外号“危险人物”的大卫·博纳多，准备参加即将到来的UFC终极综合格斗冠军赛按次付费的电视节目“UFC 9：疯狂汽车城”。博纳多曾经获得过加拿大奥运会摔跤代表队选拔赛重量级亚军，佩德罗想让我跟他一起训练。

综合格斗是一种综合了摔跤、柔术和搏击的格斗形式，1993 年综合格斗传到了美国，并由此产生了终极格斗锦标赛。一时间，综合格斗在美国就风靡起来。摔跤手在综合格斗比赛中都表现很突出，因为摔跤运动所要求的身体素质以及摔跤中的制服招数使他们能在比赛中占有很大的优势。比赛过程中，只有极少数情况下，双方最后会倒在地上缠斗。不懂得擒拿招式的选手就会处于下风。摔跤手很容易就能转型成为综合格斗手。要教会一个摔跤手练习搏击招式是很容易的，但是没办法教会一个搏击手如何摔跤。

博纳多来到普洛佛，我们一起训练了几周。有一次训练过程中，我把博纳多摔倒了，而他不小心右手被压在身下，结果骨折了。我带着博纳多去看医生，医生给他两个选择：要么通过手术在骨头上钉一块钢板，这样他就能接着参加比赛；要么就在手上打石膏，这样就无法参加“UFC 9”比赛了。

那一年我 35 岁，之前一直在杨百翰大学跟重量级摔跤选手迈克·博尔斯特进行全接触式训练。我知道博纳多不会轻易放弃参加比赛的机会，但我还是告诉他，如果他真的由于受伤而退出比赛，我就替他去参加比赛。

如我所料，博纳多选择手术治疗，然后按计划去底特律参加比赛，与“大块头”盖里·古德里奇对决。“UFC 9”

比赛开始的前一天，我乘飞机去底特律为博纳多加油鼓劲。

UFC 比赛举办方通常是在开赛的前一天晚上召开记者招待会，所有的选手、经理人、裁判、医生和助理教练都来参加。在回答了记者的问题之后，博纳多请一位医生来看一下他受伤的右手，那位医生告诉他说不应该参加比赛。我找到经理人，问是否能由我来代替博纳多参加比赛。经理人认为这是个好主意，于是我们就开始谈价钱。

经理人出价 25 000 美元，我要求翻倍。后来他说，如果我输了，只能拿到 25 000 美元，如果我赢了的话，我就能拿到 50 000 美元。我告诉他，明天早上我给他回复。

那天晚上，我失眠了。“大块头”身高 6 英尺 3 英寸，重 245 磅，比我高 5 英寸，重 40 磅。他在“UFC 8：大卫对决哥利亚”一战中夺得亚军，那次比赛采用的是淘汰制。他在四分之一决赛的时候击倒对手获胜，在半决赛中技术击倒对手而胜出。

第二天早上六点半，经理人打电话来问我决定如何。由于夜里没有睡好，我感觉很不舒服。我告诉他们说我还需要点儿时间。挂了电话我就睡着了，不一会儿又被经理人的电话吵醒了。我还是说需要一点时间，接着又回去睡觉了。过了一会儿，他们又打来电话。我还是没有决定。直到上午十点半，他们打电话说需要我立刻回复，否则他们就签下其他选手了。

我打电话给佩德罗，让他跟我一起到酒店大堂去。经理人正在那里等着我，他们面前摆着一份合同。我让他们再给我片刻，然后就跑到角落里，跪下来，请求上帝给我指示。

我就这样跪了大约三分钟，最后我有一种非常强烈的感觉，如果大卫还活着的话，他一定会让我去参加比赛的。我站起来，从角落里走了出去。佩德罗和一群人都盯着我。

“我要比赛。”我宣布。

离比赛开始只有八个小时了，我带来的衣物只有一套正装、一条领带，还有两条短裤，用来训练时穿。

我按照要求接受了艾滋病检测，然后买了一个咬合板。博纳多把他的防护罩给了我。佩德罗的一个学生把他的摔跤鞋借给了我，好事是我们俩穿同样尺寸的鞋。我穿的短裤是洛杉矶奥运会上分发的。

综合格斗是一种规则极为开放的竞技格斗运动。比赛场地在一个网状的八角笼里，比赛中只允许使用拳、肘、腿、脚进行攻击，禁止咬人、挖眼、用拳重击。如果比赛选手选择穿着鞋子比赛而不是光脚的话，他就不能用脚踢对方。其他的攻击招式都是允许的。选手可以用头撞击，钩住对手的嘴巴（将手指或者手直接伸进对手的嘴巴里，然后向相反的方向拉），攻击腹股沟部位，拉扯耳朵，掐住对方脖子，使对方关节脱臼、骨折，抓挠、扭断或拧断对方的脖子，以及其他任何你能想象到的招式。每次比赛持续12

分钟,在必要的情况下会有 3 分钟的加时赛。

以国会议员约翰·麦凯恩为首的政治家们都想要对终极格斗比赛进行管制甚至是取缔,因为这类比赛实在是太暴力了。为了避免遭到取缔,终极格斗冠军赛主办方在开赛那天宣布,当晚的比赛中将禁止用拳头重击。从佩德罗那里得知这个消息之后,我就想:"太好了!古德里奇不能用拳头攻击我了!"

离比赛开始大约还有 30 分钟的时候,裁判大约翰·麦卡锡来到我的更衣室,通知我说比赛禁止使用拳头重击。他让我握拳给他看,我照做了。然后他又让我把拳头松开,于是我又松开了拳头,就像在表演空手道一样。

"不对,要像这样松开拳头。"大约翰纠正我的做法,他握紧拳头,然后让大拇指离开拳头。他警告我,如果我们俩有谁犯规的话,每次罚款 50 美元,当场收取罚金。换句话说,我们俩可以随意攻击对方。

古德里奇是个很厉害的攻击者,但却不是一个摔跤手。我知道自己能够制服他。我觉得他没办法压在我身上用拳头或肘部的力量攻击我,就算他压制住我,我觉得凭借摔跤技能,我也能很快逃脱出来。

比赛一开始,我们俩都很谨慎。我首先出招,在比赛开始之后大约 30 秒钟的时候,我利用双腿抱摔,将其摔倒在笼子里。当时古德里奇穿着练武服,这是练习空手道和柔道时专门穿的一种宽松的套装。我抓住了他的练武服,这样就很容易在他跑到笼子边的时候拉住他的双腿,将其摔倒。对我来说,这是最容易的一次制服,这也成为后来综合格斗比赛选手都不再穿练武服比赛的原因。

古德里奇用胳膊抱住我的头部,然后抓住他自己的练武服。他紧紧地抱住我的脑袋,我感觉自己快要晕过去了。我就只能把我的下巴对准他的肋骨,这样他越用力按住我的头部,我的下巴就越能刺痛他的肋骨部位。

我开始感觉有些头晕了。必须在晕倒之前摆脱他的制服,所以我把左手大拇指伸进他的嗓子里,去掐住他的气管,这样他就得松开手去抓住我的左手,于是我趁机摆脱了他的控制,如果我当时使出浑身解数去掐他的气管,他很可能就会受重伤,甚至直接丧命。古德里奇松开我之后,我趁机猛击了几下他的头部。

如果综合格斗比赛中双方都不采取攻击,裁判有权利中止比赛,让双方选手站起来重新开始比赛。我摆脱了控制之后,我们俩就缠斗在一起,过了一段时间,大约翰叫停了比赛,让我们俩重新站好。

我又把古德里奇打倒了,然后用拳头攻击他,把他的右眼周围打伤了。裁判下令停止比赛,检查了一下古德里奇的伤口,然后让我们俩站好,重新开战。我再一次把他摔倒,骑在他身上,对准他右眼旁边的伤口,攻击他的脸部。

离比赛结束大约还有10秒钟的时候,我骑坐在古德里奇身上,看着他的眼睛。我感觉我们俩都知道比赛结束了。我本可以再用肘部多打他几下,或者实施锁臂勾腿招式,但我没有,因为我知道他家里还有孩子。

“真的有必要吗?”我问自己。

时间到了。

我不知道是医生担心古德里奇的伤势而喊停了比赛,还是古德里奇自己放弃了比赛,总之他没有再出来打加时赛。

我很高兴比赛终于结束了。虽然之前我一直在训练,但并不是为了参加比赛而训练,我的身体状况当时也不是很好。

那天晚上对我来说是一个圣洁的时刻。大卫·博纳多赛前意外受伤,我飞去了底特律,以及医生告诉博纳多说他不能参加比赛了,这一切都是冥冥之中早有定数。

那天晚上之后,我再也没有参加过格斗。那次比赛之后不久,我就患上了背疝。不到一周,我连走路都走不了,只能住院治疗。至此,我的运动生涯就算彻底结束了。我以1胜0负的成绩退出了终极格斗冠军赛。

我在终极格斗冠军赛中的胜利终于结束了我之前长达八年的痛苦,也将我从无止境的悲痛生活中解脱了出来。1988年奥运会之后,我就一直感觉自己是个失败者。但是这一切在底特律那天晚上之后彻底改变了。我以胜利者的身份离开了赛场。我感觉自己用这种强有力的方式向约翰·杜邦宣告了他的失败,他没办法把我变得跟他一样悲惨不堪。我胜利了,而他还是一个失败者。

在某种程度上来说,当我踏进八角笼的那一刻,我就再次成了胜者。这证明我有勇气走上赛场,进行一场基本上没有比赛规则的格斗。我面对的是一个比我高大威猛得多的硬汉,一个备受尊敬的斗士。

我曾经把成为一名最强的武术家视为毕生追求。多年来,我一直觉得摔跤就是最厉害的武术形式。但是学习了柔术之后,我的眼界更加开阔了,才发现之前一直把自己困在全美大学生体育协会和国际摔跤联合会的规则之中。这些规则迫使我把全部精力都放在健身和如何压制对手上。而柔术却教会了我一系列新的招式。然后在基本上没有规则可言的综合格斗中,我可以自由地展示我的能力。

汉城奥运会已经过去八年了,不过我相信,我已经在当今世界上最残酷的格斗运动中证明了自己的实力:我可以让对手屈服于我。

1996 年 5 月 16 日那天,我重获新生。

余下的一切就等着伸张正义了。

"UFC 9"结束两周后,之前一直被拖延的杜邦谋杀案终于开庭审理了。这是案发之后杜邦第一次在公众面前发声。

那天,法庭上的杜邦满脸都是灰白的胡茬,我觉得他是想让自己看起来一副精神不正常的样子。他又一次声称自己不明白警方对他的指控。

接着,杜邦的律师问他是否知道自己是谁。

“我是达赖喇嘛。”他在法庭上说。

当时离大卫被谋杀刚刚过了四个月多几天,可是杜邦的律师团队已经为他提出了“无罪”辩护。案件似乎终于有了比较大的进展。杜邦的律师团队必须尽快表态他们是否会用“精神失常”来为杜邦进行无罪辩护。

8 月 31 日,奥运会摔跤项目颁奖仪式在亚特兰大举行。美国代表队在大卫所属的重量级别上并没有获得奖牌。那天,我情不自禁想起大卫曾经梦想在这届奥运会的领奖台上宣告他的复出。如果有机会,他一定可以做到,毫无疑问。

奥运会结束三周后,联邦政府起诉杜邦谋杀一案的审理似乎走上了歧途。法官听取了双方医生的证词以及杜邦在案件开始审理之后开除掉的两个律师的证词,然后做出了判决,认为杜邦没有能力接受庭审,下令把他送到一家州立医院去接受治疗。这家医院的医生要在 60 天之内向法庭提交报告,汇报杜邦是否有能力接受庭审。

公诉人辩称,杜邦是在装病,目的是要拖延审判程序。我同意这种说法。杜邦一直以来都喜欢摆布别人,这一点不容忽视。

法庭认为杜邦没有能力接受庭审的这个判决只是认

定他没有能力帮助他的律师准备辩护，而不是认定他精神有问题。杜邦在监狱的那段时间里还一直在管理庄园的运营，其中包括同意为庄园购买一辆卡车。

杜邦在庄园周围盖了一堵围墙，上面装了带刺的铁丝网，竖起一块牌子，上面写着“狐狸猎手监狱庄园”。我认为，杜邦的这个绝望之举就是想把自己的庄园变成一座监狱，这样他就能舒舒服服地在庄园里度过余生了。

不过，最有趣的是，杜邦的家人提起民事诉讼，请求法院判定杜邦为“精神上无行为能力人”，这样家人就能够得到杜邦的监护权，以及对庄园的控制权。在这边的法庭上，杜邦的律师要极力证明杜邦在精神上没有能力帮助律师处理这个案件。但是如果杜邦家人的民事诉讼案件没有被推迟的话，杜邦的律师在另一个法庭上就得极力证明，杜邦在精神上仍然有能力管理自己的庄园和财产。不过，民事诉讼案件还是被推迟了。

最终，法庭在十二月作出判决，认为杜邦有能力在次年一月接受庭审。首席辩护律师托马斯·伯格斯特龙向法官表明，他打算向法庭提出精神失常的无罪辩护。

这是个非常关键的决定，因为根据当时多家媒体的调查显示，刑事重罪案件中只有不到 1% 的案件会利用精神失常作为辩护策略。而在这不到 1% 的案件当中，当时能够胜出的只有四分之一。

但是大卫遇害一案有两位目击证人，杜邦的辩护律师们根本就没有别的选择了。

一月的倒数第二周,该案的陪审团被挑选出来了。从75名候选陪审员中挑选了6名男士和6名女士,主要都是中年人。由于庭审预计要持续4周,因此还选出了6名候补陪审员。

面对无罪辩护,陪审员们最终就要弄清楚一个问题:在杜邦开枪射杀大卫的时候,他到底知不知道这样做是错的?

第19章

正义

1997年1月27日,案件在特拉华县法院开庭审理,法官是帕特里夏·詹金斯。我没有去参加庭审,但是能从我的父母、丹·查得等朋友以及网络上的新闻报道随时获得最新的消息。

在预审听证过程中,公诉人让我作证,证明我亲眼见过杜邦吸食可卡因。起初,我并不想作证。还有其他的摔跤手都看见过杜邦吸食可卡因。从1989年我搬到犹他州之后,我就没有再见过杜邦吸食可卡因了。同时我还担心,如果承认我也吸食过可卡因的话,我可能会丢掉在杨百翰大学的工作。另外,我担心我的证词反而会被杜邦的律师们利用,来证明杜邦因此而行为能力下降。

我聘请了一名律师,代表我向公诉人表示,我不想去作证。

但是得知杜邦方面想要利用精神失常来作辩护,我改变了主意。公诉方需要证明杜邦吸食可卡因的证词来反驳辩护方的精神失常辩护。

我飞去了费城,把我所知道的关于杜邦吸食可卡因的事情,以及 1989 年我和杜邦一起吸食过几次可卡因的经历都告诉了公诉人。公诉方问我是否愿意出庭作证,虽然我知道这可能会断送了我的前程,我还是同意了。但不知道为什么,法官并不允许我出庭作证,整个庭审期间,我都在犹他州。

庭审第一天,杜邦穿着一件蓝黄相间的"狐狸猎手"运动衫和一条运动裤。接下来的每次庭审,他都穿着这同一套衣服。我很了解杜邦邋遢的生活作风,我猜他可能每天都穿着这同一套衣服。

大卫的妻子是第一个出庭的证人,她详细描述了案发当时她所看到的一切。在交互讯问环节中,辩护律师把焦点放在她当时在报警电话中所说的一句话。当时,南希告诉接线员说杜邦开枪杀害大卫,当接线员问杜邦为什么要射杀大卫的时候,南希回答:"他疯了。"

公诉人很轻易就驳回了辩护方的言论,因为南希的话根本就不是医学分析,但是从这一点可以看出,辩护律师们不肯放过任何一个有利于他们的细节。

在公诉方所有的证人当中,帕特·古德尔可能是被辩护律师盘问得最厉害的一个。案发时只有他听见杜邦在开第一枪之前问大卫:"你对我很不满是吗?"这是确定作案动机的极其重要的证词,所以辩护方就要竭尽所能地来攻击古德尔证词的可信度。

约瑟夫·迈克杰提根是与丹尼斯·麦克安德鲁斯一

起负责此案的公诉人。他让古德尔描述了案发之前与杜邦待在一起的 35 分钟左右的光景，以此来证明杜邦在打开车窗，将枪对准大卫之前，一直都在像往常一样处理事务。

古德尔之前在杜邦聘请的一家安保公司里工作，在案发的前几个周，他过来为杜邦工作，因为杜邦想要在他的坦克上安装一把点 50 口径的机关枪。辩护律师伯格斯特龙则试图向法庭证明，古德尔以及他之前所任职的公司贪恋杜邦的钱财，通过不必要的开销对杜邦收取超额费用。可是话说回来，所有人都想分得杜邦的财富。甚至那些摔跤手们也不例外。我想，杜邦特别想跟摔跤手们交朋友的原因之一就是，我们虽然都不富裕，但是跟杜邦周围的其他人不同，我们最关注的是有内在价值的东西，而不是物质上的财富。

由于辩护方要以精神失常作为辩护理由，证人名单中自然就会包括很多精神病专家。辩护方找来四个精神病专家，公诉方找来两个。辩护方的精神病专家作证说，杜邦患有偏执型分裂症。

庭审持续了 13 天之后，终于在 2 月 13 日星期四那天结束了取证阶段。接着挨过一个漫长的周末之后，周二，双方律师进行了总结陈词，然后就等着陪审团来决定杜邦的命运了。

据我所知，当时公诉方将整个案件梳理得很清楚。辩护方在关于杜邦吸食可卡因这一点上进行了最有力的回击。杜邦把头发留长的原因是要做头发分析测验，而测验结果显示杜邦很可能在之前的 15 个月里都没有吸食过可卡因。

公诉方需要利用杜邦吸食可卡因的这个事实来作为他的杀人动机，这样就能有力地反驳精神失常一说。很多人都能够证明杜邦有吸食可卡因的习惯，但是由于毒品是这次谋杀案中一个非常重要的决定性因素，所以辩护律师极力阻扰公诉方，使其没能证明杜邦直到 1996 年 1 月底还在吸食可卡因。

陪审团也听取了上述信息，之后就被隔离起来进行讨论，准备给出他们的判决。

与其他任何备受外界关注的案件一样，在审判团商议期间，陪审员们向法官提出的任何一个问题都会引发媒体关于陪审团倾向哪一方的各种猜测。商议时间持续了七天。我的父母在令人煎熬的等待中度过了那漫长的七天。每一天，他们都在猜想陪审员们讨论结果如何，祈祷上帝能够伸张正义，希望杜邦这一次不会再靠金钱来帮自己洗脱罪名，盼着这个杀害大卫的凶手能够得到应有的惩罚。

我的父母参加了整个庭审过程，最后一周对他们俩来说尤其痛苦。身在犹他州的我也能感受到这种痛苦，但是我至少有办法来“分散自己的注意力”，那就是每天正常工作，训练我的摔跤队，与此同时心里也清楚可能随时会有人打电话告诉我，判决马上就要公布了。至少我可以拼命工作来让自己变得很忙,而我根本无法想象我父母当时是如何熬过那些苦等审判结果的日子。

2 月 25 日星期二傍晚,陪审团通知法官,他们已经作出判决了。宣判的时候,法庭里挤满了人,但场面却异常肃静。就这样,陪审团宣读了他们的判决:陪审团认为约翰·杜邦三级谋杀罪名成立,但属于精神障碍防御。约翰·杜邦用枪对准帕特·古德尔构成人身攻击,罪名成立,但属于精神障碍防御。对于约翰·杜邦用枪指着大卫妻子的这项指控,陪审团认为罪名不成立。

“三级谋杀”意味着陪审团认为杜邦并不是有意要杀害大卫。而“精神障碍防御”意味着陪审员们相信了辩护方精神病专家给出的杜邦患有偏执型精神分裂症的证词。这一判决有可能使杜邦在监狱服刑之前,以治疗精神疾病为由住进一家州立医院。

服刑期可以短至 5 年,也可以长达 40 年。

当我得知了判决结果之后,心里百感交集。辩护方提出的精神失常辩护策略失败了,这样从法律上来说,杜邦确实是谋杀了大卫。每次他扣动扳机的时候头脑都是清醒的,直至最后他杀死了大卫。但是与此同时,“精神障碍防御”却让杜邦获得了宽大处理。我希望杜邦能被关进监狱里,而不是进入一家州立医院。不仅如此,我不希望他再能享受到任何自由。

我不知道陪审团是否想在一级杀人罪和精神失常或

过失杀人罪之间找一个折中的办法。不过他们作出这样一个判决所带来的重要结果在于,陪审团将最终如何定罪量刑的权力转交到了法官手上。

两个半月之后的5月13日,终于到了宣读判词的那一天。当天,我也去了法庭,要宣读受害人影响陈述。

在那之前,我已经好多年没有见过杜邦了。庭审时期他那副披散着脏兮兮的头发、胡子拉碴的样子已经不见了。如今他留着一般长度的短发,胡子也打理得很整齐,牙齿也修正过了。我听说,他的律师声称杜邦花了9 000美元才把牙齿都修整好。但他的行为举止还是有些疯疯癫癫的。

其间,我和杜邦有过一次眼神的交汇。当时他微微向后仰着头,大鼻尖对着我,用眼睛盯着我。他的嘴巴微张,就像一条鱼在喝水,而且宣判期间大部分时候他都是这个模样。

在法庭上发言的时候,我谈到了自己亲眼目睹杜邦吸食可卡因,而且根本不相信杜邦精神上有任何问题。不过大部分时间里,我都是在缅怀大卫,谈及他优秀的品质。

坐在法庭上,在那样的氛围当中谈起大卫,这对我来说并不是一件容易的事情。我并不是一个爱哭的人。我仅仅在公众面前哭过两次,一次是在大卫的葬礼上,另一次就是这次在法庭上。不过,这次我并没有强忍泪水,我知道,我表现得越伤心,杜邦得到的刑罚可能就会更重。

而我根本就不需要假装伤心甚至是做出任何夸张的伤心表现,我所有的情感都是真实的。我只是想把自己内心的真实感受彻底地表现出来。

宣读判词之前,杜邦也发言了。他说自己在杀害大卫的时候正处于患病时期。他说他很抱歉给大卫的妻子和孩子造成了不便。“不便?”他根本就没有对我和我的父母表示歉意。不过这都无所谓,因为我根本就不相信他所说的任何话。

杜邦知道自己很可能这辈子以后都得在监狱中度过了。他的钱财帮他请到了一个优秀的辩护律师团队——托马斯·伯格斯特龙可能为他争取到了其他任何律师都争取不到的从轻判决。但是这次他的钱财帮不了他了。之前他之所以无法实现自己在运动场的梦想,是因为他缺乏能力。而如今他余生命运如何就取决于他是否有能力承认错误,承认这一切都是因为他自私贪婪,为了满足自己的欲望而不惜一切代价,而不是归咎于其他因素。

最终,詹金斯法官作出判决:杜邦因谋杀大卫被判入狱 13 年到 30 年,杜邦因人身攻击被判入狱 3 个月到 6 个月。那一年,杜邦 58 岁。

审判结束之后,我回到了杨百翰大学。普洛佛对我来说是个好地方。从我搬到普洛佛,成为摩门教徒之后,我的生活才算真正安定下来。

普洛佛市和杨百翰大学都是环境优美、干净整洁的好地方。加入摩门教之后，我也能够洗清之前的罪孽，重新开始。同时，我还以 3.7 的平均绩点在杨百翰大学拿到了运动科学硕士学位。

杨百翰大学的摔跤队实力很强。1994 年我接任主教练的时候，大学方面正在考虑解散摔跤队。1995 年，大学聘请了隆多·费伯格担任体育部门主任。20 世纪 60 年代后期到 70 年代初期，隆多曾经在杨百翰大学摔跤队里练习摔跤。他曾经三次获得全美大学生联赛冠军，当选过一次全美最佳选手，并被列入了杨百翰大学的体育名人堂。所以隆多非常支持我们的摔跤项目。

每个赛季，我们摔跤队的实力都有所提升。同时我们还注重摔跤手的文化成绩：我们摔跤队的平均文化成绩曾经三次名列全国第一名，三次名列全国第二名。我觉得自己在那个时期进入杨百翰大学是一件非常幸运的事情。我们的摔跤手都非常优秀。

但是在隆多任职期间，大学管理层发生了人事变动，我们的摔跤队最终还是难逃被解散的厄运。1999 年，校方宣布在下一学年将解散摔跤队和体操队。官方给出的理由是为了符合教育法修正案第九条的标准，但根本原因其实是经费不足，而摔跤队是一项无法为大学带来收入的运动项目。

那段时期，我还在处理棘手的离婚问题，需要经常出入法庭,所以在我的离婚案彻底结束之前,我没有办法离开犹他州,这样也就没有办法在其他地区找一份摔跤教练的工作,而且这类工作越来越不好找了。

离婚之后,我失去了孩子、财产以及我亲手修建的房子。而且当时我没能在其他大学里找到任何工作的机会。

失业以及离婚让我的生活一下子跌入了谷底,但是我又振作了起来,因为我已经向自己证明过,我能够从困境中走出来。我是个斗士。

在大卫遇害以及杜邦入狱之前,"狐狸猎手"运动队就已经在走下坡路了。我不太记得准确的数字,但是隐约记得在"狐狸猎手"摔跤队鼎盛时期,全国各地为杜邦效力的摔跤手有好几十个。谋杀案发生之后,我记得摔跤队只剩下大约15个摔跤手了,其中据我所知只有4个摔跤手还住在庄园里训练。

在杜邦被捕之后,大部分剩下的队员都一把火烧掉了他们的"狐狸猎手"运动队队服。

1996年6月,离大卫遇害不到五个月的时间,美国奥运会代表队选拔赛开始了。在比赛当中,还有几个仍然受到杜邦资助的摔跤手穿着他们的"狐狸猎手"运动队队服,这让那些当初因为谋杀事件而离开运动队的摔跤手们感到非常愤怒。

在其中一场比赛当中,丹·查得大喊:"把那个'狐狸猎手'摔跤队的家伙给赶出去!"

教练丹·盖布尔在媒体采访中表示,他曾经建议摔跤手们不要穿那身队服。一个“狐狸猎手”运动队摔跤手称,他之所以穿这件汗衫是为了纪念大卫,然后在第一轮比赛之后就把衣服换了下来。

布莱恩·多尔夫曾经和大卫一起在“狐狸猎手”摔跤队训练,他把大卫名字的首字母刺在自己的胳膊下方。每次他获胜之后举起胳膊,都能看到大卫的名字。其他“狐狸猎手”摔跤队原先的队员比赛时都穿着带黑色布块的汗衫。

美国摔跤协会拿出一笔款项,暂时资助那些之前接受杜邦资助的摔跤手。大卫的遗孀成立了大卫·舒尔茨摔跤俱乐部,主要是帮助之前“狐狸猎手”摔跤队的摔跤手们继续参加比赛,包括 1996 年奥运会金牌得主寇特·安格。1999 年,南希向杜邦提起意外致死诉讼并胜诉,获得一笔赔偿款。赔偿款的具体数额没有公布出来,但是媒体报道称这是美国有史以来个人支付的数额最高的赔偿款。摔跤俱乐部一直维持到 2005 年。

整个摔跤界都通过各种方式来纪念大卫,感谢他对摔跤运动做出的贡献。

国家摔跤名人堂设立了大卫·舒尔茨全国高中优秀摔跤手奖项,用以每年在全国范围内奖励优秀的高中摔跤手。每年在加利福尼亚州高中摔跤手冠军赛上颁发的最优秀摔跤手奖项名称上加上了大卫的名字。获奖者得到的奖杯上面有一张大卫的玻璃照片。

美国摔跤协会每年在科罗拉多州斯普林斯市的美国奥运训练中心举行大卫·舒尔茨国际纪念联赛。如今该联赛仍然能吸引世界顶级的自由式摔跤手和古典式摔跤手来参加比赛。

1997年,大卫的名字被列入了俄克拉荷马州斯蒂尔沃特市的国家摔跤名人堂,在那两年之前,我也获得了此项殊荣。2010年,我非常荣幸地跟亚历山大和丹尼尔一起见证我和大卫的名字一起被列入了圣何塞体育名人堂。我们被认为是美国历史上最优秀的摔跤手兄弟。

2009年12月,杜邦第一次提出假释申请。审判结束之后,他在一家州立医院接受了三个月的治疗,然后被转移到一座州立监狱去服刑。

有一次,我打电话到这座州立监狱,询问杜邦在那边的生活条件。从监狱方面得知,杜邦与另外一个犯人同住一间80平方英尺的牢房。杜邦被安排在监狱一个专门的侧翼中,老年囚犯在大楼的一侧,儿童猥亵犯住在大楼的另一侧,因为这两类囚犯最容易遭到其他囚犯的虐待,所以他们就被安置在一个更加安全的区域。杜邦真是个傻瓜,花了上千万美元换来了这样的生活条件。

庭审的时候,对于杜邦患有偏执型精神分裂症的证词,我根本就不相信。而且我也不赞成公诉方接受这个诊断。我认为，杜邦就是一个邪恶、自私的瘾君子。但是现在，我相信杜邦的确是有精神病。虽然他并不像他的律师们所说的那样精神失常，但我发现他确实是有精神疾病。

当杜邦有资格申请假释的时候，我给假释委员会写了一封信，请求他们不要同意杜邦的申请。我觉得他们是不会把杜邦放出来的，但是对于杜邦这种有钱人，我们永远都无法确定他能做出什么样的事情来。

杜邦之前聘请了一个私家侦探，让他到犹他州去找我，问我愿不愿意帮助他出狱。我打开家门的时候同时打开了摄像机，我问这个私人侦探找我有什么事情。当他说明了来意之后，我就把门关上了，然后直接把录像带寄给了特拉华县检察官。

杜邦保释出狱的申请被拒绝了。

2010 年 12 月 9 日星期四，我得到消息说，杜邦去世了。那天清晨，他被人发现倒在牢房里，不省人事。之前他患有严重的肺气肿和慢性阻塞性肺病，并一直在接受治疗。杜邦去世的时候 72 岁。

根据他的遗嘱，杜邦在下葬的时候换上了一件红色的“狐狸猎手”摔跤队汗衫。庄园上 80% 的财产都被赠送给了瓦伦廷 · 乔丹诺夫一家。

对我来说，杜邦的死并不是什么值得震惊的大事。就像我父亲在接受采访的时候所说的那样，在他看来，杜邦在杀死大卫的那一天就已经死了。

对此，我心里唯一的感觉就是，杜邦的死意味着我可以少一份担忧了。我之前曾经想过，如果杜邦能够保释出狱的话，他很可能会再次伤害我的家人。

除此之外，我根本就不关心杜邦的任何事情。

杜邦夺走了我的哥哥和我的摔跤事业，但是 1996 年我通过打赢终极格斗冠军赛而最终战胜了杜邦。

杜邦并不认为我是一个优秀的摔跤手。他从来都没有发现我真正的能力，发现我是多么强悍。不过，如今杜邦已经去世了。他只存在于我那段要永远封存的过去。

不过，有时候当我想起哥哥，想起我们一起经历过的美好时光，想起我们一起或者单独拼搏的艰难日子，我会因为大卫无法看到我今天的成就而感到遗憾，同时，我发现我还是会想起这桩谋杀案。

这时候，我就希望世界上从来没有过约翰·杜邦这个人。

我想你，大卫。

书中人物

斯坦·亚伯(STAN ABEL)

国家摔跤名人堂成员之一,曾在马克·舒尔茨和大卫·舒尔茨效力过的俄克拉荷马大学摔跤队担任主教练。

艾伦·阿尔布莱特(ALAN ALBRIGHT)

曾经担任杨百翰大学摔跤队主教练,他聘请马克前去担任助理教练。

大卫·奥博(DAVE AUBLE)

国家摔跤名人堂成员之一,曾经在加州大学洛杉矶分校担任马克和大卫的教练。

埃德·巴那奇(ED BANACH)

曾经和他的哥哥史蒂夫以及他的双胞胎弟弟卢一起效力于艾奥瓦大学摔跤队。马克在 1982 年全美大学生联赛决赛中打败了埃德。

布鲁斯·鲍姆加特纳(BRUCE BAUMGARTNER)

一共获得过四枚奥运奖牌,曾经和马克一起作为美国代表队成员参加了 1984 年和 1988 年两届奥运会,并获得两枚奖牌。

大卫·博纳多(DAVE BENETEAU)

是一名终极格斗选手,被称为“危险人物”,马克曾经帮助他进行训练。

蒂姆·布朗(TIM BROWN)

马克在俄勒冈州阿什兰市读高中时候的摔跤教练。

罗伯·卡拉布雷泽(ROB CALABRESE)

第一个加入约翰·杜邦的“狐狸猎手”摔跤队的摔跤手,曾经与马克一起在维拉诺瓦大学担任教练。

丹·查得(DAN CHAID)

马克和大卫在俄克拉荷马大学摔跤队的队友。查得曾和马克一起在维拉诺瓦大学担任教练,并经常和马克一起在维拉诺瓦大学和“狐狸猎手”庄园上训练。

约翰·杜邦(JOHN DU PONT)

杜邦家族继承人之一。他聘请马克担任维拉诺瓦大学摔跤队助理教练,并以摔跤手和教练的身份加入“狐狸猎手”摔跤队。1996年1月,他杀害了大卫,并于2010年12月在监狱中去世。

丹·盖布尔(DAN GABLE)

美国摔跤史上最著名的摔跤手之一,曾经作为主教练带领艾奥瓦大学摔跤队夺得16次全美大学生联赛冠军。在马克获得1984年奥运会摔跤金牌那一年,丹担任美国自由式摔跤代表队主教练。

帕特·古德尔(PAT GOODALE)

约翰·杜邦的安保专家,也是谋杀大卫一案两位目击证人中的一位。

盖里·古德里奇(GARY GOODRIDGE)

被称作"大块头",是唯一一个在终极格斗冠军赛中与马克较量过的选手。

萨道·哈玛达(SADAO HAMADA)

斯坦福大学体操队教练,曾在马克转而学习摔跤之前担任马克的体操教练。

埃德·哈特(ED HART)

马克和大卫在帕洛阿尔托(加利福尼亚州)高中时候的摔跤教练。

克里斯·霍培尔(CHRIS HORPEL)

曾经在斯坦福大学获得全美最佳摔跤手称号,并在马克摔跤训练早起担任马克的教练。他还曾经在马克和大卫效力于加州大学洛杉矶分校摔跤队时担任他们的助理教练,他后来还聘请马克和大卫一起到斯坦福大学去担任助理教练。

吉姆·汉弗莱(JIM HUMPHREY)

曾经在马克和大卫效力于俄克拉荷马大学摔跤队的时候在那里担任助理教练。在马克参加 1988 年奥运会的时候,吉姆担任美国自由式摔跤代表队主教练,后来担任"狐狸猎手"摔跤队教练。

瓦伦廷·乔丹诺夫(VALENTIN JORDANOV)

保加利亚摔跤手,曾经获得过七次世界冠军。马克的哥哥大卫住在“狐狸猎手”庄园并担任教练的时候,瓦伦廷也在“狐狸猎手”摔跤队中训练。

瑞思特·卡拉巴卡(RESIT KARABACAK)

土耳其摔跤手,以其重量级排名第一的成绩进入1984年奥运会。那届奥运会上,马克在比赛中战胜了卡拉巴卡,但是由于马克导致卡拉巴卡肘部骨折,马克的胜利被宣布无效。

李·肯普(LEE KEMP)

曾经获得过三次世界摔跤冠军,他和马克一样,是美国历史上获得过世界冠军次数最多的摔跤手。

安德烈·梅茨格(ANDRE METZGER)

马克和大卫在俄克拉荷马大学摔跤队时的队友。那段时期,安德烈曾经获得过四次全美最优秀摔跤手的称号。后来他去维拉诺瓦大学摔跤队担任教练。

弗拉基米尔·摩多斯杨(VLADIMIR MODOSYAN)

苏联摔跤选手,曾经获得过世界冠军。

克里斯·林克(CHRIS RINKE)

加拿大摔跤手,曾经参加1984年奥运会,败给了最终夺得那届奥运会摔跤冠军的马克。

马里奥·萨勒诺(MARIO SALETNIK)

摔跤运动的国际管理机构国际摔跤联合会中级别最高的官

员,曾经在“狐狸猎手”庄园上居住过一段时间。

大卫·舒尔茨(DAVE SCHULTZ)

马克的哥哥,获得过众多摔跤奖项,其中包括一次全美大学生联赛冠军、一次奥运冠军以及一次世界冠军。

南希·舒尔茨(NANCY SCHULTZ)

大卫的妻子。

菲利普·舒尔茨(PHILIP SCHULTZ)

马克的父亲。

迈克·希茨(MIKE SHEETS)

效力于俄克拉荷马州立大学摔跤队,在那里与马克和大卫都较量过。大学毕业之后,他是马克在国际重要赛事上的关键对手。

伊斯雷尔·谢泼德(ISREAL SHEPPARD)

曾经获得过两次全美最佳摔跤手称号,是马克和大卫在俄克拉荷马大学摔跤队时的队友。

珍妮·圣·杰曼(JEANNIE ST. GERMAIN)

马克和大卫的母亲。

瑞奇·斯图尔特(RICKY STEWART)

俄克拉荷马州立大学摔跤队的一名摔跤手,经常作为马克的训练对手。

格雷格·斯特罗贝尔(GREG STROBEL)

“狐狸猎手”摔跤队的主教练。

塔拉斯·伍卓克(TARAS WOCHOK)

长期担任约翰·杜邦的律师。

查克·亚纳尔(CHUCK YARNALL)

在马克搬到“狐狸猎手”庄园的时候担任维拉诺瓦大学摔跤队的主教练。

参考书目

"An Eccentric Heir's Wrestle With Death." *Newsweek*, February 5, 1996. http://www.newsweek.com/eccentric-heirs-wrestle-death-179902 (accessed June 29, 2014).

Buckley, J. Taylor, and Gary Fields. "John du Pont's life a clash of contradictions." *USA Today*, February 5, 1996.

Gensler, Howard. "Yarnall Resigns As Villanova Wrestling Coach." *The Philadelphia Inquirer*, February 15, 1987. http://articles.philly.com/1987-02-15/news/26180898_1_du-pont-high-school-wrestler-team-foxcatcher (accessed June 29, 2014).

"Heir Trigger." *Daily News* (New York), January 29, 1996.

Koury, Renee. "Du Pont case: Accused killer of wrestler lived in Atherton." *San Jose Mercury News*, February 1, 1996.

Longman, Jere, Pam Belluck, and Jon Nordheimer. "A Life In Pieces: For du Pont Heir, Question Was Control." *The New York Times*, February 4, 1996.

Neff, Craig. "Fatal Obsession." *Sports Illustrated*, February 5, 1996.

Ordine, Bill, and Ralph Vigoda. *Fatal Match: Inside the Mind of Killer Millionaire John du Pont*. New York: Avon Books, 1988.

Ordine, Bill, and Ralph Vigoda. "Loved ones mourn slain wrestler." *The Philadelphia Inquirer*, February 12, 1996.

Ordine, Bill, and Ralph Vigoda. "Prosecutors: Du Pont still runs things." *The Philadelphia Inquirer*, July 21, 1996.

Plaschke, Bill. "Unwelcome mat." *Los Angeles Times*, June 9, 1996. http://articles.latimes.com/1996-06-09/sports/sp-13287_1_dave-schultz-wrestling-club (accessed June 29, 2014).

Pucin, Diane. "Schultz is gone, but still dominating Olympic Trials." *The Philadelphia Inquirer*, June 9, 1996.

Schaefer, Mari A. "John du Pont was buried in his wrestling singlet." *The Philadelphia Inquirer*, February 16, 2011.

著作权合同登记号　图字:01－2015－2914

图书在版编目(CIP)数据

狐狸猎手/(美)舒尔茨(Schultz,M.)著；刘静译. —北京：北京大学出版社，2016.1

ISBN 978－7－301－26486－7

Ⅰ. ①狐…　Ⅱ. ①舒…②刘…　Ⅲ. ①回忆录—美国—现代
Ⅳ. ①I712.55

中国版本图书馆CIP数据核字(2015)第263638号

书　　名	狐狸猎手 Huli Lieshou
著作责任者	〔美〕马克·舒尔茨　著　刘　静　译
责任编辑	柯　恒
标准书号	ISBN 978－7－301－26486－7
出版发行	北京大学出版社
地　　址	北京市海淀区成府路205号　100871
网　　址	http://www.pup.cn　http://www.yandayuanzhao.com
电子信箱	yandayuanzhao@163.com
新浪微博	@北京大学出版社　@北大出版社燕大元照法律图书
电　　话	邮购部62752015　发行部62750672　编辑部62117788
印 刷 者	北京大学印刷厂
经 销 者	新华书店
	850毫米×1168毫米　32开本　10.75印张　169千字
	2016年1月第1版　2016年1月第1次印刷
定　　价	38.00元